古典詩歌研究彙刊

第二六輯

龔鵬程 主編

第5冊

在「道心」與「詩心」之間
——楊萬里詩學源流考

李林芳 著

國家圖書館出版品預行編目資料

在「道心」與「詩心」之間——楊萬里詩學源流考／李林芳 著

— 初版 — 新北市：花木蘭文化事業有限公司，2019〔民 108〕

序 4+ 目 2+234 面；17×24 公分

(古典詩歌研究彙刊 第二六輯；第 5 冊)

ISBN 978-986-485-840-8（精裝）

1.（宋）楊萬里 2. 宋詩 3. 詩評

820.91 108011614

ISBN-978-986-485-840-8

古典詩歌研究彙刊

第二六輯 第 五 冊 ISBN：978-986-485-840-8

在「道心」與「詩心」之間

——楊萬里詩學源流考

作　　者 李林芳

主　　編 龔鵬程

總 編 輯 杜潔祥

副總編輯 楊嘉樂

編　　輯 許郁翎、王筑、張雅淋 美術編輯 陳逸婷

出　　版 花木蘭文化事業有限公司

發 行 人 高小娟

聯絡地址 235 新北市中和區中安街七二號十三樓

電話：02-2923-1455／傳眞：02-2923-1452

網　　址 http://www.huamulan.tw 信箱 hml 810518@gmail.com

印　　刷 普羅文化出版廣告事業

初　　版 2019 年 9 月

全書字數 177342 字

定　　價 第二六輯共 8 冊（精裝）新台幣 13,500 元

在「道心」與「詩心」之間
——楊萬里詩學源流考

李林芳 著

作者簡介

李林芳，2013 年畢業於北京師範大學，文藝學專業，獲文學博士學位。現任教於河北工程大學文法學院，擔任中國古代文論、中國古代文學等課程。

提　要

本書試圖通過考察楊萬里人格結構與思想結構、追溯其詩學思想源流，思考理學思潮與人格理想對其詩學的影響，系統分析和論述其詩學思想和人格境界中「道心」與「詩心」的雙重維度以及對中國文化傳統和理學中的道德倫理精神的承擔與超越。

一、研究意義、相關文獻綜述、以及宋代詩學語境概述

二、分析楊萬里的人格與思想結構：楊萬里對自身政治家、學問家和詩人的身份認同及人格理想；楊萬里的儒學思想與「樂」的情懷。

三、「楊萬里詩學思想源流」：在楊萬里的詩學思想中，「感興」是其詩歌創作論，「詩味」論是其詩歌本體論，「性靈」觀表現爲楊萬里的詩學觀念與詩歌創作中對眞性情、眞美的崇尚。

四、楊萬里的詩歌功能論、詩歌風格論、方法論及其與理學的關聯。詩歌功能論及作家修養論方面，楊萬里以「載道」、「明道」爲文章功能，以「矯天下之具」爲詩歌社會功能和價值；同時，他繼承了傳統詩學中的文品——人品論，認爲要有獨立的主體精神和自由的道德人格，內心之德性自然投射在文學中，才有可能寫出「矯天下」之詩文。關於詩歌風格論，楊萬里認同儒家詩教「溫柔敦厚」「含蓄蘊籍」的美學風格，從根源上來說，這是儒學的道德心性論與人格理想在詩學中的投射。此外，楊萬里詩學思想中關於詩性、詩材、詩法的觀點與理學、中國哲學精神也有著深刻的關聯。

序 言

本書試圖通過考察楊萬里人格結構與思想結構、追溯其詩學思想源流，思考理學精神對其詩學的影響，系統分析和論述其詩學思想和人格境界中「道心」與「詩心」的雙重維度以及對中國文化傳統和理學中的道德倫理精神的承擔與超越。在這些問題的提出和解決過程中，論者會努力避免穿鑿誇張、泯異爲同地將楊萬里詩學精神的生成及特性先入爲主地完全歸因於理學的影響或主觀放大理學對詩學的影響。

從具體內容來看，本書首先是研究意義、相關文獻綜述；然後是分析楊萬里的人格與思想結構：楊萬里對自身政治家、學問家和詩人的身份認同及人格理想；楊萬里的儒學思想與「樂」的情懷。之後論述「楊萬里詩學思想源流」：在楊萬里的詩學思想中，「感興」是其詩歌創作論。楊萬里的「感興」說源於中國詩學中的「感興」傳統：「感興」說的產生、傳承與深化是對詩的「吟詠情性」本質的肯定，是對自由詩心、眞誠詩情、靈動詩意、心物交融之詩境的推崇；「詩味」論是其詩歌本體論，楊萬里「以味論詩」的詩學思想與中國詩學中「詩味」論有很深的淵源，楊萬里對於詩的言語形式之外的「味」的肯定和重視，並賦予其本體的意義，這是對詩的獨立價值和「自性」的肯定。詩「味」是詩的沉默之處，只能靠讀者的審美感受和鑒賞，這表明楊萬里注重讀詩、品詩過程中個體的審美感受、直覺體驗、本心體悟與詩的不可言說之「味」相遇瞬間的精神相通。「性靈」表現爲楊萬里的詩學觀念與詩歌創作中對眞性情、眞美的崇尚，有暢遊山水、寄意於山水的風雅之懷、眞摯之情與閒適之趣，以天地爲至美、逍遙自得的人生態度和自由的人生理想、冥會自然的思維方式。現存資料中，楊萬里談論「性靈」的記載很少，而他卻被很多研究者奉爲性靈思想的先驅。「性靈」二字溝通著人類的理性世界與感性世界、詩與思、哲學與審美，後人在評價和總結其詩學精神時冠之「性靈」二字，是對楊萬里的詩學精神與詩歌創作的充分肯定。

最後論述楊萬里的詩歌功能論、詩歌風格論、方法論及其與理學的關聯。詩歌功能論及作家修養論方面，楊萬里以「載道」、「明道」爲文章功能，以「矯天下之具」爲詩歌社會功能和價值；同時，他繼承了傳統詩學中的文品——人品論，認爲要有獨立的主體精神和自由的道德人格，內心之德性會自然投射在文學中。關於詩歌風格論：楊萬里認同儒家詩教「溫柔敦厚」「含蓄蘊籍」的美學風格，從根源上來說，這也是儒學的道德心性論與人格理想在詩學中的投射。此外，楊萬里詩學思想中關於詩性、詩材、詩法的觀點與理學、中國哲學精神有著深刻的關聯。

通常文化學術思潮對文學觀念、美學理想、詩學精神的影響可以表現爲直接影響和間接影響：直接的影響如玄言詩、性理詩；間接影響通常是哲學、文化被文人或詩論家這一主體和媒介通過不同程度的吸收和消化，內化爲他們自覺認可的價值尺度、審美理想和藝術精神，從而滲透到文藝創作和詩學觀念中，構成其人文精神的向度。例如禪、道境界被發揮爲詩境、詩法；間接影響有時還會是一種無意識影響，只是在某種程度上開拓了文學藝術的審美空間，就像老莊本是否定文學藝術價值的，但其內在精神卻成爲中國藝術精神最重要的一脈。在文化學術思想與文學觀念的關係上，我們並不能說每一種文學觀念和詩學命題都要到文化學術思想中去尋找淵源，文學與詩學也有自己的特性、理路、價值理想和思維方式。文學與生俱來的那種審美性和文學性會與文學的歷史和未來一樣長久，只是它在不同的時期得以表現的程度不同，有時候被抑制，有時候被發揚；有些在文學創作和接受過程中積累和形成的經驗和理論並非一定到儒、道、禪當中去尋找理論語語的根源。但是從橫向關係來看，一個時代的文化總會滲透到當時的文學觀念和詩學理論的走向當中，每個時代的審美趣味總是會與當時的社會文化需求密切相關，這是不爭的事實。總的來說，中國詩學中那些影響深遠流傳至今的理論是以文學自身的發展規律爲主體、各種文化學術思想共同作用的產物，中國詩學是一個生生不息、一直在流動和生成的文化系統。

目次

緒　論

第一節　研究目的和文獻綜述

一、研究目的和意義

陳寅恪先生認爲「華夏民族文化造極於趙宋之世」，鄧廣銘先生也認爲宋代文化在中國文化史上堪稱「登峰造極」。作爲中國文化史上十分獨特和輝煌的時期，宋代在政治體制和經濟模式上承前啓後，文化、學術思想和文學創作也十分繁榮。在思想學術方面，理學的崛起，創造了中國哲學思想史上的又一次高峰，這是先秦孔孟儒學產生之後、漢武帝「罷黜百家、獨尊儒術」以來，儒學的第二次興盛，且有著與漢代儒學完全不同的特點。理學以對傳統儒學資源進行有意識的、創造性的重建爲主，同時又吸收了魏晉玄學、隋唐佛學和道家思相的文化因子，建立起宏大精微的理論體系。文學創作方面，有可以與唐詩媲美的別具風情之宋詞，《全宋詞》收錄兩宋詞人 1330 餘家，詞作約 20000 首；亦有可與「唐音」並稱之「宋調」，《全宋詩》收錄兩宋詩人八千九百家，詩作 20 餘萬首。在詩學方面，通過文獻來看，宋人詩論成果也十分豐富，郭紹虞先生的《宋詩話考》中，收錄宋人詩話 139 種，其中完整的有 42 本，羅根澤先生《兩宋詩話年代存佚殘輯表》中記載95種存、殘詩話，另有50種已散佚。詩話作爲一種詩歌批評文體最早產生於北宋，因歐陽修撰《詩話》，後人改稱爲《六一詩話》而得名。

宋代的文學、詩學和理學都構成了宋型文化的重要組成部分，而詩學與理學、文學與哲學（詩與思）的關係問題也是我一直關注和感興趣的。中國詩學是古典美學與審美文化的一部分，從某種程度上來說，詩學不只是文藝理論，它更是古人的生存方式，是一種獨特的文化品格和一個完整圓融的世界。每個時代的詩學思想傾向都與其所在的時代文化背景有著密切的關係，宋代詩學和文學是以理學精神流行的時代氛圍爲底色的。這樣的文化語境中，文學與哲學的關係，或者說「詩」與「道」的關係，變得更加耐人尋味。不少理學家對詩文多有批評責難：例如有的理學家認爲詩是「閒言語」，用心於詩是「離眞失正，反害於道」——作詩會分了爲學的工夫、阻礙悟道，所以是無益之舉，等等；同樣，也有詩論者斥責理學對詩文的影響，葉水心有「洛學興而文字壞」之說，劉克莊亦有「近世理學興而詩律壞」之說。當然，要明白這些提法背後的歷史文化淵源和文化語境才能避免得出一些過於簡單化的結論，關於理學家對文道關係的認識，其中有很多的複雜性。儘管雙方都對對方「頗有微辭」，但理學家們也有很多傑出的詩文流傳於世；他們其中亦不乏有見識的詩論家；同樣，宋代的不少文人詩人也對理學有所發明，當時有成就的詩人也幾乎都是學問家、思想家，這是宋代文人群體的獨特風貌，他們也是宋學語境中「詩」與「道」相關聯的主要載體，他們對於「詩」「道」關係的思考和探究，溝通了「詩」與「思」，影響了這一時期詩文創作和批評的審美取向。因此，雖然理學與詩學之間並不是因果關係，但不可否認的是理學作爲這一時期最重要的哲學和文化背景，確實輻射到了宋型文化的其他領域諸如文學、詩學與美學。當然，這裡不是要刻意建構一個「精神史」或「時代精神」「共同的社會背景」並將其奉爲「神話式的整體」或絕對的存在，從而成爲解釋這個時代任何精神現象的萬能工具，本書沒有能力去解決這樣宏大的問題。在某個特定時期的文化語境內部，可能更多的不是各種藝術和哲學的「神秘平行」，而是充滿了矛盾和張力。正如韋勒克所說的：「文學研究者不必去思索像歷史的哲學和文明最終成為一體之類的大問題，而應該把注意力轉向尚未解決或尚未展開充分討論的具體問題：思想在實際上是怎樣進入文學的。……」〔註 1〕我們要做的，只是考察使理學與詩學或文學交織在一起的那些基本要素，借用李春青教授在《在文本與歷史之間》中的提法，就是「意義生成模式」——「在一種具體的文化語境中構成主要話題的各要素之間形成的關係網絡」。〔註 2〕

關於哲學與文學的關係，德里達的論述比較有趣。他試圖以隱喻為突破口，來解構哲學與文學之間根深蒂固的二元對立。他認為哲學自身就包含著一些「不純因素」，由於抽象概念的表達奠基於潛在的類推與類比之上，哲學的基礎性概念如「理論」「理式」「邏各斯」等都有其隱喻來源，且是作為語詞隱喻在哲學表達中運用。因此，不論哲學自身如何鄙視隱喻，其表達的基本結構乃至語詞運用都只能是隱喻的或者說詩性的。〔註 3〕

哲學與文學的二元對立大概並不會因德里達之「隱喻」而就此被解構，然而不可否認二者之間存在著天然的關聯。理學與文學、詩學之間亦是如此，宋人大多為學者兼詩人，其中能將「學人」與「詩人」渾融一體的不在少數，是為「學問」與「性情」兼備者。清代全祖望《寶甈集序》中認為：

> 「因念世之操論者，每言學人不入詩派，詩人不入學派……余獨以為是言也，蓋為宋人所發也，而殊不然。張

〔註 1〕〔美〕雷·韋勒克、奧·沃倫：《文學理論》劉象愚等譯，三聯書店 1984 年出版，第 128 頁。

〔註 2〕李春青《在文本與歷史之間——中國古代詩學意義生成模式探微》北京大學出版社 2005 年 9 月出版，第 19 頁。

〔註 3〕德里達《白色的神話——哲學文本中的隱喻》（陳慶譯，牛宏寶校）（《外國美學》第 27 輯，2017 年第 1 輯）。

> 芸叟之學出於橫渠，……而山谷之學出於孫莘老，心折於范正獻公醇夫，此以詩人而入學派者也。楊尹之門而有呂紫微之詩，胡文定公之門而有曾茶山之詩，湍石之門而有尤遂初之詩，清節先生之門而有楊誠齋之詩，此以學人而入詩派者也。章泉、澗泉之師爲清江，栗齋之師爲東萊，西麓之師爲慈湖，詩派之兼學派者也。放翁、千岩得之茶山，永嘉四靈得之葉忠定公水心學派之中，但分其詩派者也。安得以後世之詩歧而二之，遂使三百篇之遺教自外於儒林乎？」。〔註4〕

全祖望列舉黃庭堅、楊萬里、陸游、永嘉四靈等數十人爲例，認爲自宋代以來，不乏「以詩人入學派者」與「以學人而入詩派者。」他認爲較爲理想的狀態是「學人之詩，而兼有詩人風格。」〔註5〕楊萬里正可謂「學人屬性」與「詩人特質」、「學問」與「性情」兼備之人：楊萬里與陸游、尤袤、范成大並稱爲「中興四大詩人」；在南宋詩壇上以「活法」、活潑潑的詩心、重情性的詩論和別開生面的「誠齋體」而著稱，有詩學專著《誠齋詩話》和《詩論》，其詩文集中也有關於詩歌、文學的理論言說（如《江西宗派詩序》、《答盧誼伯書》、《答徐賡書》、《頤庵詩稿序》、《誠齋荊溪集序》、《見蘇仁仲提舉書》、《答建康府大軍庫監門徐達書》等）；楊萬里爲人剛正有氣節，時人評曰：「竊見秘書監楊萬里，學問文采，固已絕人；乃若剛毅狷介之守，尤爲難得！夫其遇事輒發，無所顧及，雖未盡合中道，原其初心，思有補於國家，至惓惓也！」〔註6〕又有《誠齋易傳》、《心學論》和《楊子庸言》等儒學著作傳世，足見其儒家文人之「仁心」、「道心」。其「剛毅狷介」之人格，「兼濟天下」之「道心」與生動空靈之「詩心」並存，自有一種耐人尋味的魅力。

〔註4〕全祖望《寶甈集序》，《鮚埼亭文集》卷三十二，《全祖望集彙集校注》，上海古籍出版社，2000，第606頁。

〔註5〕全祖望《萬斯同小傳》，《續甬上耆舊詩》卷三十六，杭州出版社，2003，第1134頁。

〔註6〕周密《癸辛雜識》前集，引倪思語。

二、研究現狀綜述

楊萬里在《宋史》中有傳（見附錄 1《宋史・列傳第一百九十二儒林三》），在《宋元學案》中列入《趙張諸儒學案》和《武夷學案》中（見附錄 2）。

楊萬里（1127～1206），吉州吉水（今江西省吉水縣黃橋鎮湴塘村）人。生於宋高宗建炎元年九月二十二日（1127 年 10 月 29 日）。八歲時喪母，其父楊芾，號南溪居士，沒有進入仕途，卻也是頗有氣節的知識分子，楊萬里在學問方面受父親影響很大，之後跟隨幾位老師治學的經歷又對他的學問、人格、價值取向產生了深刻的影響，曾以理學家胡銓、張浚等人爲師。

楊萬里於紹興二十四年（1154 年）進士及第，紹興二十六年（1156 年）授贛州司戶參軍，期間其父曾帶他去拜見謫居南安的張九成和途經贛州的胡銓。紹興二十九年（1159 年）調任永州零陵縣丞，期間拜訪謫居在永州的張浚，據《宋史・楊萬里傳》記載「三往不得見，以書力請，始見之」。相見後，張浚勉之以「正心誠意」之學，楊萬里以「誠齋」爲自己書齋命名，並請胡銓作《誠齋記》。孝宗隆興元年（1163 年），楊萬里零陵任滿，同年秋，因張浚推薦，除臨安府教授。（楊萬里作《除臨安府教授謝張丞相啓》以示感謝）次年正月，楊萬里尚未赴任就因父病歸家，八月父親去世，同時，他在仕途上的恩師張浚也在此時離世，一直至 1166 年楊萬里都丁憂在家。

乾道二年（1166 年）楊萬里丁憂期滿，冬天到長沙去拜見張浚之子張栻。乾道三年（1167 年）春，楊萬里至臨安，先後謁見名臣陳俊卿和虞允文，並上政論《千慮策》，不久又回鄉賦閒三年。乾道六年（1170 年）任隆興府奉新知縣，爲時很短卻頗有政績。同年十月，因宰相虞允文推薦，楊萬里被召爲國子博士，到京任職。自此到乾道九年（1173）年間，歷任太常博士、太常丞兼權吏部右侍郎，將作少監。淳熙元年（1174 年）正月，除知漳州，臨行上劄，勸諫孝宗戒貪吏、施廉吏。後因病未赴任，家居三年。

淳熙四年（1177 年）爲常州知州，淳熙六年（1179 年）正月，除提舉廣東常平茶鹽公事。淳熙七年（1180 年）正月從家鄉赴廣東，次年（1181 年）二月，改任廣東提點刑獄，期間曾率兵到梅州平息閩盜沈師擾粵，孝宗稱其有「仁者之勇」。淳熙九年（1182 年）除直秘閣，同年七月其繼母去世，楊萬里離任丁憂。

淳熙十一年（1184 年）服滿後召入京任尚書右郎，後任吏部員外郎。淳熙十二年（1185 年）至淳熙十四年（1187 年）先後擔任吏部郎中、樞密院檢詳、尙書省右司郎中、左司郎中兼東宮侍讀、秘書少監等職；淳熙十五年（1188 年）因力爭張浚當配享廟祀一事觸怒孝宗，出知筠州（今江西高安）。淳熙十六年（1189 年）二月，光宗即位，楊萬里於五月復直秘閣，九月回京任秘書監，紹熙元年（1190 年），以煥章閣學士職充任接伴金國賀正旦使，兼實錄院檢討。期間他作爲迎接金國的使臣，從臨安出發，渡江淮而到達宋金邊界，感慨萬千：「船離洪澤岸頭沙，人到淮河意不佳。何必桑乾方是遠，中流以北即天涯。」「中原父老莫空談，逢著王人訴不堪。都是歸鴻不能語，一年一度到江南。」（《初入淮河》四絕句其一、其四）同年十一月至 1192 年八月，任江東轉運副使。

此後，紹熙二年（1192 年）九月至開禧二年（1206）年六月去世，主要居住在吉水。在此期間，紹熙五年（1194 年）寧宗即位後，曾兩次召楊萬里赴京，均辭謝不往。次年九月，升煥章閣待制，提舉興國宮。慶元四年（1198 年）正月，進封吉水縣開國子，食邑五百戶。慶元五年（1199 年），楊萬里請求致仕。三月，升寶文閣待制，允其致仕。次年十二月，進封吉水縣開國伯。嘉泰三年（1203 年）八月，進寶謨閣直學士，寧宗賜衣帶。嘉泰四年（1204 年）正月，進封廬陵郡開國侯，加食邑三百戶。開禧二年（1206 年）二月，升寶謨閣學士。楊萬里去世後，開禧三年（1207 年）正月，朝廷追贈光祿大夫。嘉定六年（1213 年）十二月，朝廷賜楊萬里謚號「文

節」。〔註 7〕

楊萬里爲官三十年，在朝的時間累計僅有不到 8 年，但他一生都關心國事，多次向皇帝上呈書策劄文。淳熙十二年（1185 年）五月，除吏部郎中，應詔上書，極論時事。宰相王淮問他：「宰相何事最急先務」，楊萬里以「人才最急先務」爲答，並條上《薦士錄》（《淳熙薦士錄》），舉薦朱熹等六十人。孝宗將其升爲東宮（太子）侍讀，太子趙惇親題「誠齋」二字贈給楊萬里。他連上三劄，要求光宗親賢臣君子、遠姦佞小人，「一曰勤，二曰儉，三曰斷，四曰親君子，五曰獎直言」（《第三劄子》）。他爲官清正廉潔，同時代的詩人徐璣說他「清得門如水，貧惟帶有金」；〔註 8〕他爲人剛正不阿，其氣節操守頗爲人稱頌，周必大稱他「立朝諤諤，知無不言，言無不盡，要當求之古人，眞所謂浩然之氣，至剛至大，以直養而無害塞於天地之間」；〔註 9〕朱熹說他「清德雅望，朝野屬心」。〔註 10〕

在詩歌創作方面，楊萬里最初模仿江西詩派，後來認識到弊病，於紹興三十二年（1162 年）焚毀詩篇千餘首，決意走出江西詩法而另闢蹊徑。他在《荊溪集序》中曾回憶過自己走過的創作道路：「余之詩，始學江西諸君子，既又學後山五字律，既又學半山老人七字絕句，晚乃學絕句於唐人。……戊戌作詩，忽若有悟，於是辭謝唐人及王、陳、江西諸君子皆不敢學，而後欣如也。」〔註 11〕他在詩中也曾

〔註 7〕以上生平資料參考了《宋史·卷四百三十三·列傳第一百九十二》、《誠齋集·卷一百三十三·贈光祿大夫告詞》、《誠齋集·卷一百三十三·謚文節公告議》以及于北山《楊萬里年譜》，上海古籍出版社，2006 年版。

〔註 8〕徐璣《投楊誠齋》湛之《楊萬里、范成大研究資料彙編》，中華書局，1964 年出版，第 21 頁。

〔註 9〕周必大《題楊廷秀浩齋記》湛之《楊萬里、范成大研究資料彙編》，中華書局，1964 年出版，第 6 頁。

〔註 10〕朱熹《答楊廷秀》湛之《楊萬里、范成大研究資料彙編》，中華書局，1964 年出版，第 10 頁。

〔註 11〕楊萬里《誠齋〈荊溪集〉序》《誠齋集》卷八十，見王琦珍整理《楊萬里詩文集》（中），江西人民出版社，第 1263 頁。

明確地說：「傳派傳宗我替羞，作家各自一風流。黃陳籬下休安腳，陶謝行前更出頭。」（《跋徐恭仲省幹近詩》之三）

項安世盛譽楊萬里「雄吞詩界前無古，新創文機獨有今」（《題劉都幹所藏楊密監詩卷》）；陸游也認爲「誠齋老子主詩盟，片言許可天下服」（《贈謝正之秀才》），又說：「文章有定價，議論有至公。我不如誠齋，此評天下同」；（《謝王子林判院惠詩編》）南宋中後期已有人稱楊萬里爲當時的詩壇領袖：「今日詩壇誰是主，誠齋詩律正施行」〔註 12〕「學問文章獨步斯世」〔註 13〕。

楊萬里在詩壇有這樣的地位自然是和他的「誠齋體」有關。最早使用「楊誠齋體」這一提法的是嚴羽，他還總結了楊萬里的詩歌創作歷程：「其初學半山、後山，最後亦學絕句於唐人，已而盡棄諸家之體而別出機杼」。（《滄浪詩話・詩體》）元代方回將楊萬里歸爲「中興四大家」之一；清代詩人和詩評家對楊萬里的評價褒貶不一：褒者多爲主性靈、重創新的詩評家，例如袁枚，肯定他自出機杼、抒寫性靈的詩歌創作。批評者如紀昀等人批評楊萬里的詩在藝術上較爲粗糙、油滑。葉燮、沈德潛、翁方綱等人認爲楊萬里部分詩歌俚俗，手法上不細膩。

楊萬里的詩文「於南宋嘉定元年由其子楊長孺編定，端平初由門人羅茂良校刊，題名《誠齋集》，總計 133 卷。其中：詩 42 卷，賦辭 3 卷，文及雜著 87 卷，附錄 1 卷。詩歌部分，依年代分編爲《江湖集》、《荊溪集》、《西歸集》、《南海集》、《朝天集》、《江西道院集》、《朝天續集》、《江東集》、《退休集》，共存詩四千二百餘首。此後抄本、刻本甚多，又分爲全集、文選、詩鈔等類，有二十多種版本」，〔註 14〕

〔註 12〕姜特立《謝楊誠齋惠長句》，湛之《楊萬里、范成大研究資料彙編》，中華書局，1964 年出版，第 3 頁。

〔註 13〕周必大《題楊廷秀浩齋記》，湛之《楊萬里、范成大研究資料彙編》，中華書局，1964 年出版，第 6 頁。

〔註 14〕見王琦珍整理《楊萬里詩文集》（上），江西人民出版社（前言），第 9 頁。

主要的版本有：

誠齋集 133 卷，明末毛氏汲古閣抄本

誠齋集 133 卷，清初抄本

誠齋集 133 卷，清道光 10 年鳴野山房抄本

誠齋集 133 卷，四庫全書本

誠齋集 133 卷，四部叢刊本

除詩文集外，現存的楊萬里著作還有《誠齋易傳》和《誠齋策問》。《誠齋易傳》有四庫本和叢書集成本。《誠齋策問》上下兩卷 25 篇，見胡思敬《豫章叢書》丙辰冬月（1916 年）刻本第 160、161 冊。本文中所引的《誠齋集》詩文皆出自王琦珍整理《楊萬里詩文集》（江西人民出版社 2006 年出版）。

楊萬里現存的 4200 多首詩中：

《江湖集》存詩 738 首，作於 1162～1177 年之間，自序曰：「予少作有詩千餘篇，至紹興壬午七月皆焚之，大概江西體也。今所存曰《江湖集》者，蓋學後山及半山及唐人者也。」〔註 15〕

《荊溪集》收詩 492 首，作於淳熙四年（1177 年）至六年（1179 年）在常州任職期間，是詩風轉變時期，由過去的模仿漸漸步入獨創；

《西歸集》200 首，是淳熙六年離開常州返回故鄉途中所作；

《南海集》400 首，作於淳熙七年（1180 年）至九年（1182 年）在廣州、潮州、惠州期間；

《朝天集》400 首，作於淳熙十一年（1184 年）至十四年（1187 年），因當時在朝內任東宮侍讀，故有此名；

《江西道院集》250 首，作於淳熙十五年、十六年（1188 年～1189 年）在江西筠州任職期間；

《朝天續集》350 餘首，作於紹熙元年（1190 年）被召回京後，

〔註 15〕楊萬里《誠齋〈江湖集〉序》《誠齋集》卷八十，見王琦珍整理《楊萬里詩文集》（中），江西人民出版社，第 1262 頁。

自序曰：「昔歲自江西道院召回冊府，未幾而有廷勞使客之命，於是始得觀江濤，歷淮楚，盡見東西之奇觀。於渡揚子江二詩，予大兒長孺舉似於范石湖、尤梁溪二公間，皆以予詩又變，予亦不自知也。」〔註 16〕

《江東集》500 首，作於紹熙元年底（1190）至紹熙三年（1192 年）間，是楊萬里出任江東轉運副使、權總領淮西江東軍馬錢糧官，經過金陵、廣德、南康、太平等地時所寫；

《退休集》800 餘首，作於紹熙三年（1192 年）以後直到去世前，是晚年賦閒期間所作。

李道傳等在爲楊萬里所作《謚文節公告議》中這樣評價他的詩歌：「始而清新，中而奇逸，終而平淡。如長江漫流，物無不載，遇風觸石，噴薄駭人，蓋不復可以詩人繩尺構之者。」〔註 17〕

在二十世紀前五十年，關於楊萬里的研究成果較少，胡適《白話文學史》，〔註 18〕胡雲翼《宋詩研究》〔註 19〕等都是把楊萬里界定爲中國古代的「白話詩人」。這是關於誠齋詩歌語體特點的研究。1940 年商務印書館出版夏敬觀的《楊誠齋詩》，選有 304 首誠齋詩。這段時期的相關論文有如下幾篇：胡懷琛《中國古代的白話詩人（楊誠齋的白話詩）》〔註 20〕、儲皖峰《楊萬里的生卒年月》〔註 21〕、趙景深《讀誠齋樂府隨筆》〔註 22〕等。

五十年代到七十年代之間，相關成果也不多：錢鍾書《宋詩選注》、周汝昌《楊萬里選集》年都出現於此期間，錢鍾書《宋代詞人

〔註 16〕楊萬里《誠齋〈南海集〉序》《誠齋集》卷八十，見王琦珍整理《楊萬里詩文集》（中），江西人民出版社，第 1265 頁。

〔註 17〕《誠齋集》卷一百三十三，《謚文節公告議》。

〔註 18〕胡適《白話文學史》，百花文藝出版社，2002 年版，第 311 頁。

〔註 19〕胡雲翼《宋詩研究》，巴蜀書社，1993 年版，第十六章《白話詩人楊萬里》。

〔註 20〕《學燈》1924 年 10 月 4 日。

〔註 21〕《國學季刊》第 5 卷第 3 期，1936 年 7 月。

〔註 22〕《青年界》第 6 卷第 4 期，1934 年。

短論》（十篇）〔註23〕第七篇論述楊萬里，從「楊萬里與江西詩派」，「楊萬里與晚唐詩」、楊萬里的「活法」三個方面論述了楊萬里與黃庭堅詩的不同，楊萬里學晚唐詩的原因以及楊萬里詩歌創作的得與失。此外，還有虎嘯《南宋傑出詩人楊萬里》〔註24〕郭紹虞《從誠齋詩話的時代談到楊萬里的詩論》〔註25〕、于北山《試論楊萬里詩作的源流和影響》〔註26〕、湛之（傅漩蹤）編《古典文學研究資料彙編・楊萬里范成大卷》〔註27〕等。這些研究主要涉及誠齋詩的分類題材與藝術風格、方法及淵源等領域。這一時期臺灣的楊萬里研究也有所開拓，有 1965 年出版的夏敬觀的《楊誠齋詩選注》，70 年代劉桂鴻的論文《楊萬里年譜及其詩》。

二十世紀八十年代以後，楊萬里相關研究日漸豐富，和本論題較爲相關的研究成果有：

綜合研究：

最早有 1982 年臺灣陳義成（陽明山文化大學中國文學研究所）的博士論文《楊萬里研究》。內地有張瑞君的《楊萬里評傳》，這是一部全面研究楊萬里哲學、社會政治思想和文學創作的專著。全面闡述了楊萬里在中國思想史和文學史上的貢獻，涉及對楊居里詩歌創作及藝術個性的探討，並對楊萬里的理學思想、易學思想、政治思想、人格及散文創作等進行開拓性的研究。在傳評結合中，既詳細展示了楊萬里的人生歷程，又結合了南宋廣闊的社會文化背景，對楊萬里的獨特地位及影響作出了恰如其分的肯定和評價。〔註28〕

張玖青的《楊萬里思想研究》是一本系統、深入研究楊萬里思想

〔註23〕《文學研究》1957 年第 1 期。

〔註24〕《江西日報》1962 年 8 月 22 日。

〔註25〕《光明日報》1961 年 2 月 26 日。

〔註26〕《南京師院學報》1979 年第 3 期。

〔註27〕湛之（傅漩蹤）編《古典文學研究資料彙編・楊萬里范成大卷》，中華書局，1964 年版。

〔註28〕張瑞君《楊萬里評傳》，南京大學出版社，2002 年出版。

的專著。分別論述了楊萬里的生平及思想承傳；楊萬里的哲學思想，包括《易》學思想、理學思想（宇宙論、道本體論、性命論）；楊萬里的社會政治思想，其理想的社會政治秩序、君主之道；楊萬里的文學思想，涉及文道觀、散文觀、詩學觀等等。

關於楊萬里家世、生平、交遊方面：

關於楊萬里的生平，于北山〔註29〕、周啓成〔註30〕等人對於《宋史・儒林傳》中的記載都有過考據，並對其中的倒置之處訂正。王琦珍的文章《楊萬里家世敘錄》在對楊萬里的家世進行梳理的基礎上，認爲楊萬里濃厚的理學家氣質以及詩論主張與藝術創作道路很大程度上來自於其家學淵源。〔註31〕此外還有楊潤生的《楊萬里家世考》（錄入《映日荷花別樣紅——首屆全國楊萬里學術討論會論文集》）、《楊萬里始祖楊輅世系考辨》（錄入《蜜成猶帶百花香——第二屆全國楊萬里學術研討會論文集》）。

有關楊萬里生平及交遊，各種年譜中都有涉及：現存楊萬里年譜有于北山《楊萬里年譜》、〔註32〕蕭東海《楊萬里年譜》〔註33〕等。此外，于北山有《楊萬里交遊考略》〔註34〕及《楊萬里交遊續考》，文章以年齡爲序，敘述楊萬里所交遊的王庭珪、張浚、胡銓、虞允文、陳俊卿、鞏湘、陸游、范成大、周必大、蕭德藻、尤袤、王淮、丘崇、朱熹、袁樞、張栻、余端禮、京鏜、劉德秀、黃景說、張貴溪、袁說友、張抑、張孝伯、王子俊、張鎡、姜夔、羅椿等28人，〔註35〕對瞭解楊萬里生平、思想和爲人有很大的用處。

〔註29〕于北山《有關楊誠齋研究中的幾個問題》，《中華文史論從》一九八四年第四輯。

〔註30〕周啓成《〈楊萬里傳〉補訂》，《文獻》，1988年第4期。

〔註31〕《文學遺產》1989年第6期。

〔註32〕于北山《楊萬里年譜》，上海古籍出版社，2006年9月版。

〔註33〕蕭東海《楊萬里年譜》，上海三聯書店，2007年5月版。

〔註34〕《中華文史論叢》1981年第1期。

〔註35〕《淮陰師專學報》增刊，《活頁文史叢刊》第134期。

關於「誠齋體」：

專著有：周啓成《楊萬里和誠齋體》〔註 36〕、王守國《誠齋詩研究》〔註 37〕對楊萬里詩歌做了細緻紮實的研究。此外，很多文學史、文學批評史以及楊萬里傳記作品都涉及對「誠齋體」的分析論述。例如：張毅主編《20 世紀中國文學研究・宋代文學研究》中《南宋中期文學研究》的《楊萬里及其「誠齋體」》一節專述近年學界對誠齋體的研究成果。郭紹虞在《中國文學批評史》中，認爲楊萬里的詩歌主張「受蘇軾、江西諸人影響而帶禪味，開滄浪論詩先聲」，在論詩旨趣上「強調悟而自得」，又爲袁枚性靈說之先聲。〔註 38〕袁行霈在《中國詩學通論》中〔註 39〕認爲楊萬里是「站在更高層次上，力圖調和『江西體』與『晚唐體』，進而調和『唐音』與『宋調』」。成復旺等編的《中國文學理論史》〔註 40〕認爲「楊萬里的詩歌理論，從講究詩興、注重風味到提倡晚唐，構成了一個完整的體系。」都對誠齋體評價很高。

此外，也有不少單篇論文：王兆鵬的《建構靈性的自然——楊萬里「誠齋體」別解》認爲，誠齋體的獨特個性及其無可替代的藝術審美價值在於它建構了前所未見的具有生命靈性、知覺情感的詩化的自然世界，並改變慣常的藝術思維定勢，嘗試啓示世人，可以從另一個有興味的角度去把握、觀照自然。〔註 41〕戴武軍的《「誠齋體」的形成原因初探》認爲，楊萬里關於『變』與『誠』的哲學思考以及『以史證經』的思維方式滲透在他的創作思想中，使這種哲理的思辨化爲詩意的靈性，從深層次上左右著作者的創作方向和取材意向；〔註 42〕

〔註 36〕周啓成《楊萬里和誠齋體》，上海古籍出版社，1990 年版。
〔註 37〕王守國《誠齋詩研究》，中州古籍出版社，1992 年出版。
〔註 38〕郭紹虞《中國文學批評史》，百花洲文藝出版社，1998 年版。
〔註 39〕袁行霈《中國詩學通論》，安徽教育出版社，1994 年出版。
〔註 40〕成復旺《中國文學理論史》，北京出版社，1987 年出版。
〔註 41〕《文學遺產》1992 年第 6 期。
〔註 42〕《湘潭大學學報》1992 年第 10 期。

熊海英《師法自然的自由創作——對「誠齋體」之「自然」特質的深層闡析》一文認爲以江西派爲代表的宋詩著力表現人文意象和主觀世界，改變了唐詩的審美範式。楊萬里則把詩筆重新轉向自然，並重視在創作中保持和表現性靈本眞；他摒棄寫作成法、慣用語言及傳統意象固有內涵，用自己的語言和方式表達對自然的直接印象，描畫和傳遞各種未經人道、難以言傳的新鮮情景與趣味。並認爲誠齋體打破成法的自由創作精神引領了南宋中後期的詩歌新變潮流。〔註 43〕柯素莉《開闢新境的誠齋山水詩一一兼論楊萬里山水詩主體情感體驗及其諧謔》〔註 44〕主要是對楊萬里詩歌情感的分析；張瑞君《楊萬里在宋代詩歌發展中的地位及影響》總結了楊萬里對劉克莊、張鎡、姜夔、永嘉四靈以及江湖派、金元詩壇、明清詩壇的影響。〔註 45〕

張晶《「誠齋體」與禪學的「姻緣」》、王琦珍《論禪學對誠齋詩歌藝術的影響》〔註 46〕、唐春生《試論禪宗對誠齋體的影響》〔註 47〕等，考察和論證了禪學對楊萬里文學創作和觀念的影響。張晶教授將禪學作爲「誠齋體」形成的思想文化背景，從「內在精神的同構性」上來分析「誠齋體」與禪學的「姻緣」：包括禪宗獨特的直觀體驗方式；自由境界與「誠齋體」對自由靈動的詩風的推崇；禪、佛性自悟與「誠齋體」的「活法」二者的契合與相通處等等，〔註 48〕後收入《禪與唐宋詩學》〔註 49〕一書中。

張鳴的《誠齋體與理學》細緻分析了楊萬里詩歌創作和文學觀念與宋代理學的密切關係，認爲楊萬里在詩中講性理、發議論還在其次，更重要的是作爲一個理學修養較深的詩人，理學的思維方式滲透

〔註 43〕熊海英《師法自然的自由創作——對「誠齋體」之「自然」特質的深層闡析》中南大學學報（社會科學版），2012 年第 6 期。
〔註 44〕《江漢大學學報》1999 年第 2 期。
〔註 45〕《山西大學學報》2001 年第 2 期。
〔註 46〕《遼寧大學學報》1992 年第 5 期。
〔註 47〕收錄《映日荷花別樣紅——首屆全國楊萬里學術討論會論文集》。
〔註 48〕《文藝理論家》1990 年第 4 期。
〔註 49〕新星出版社 2010 年 6 月第 1 版。

到他的詩中，使他的詩作成爲『學者之詩』和『詩人之詩』的結合，形成獨特的『活法』」。〔註50〕朱炯遠、張立《楊萬里「誠齋體」詩的藝術淵源》〔註51〕、卓松章《誠齋體詩歌哲學淵源探析》分別探討了誠齋體的藝術淵源和哲學淵源。〔註52〕

還有些學者將楊萬里的誠齋體詩歌置於南宋或宋代文學這一大背景下進行分析：例如：秦寰明的《兩宋詩歌特質的變異與誠齋體》認爲，楊萬里生活在一個詩潮轉折時期，其詩歌創作經歷了深刻的變化。他所獨創的誠齋體既是宋詩所衍生，同時又在相當程度上具備了對於宋詩的否定的品格。建立在大背景下的衍變分析，北宋詩歌所求之「格」與誠齋所尚之「趣」表現出相互聯繫而又悖反的兩個方面。因爲就格或理、意、思致本身，雖然因其所包含的理性內容和邏輯力量而具有一定的審美屬性，但它並沒有完成一個獨立自足的審美範疇，必待「趣」而後成。〔註53〕

許總的《論萬里和南宋詩風》認爲，南宋中期詩壇的繁榮與中興，同時也包含了理學精神的發展與滲透。楊萬里既涵詠著宋詩藝術的精髓，又閃現著理學精神的光華。他的詩學觀，在宋詩主潮中表現出明顯的變異與不和諧，而在整個詩史上卻表現了向唐詩典範的回歸。〔註54〕張玉璞的《楊萬里與南宋「晚唐詩風」的復興》認爲在晚唐詩風復興過程中，楊萬里起了領軍作用，他初學作詩本從江西派入手，但隨著江西派詩歌流弊爲越來越多的人所不滿，楊萬里本人也從自己的創作處境中痛感江西詩法對詩人藝術創造力的束縛，於是脫出江西詩派，轉而提倡與江西派詩歌審美趣味迥然不同的晚唐詩風。〔註55〕

〔註50〕《文學遺產》1987年第3期。
〔註51〕《瀋陽師範學院學報》1992年第1期。
〔註52〕《福建論壇》1996年第6期。
〔註53〕收入劉慶雲、杜方智主編《映日荷花別樣紅——首屆全國楊萬里學術研討會論文集》嶽麓書社1993年版。
〔註54〕《社會科學戰線》1991年第4期。
〔註55〕《文史哲》1998年第2期。

關於楊萬里文學觀念和詩學理論的研究：

楊萬里詩學思想散見於《誠齋詩話》、《詩論》和《誠齋集》中。有關楊萬里的詩學理論、文學觀念等方面的研究成果顯著：郭豔華《楊萬里文學思想研究》是一本研究楊萬里文學思想的專著，將楊萬里置於宋代理學、心學和詩學的交匯點上，結合當時動盪的政治環境，以及宋代理學和心學及黨爭對其心態的影響，深入其哲學思想和文學思想內部，探究其文學思想由產生、成熟到轉向的演進過程，指出其詩學風貌、品格、特徵及其作品在古代中國詩學史上所佔的地位。〔註 56〕

馬海音的《楊萬里書啓序跋文研究》通過分析楊萬里極具個性色彩的書啓序跋文，凸顯其「重氣尚用」、「重味尚變」的文學觀念，養民興國的政治思想以及理趣兼具、雅俗共賞、省淨凝練、氣勢非凡的藝術風格。還原了楊萬里耿介率眞、幽默風趣、睿智豁達的人格形象。〔註 57〕

莫礪鋒的《論楊萬里詩風的轉變過程》從寫作年代和詩體選擇、題材取向、寫作速度、藝術手段等方面對誠齋詩的創作歷程進行分析。認爲「以七言絕句爲主要的載體，以自然爲主要題材」是「誠齋體」的重要特徵。並認爲楊萬里五十歲至五十六歲的幾年間，是其詩風形成的關鍵時期，所以「作於『戊戌三朝』前後的《荊溪集》等，是解開『誠齋體』奧秘的關鍵。」〔註 58〕

韓經太《楊萬里出入理學的文學思想》一文認爲楊萬里的文學思想是在與宋代瀰漫的理學義理之若即若離的自由中獲得靈性，從而建構其左右逢源式的機動原理。楊萬里在統合道德倫理學和社會政治學的基礎上，實現了對詩學教化傳統的改造，把傳統的風化詩教變異爲超越式入世濟時的詩藝原理，把詩窮而後工的發揮幽憤之傳統變異爲

〔註 56〕郭豔華《楊萬里文學思想研究》，中國社會科學出版社，2012 年 6 月出版。

〔註 57〕馬海音《楊萬里書啓序跋文研究》，中國文史出版社，2015 年出版。

〔註 58〕《求索》2001 年，第 4 期。

審美愉悅之性情釋然快意的隱喻興發。〔註 59〕

胡迎建《論楊萬里的文學思想及其詩論》肯定了楊萬里的詩學主張對於「糾正當時文壇弊端的進步作用」；〔註 60〕黃德生《楊萬里的詩歌理論和詩歌創作》一文論述了楊萬里「矯天下」的詩論主張和「微婉顯晦」藝術風格；〔註 61〕龍霖《誠齋詩論淺議》一文論述了楊萬里對劉勰、鍾嶸、司空圖等人的「滋味說」的繼承和發展；〔註 62〕類似的還有慶振軒、車安寧《誰謂荼苦，其甘如怡——楊萬里詩論別解》〔註 63〕。張瑞君的《楊萬里評傳》、王守國的《誠齋詩研究》都有專章論及楊萬里的詩學思想，並重點論述了楊萬里的詩歌功能論。〔註 64〕韋向學《〈誠齋詩話〉論略》探討了誠齋的主學古、倡變化、求創新、講個性和重「遺味」等幾個方面的詩學精神。〔註 65〕

關於楊萬里詩歌方法論：

多篇論文都論及誠齋詩之「活法」：如張素琴《新鮮格體，獨特風味》〔註 66〕、張福勳《誠齋詩「活法」藝術》。王水照《楊萬里的當下意義與宋代文學研究》認爲，楊萬里的當下意義主要表現在『新』、『活』、『誠』三方面，他留下的文化遺產有積極的現實作用，

〔註 59〕《社會科學戰線》1990 年第 2 期。
〔註 60〕《江西社會科學》1999 年第 3 期。
〔註 61〕《西南師範大學學報》1986 年第 3 期。
〔註 62〕《吉安師專學報》1986 年第 2 期。
〔註 63〕《文學遺產》1993 年第 4 期。
〔註 64〕文中「詩教理論」的提法依據楊萬里的《六經論・詩論》。胡明《楊萬里散論》(《文學評論》1986 年第 6 期）一文則認爲楊萬里的《六經論・詩論》實質是「《詩經論》」，不足以代表楊萬里的文藝思想。「從《詩經論》裏發揮引申出來的東西不應看作爲楊萬里對詩歌的審美見解」。
〔註 65〕《廣西師範大學學報》1998 年第 3 期。
〔註 66〕《映日荷花別樣紅——首屆全國楊萬里學術研討會論文集》第 228 頁。作者認爲誠齋體得於「活法」，形成獨特的藝術風格和魅力，然而誠齋體的缺憾與偏頗也在於「活法」。楊萬里的很多詩作都是深刻不夠，率然而流入淺滑無味，是源於作者自己的得於「活法」，失於「活法」。

深入研究楊萬里，將爲南宋文學特別是詩歌的發展提供新的認識；〔註67〕李建軍《試析宋代詩論對〈春秋〉義法的吸納——以楊萬里、張戒爲考察中心》一文認爲，楊萬里、張戒等宋代詩家會通詩學與《春秋》，發現二者不但社會功用相通，而且紀事之妙相類，於是吸納《春秋》義法以論詩。他們既融會《春秋》的『義』以凸顯詩的社會功用，又借鑒《春秋》的『法』以強調詩的藝術特質，從而在江西詩派風靡一時、理學家詩論影響日增的時代，起到了一定的補偏救弊的作用。既堅守住了儒家詩論的『言志』傳統和詩教取向，而且也在體悟『《詩》與《春秋》紀事之妙』的基礎上推進了對詩歌審美特性的探求，既有益當世又澤被後學。〔註68〕

關於楊萬里哲學思想的研究：

楊萬里的哲學思想主要見於《心學論》、《庸言》、《誠齋易傳》、《〈天問〉〈天對〉解》和一些序跋和書信中。一些理學史或宋代哲學史的專著有專章論及，例如：侯外廬主編《宋明理學史》第十五章——「楊萬里與理學唯心論相對峙的思想」中說：「後世有人把他（楊萬里）列爲道學家，但考察其思想內容，頗不同於二程與朱熹，且在不少方面有離開道學自成一家的傾向。」在宇宙論方面，「楊萬里繼承和發揚了前人的『氣』的樸素唯物主義的宇宙觀」，「用物質性的元氣說來解釋人和生命，認爲『元氣』是人的生命的物質基礎」，在認識論方面，「楊萬里肯定了人的認識來源於客觀世界」、「強調後天學習的重要性」。在道德論方面，認爲楊萬里的「仁」的思想接受了孟子和程顥的思想觀點。將楊萬里定位爲「繼承了古代唯物主義的思想傳統」的「唯物主義哲學家」。〔註69〕

張岱年主編《中國唯物論史》專列一章「楊萬里的唯物論思想」，認爲楊萬里「繼承了柳宗元、張載、王安石等人的唯物論思想，豐富

〔註67〕《江西師範大學學報》（哲學社會科學版），2010年第3期。
〔註68〕北京師範大學學報，社會科學版，2007年第5期。
〔註69〕侯外廬《宋明理學史》，人民出版社，1997年版。

和發展了氣本論，在宇宙觀、無神論、辯證法和認識論等方面有自己獨到的立論。」〔註70〕此外還有熊慶年《中國理學》〔註71〕石訓等人主編的《中國宋代哲學》〔註72〕，等等。

一些單篇論文研究楊萬里的人性論、認識論、道統思想、歷史觀等方面，例如：衷爾鉅《論楊萬里的唯物論思想》〔註73〕唐明邦《楊萬里〈誠齋易傳〉的革新思想和憂患意識》〔註74〕、傅榮賢《略論「參證史事」的楊萬里易學》〔註75〕。張瑞君的《論楊萬里的人格》〔註76〕、《論楊萬里的知行觀》〔註77〕、《楊萬里的人性論》〔註78〕等探討了楊萬里的人生哲學和人性論。蔡方鹿、王雯雯的《楊萬里道統思想探討》認爲，楊萬里的道統思想主要表現在，歷數以堯、舜、禹三聖爲起源的聖人之道的傳授，中經湯、文、武、周公，到孔子爲八傳，後經顏子、曾子、子思、孟子的傳授，並肯定韓愈在道統中的位置，而與程頤有別；後以二程爲道統的傳人，其學以天理爲宗，又對張栻高度評價，卻不言朱熹在道統中的位置。在道統思想內涵的規定上，強調陰陽是道的普遍規律，道既包括天地自然之規律，又包括人類社會仁義、君臣父子之天理的原則，把天道、人道統一於道統之道。並

〔註70〕張岱年《中國唯物論史》，河南人民出版社1994年版。

〔註71〕東方出版中心，2002年版，第三卷介紹了《誠齋易傳》和《庸言》。

〔註72〕河南人民出版社1992年12月版。專列一章《楊萬里的哲學思想》，著重從幾個方面論述楊萬里的哲學思想。分別爲「『道爲氣母，氣爲天地根』的唯物主義自然觀」、「『天非和不立，物非和不生』的辯證法思想」。

〔註73〕《南昌大學學報》2001年第1期。作者認爲，楊萬里發揮了柳宗元、張載、王安石等人的唯物論思想，豐富和發展了哲學氣體論。在宇宙觀、無神論、辯證法和認識論等方面都有獨到的建樹，在許多方面不僅與程朱的唯心論相對立，而且超越了前輩唯物主義哲學家，開啓了後世哲學家的思路。

〔註74〕《孔子研究》2002年第5期。

〔註75〕《周易研究》1997年第3期。

〔註76〕《天津師大學報》1999年第6期。

〔註77〕《山西大學學報》2002年第6期。

〔註78〕《西南師範大學學報》2001年第6期。

把道與心聯繫起來，提出三聖一道，三聖一心。又重視道與行的聯繫，強調道不離行，道須貫徹到社會實踐中。在道與經典的關係上，楊萬里以「六經」載道、傳道，體現了「六經」與道的密切聯繫，這與朱熹主要通過「四書」來闡述其道統論的思想有別。〔註 79〕

相關的博士學位論文：

朱連華《楊萬里詩風演變研究》立足楊萬里詩歌創作整體情況，按照楊萬里不同時期的創作來研究其詩風演變，探討詩風演變與「誠齋體」詩歌的形成與發展。〔註 80〕

彭庭松《楊萬里與南宋詩壇》考察了楊萬里與陸游、范成大、尤袤、蕭德藻、姜夔等人的交遊狀況，進而勾勒出相關文學活動的過程和場景，比較他們相互間創作理論和實踐的異同，探究楊萬里與四靈和江湖詩派、理學詩派之間的源流和影響，審美趣味的發展變遷以及學問修養對詩歌的滲透。」〔註 81〕

從以上對研究狀況的梳理可以看出，學界從詩歌藝術、詩學理論、學術思想、個人經歷等各方面展開對楊萬里的研究，出現了較豐富的研究成果，並呈現出多元化的研究趨勢。

關於理學（宋學）與詩學、文學關係的研究：

許總的《宋明理學與中國文學》是一部研究宋明理學與中國文學關係的專著。全書上下兩冊，共八章，在書中，論者分析了理學的特徵、形成、發展演變及歷史地位，考察了宋詩、宋詞、宋代古文等各種文學藝術體類對理學程度不同，方式各異的或由感契而承受，或由撞擊而交織。最後，還特別談到了理學與宋代文學觀念的關係、統合儒、道、釋的文化觀念、理學與禪悟等等。〔註 82〕

〔註 79〕蔡方鹿、王雯雯《楊萬里道統思想探討》，湖南大學學報（社會科學版），2017 年第 2 期。

〔註 80〕西北師範大學，2008 年。

〔註 81〕浙江大學，2007 年。

〔註 82〕許總《宋明理學與中國文學》，百花洲文藝出版社，1999 年出版。

韓經太的《理學文化與文學思潮》[註83]：全書從理學文化的醞釀與文學意識的流變、道德文章的命運和人生哲學的重構談起，從五組關鍵詞展開分析研究：「性情」與「風物」，用作者的話來說，這是「理學奠基之際的文學思維課題」；「目的」與「方法」，梳理了理學發展過程中朱、陸之爭前後的文學思潮，其中提到了楊萬里「出入理學」的文學理論建樹；「兼綜」與「復古」，關於元明之際的理學與文學形勢；「靈性」與「靈明」，這是關於明代心學發展中的文學意識；「虛學」與「實學」，是對理學的總結與疾虛妄的文學精神的論述。

李春青教授的《宋學與宋代文學觀念》系統、細緻地分析論述了道學與詩學的關係，全書共論及宋代士人的文化心態、宋學的基本學術旨趣及核心範疇、宋代詩學的基本精神與價值取向、宋學對宋代詩學的一般影響、蜀學與詩學、道學與詩學、詩學對宋學精神的背離等問題。作者認爲，南宋時期是道學成熟發展的時期，同時也是詩學觀念漸漸自覺拒斥宋學精神的時期。在此過程中楊萬里與嚴羽發揮著關鍵性作用。道學與文學作爲兩種迥然不同的話語形態，存在著價值取向上的不兼容性。道學在根本上是強化理性而壓抑感性，從而成就一種理想的道德人格；文學在根本上則是將主體情感轉化爲一種話語形式，從而將心靈寄託在一種情感與語言共同建構的獨特趣味之中。它們唯一的共同點就是都完成了對現實的超越。儘管兩宋時期的文學觀念從整體上都籠罩在心性義理之學的影響之下，但也始終存在著詩學精神對學術話語的抗爭與拒斥。從某種意義上說，這是人的感性對理性的反抗（這種反抗是與人類文明的產生與發展相伴隨的），是趣味人格對道德人格的反抗。楊萬里到嚴羽的詩學演變過程，使這種反抗最終走向勝利。楊萬里突破了宋學精神影響下的『以意爲主』、『以理爲主』和以道爲體、以文爲用的主流觀念。這正是楊萬里以「味」爲

[註83] 韓經太《理學文化與文學思潮》，中華書局，1997年出版。

體的詩學本體論與師法自然的詩歌創作論的闡述前提。〔註 84〕

鄧瑩輝的《兩宋理學美學與文學研究》，全書共四章，分別論述了兩宋理學的演進與理學美學的特點，分析了理學的概念在宋代的嬗變、理學美學的立論前提，認爲「理學美學是一種哲學美學、倫理美學更是一種境界美學」；從「道」「氣」「文」「樂」四個方面考察分析了「理學美學範疇的邏輯本原、實體構成、直觀表象和終極關懷」；從創作論、風格論、境界論三方面歸納和構建了理學美學的基本框架；最後談到了理學家的文學創作與批評（如北宋五子、南宋的一些著名理學家）以及理學家的《詩經》研究。〔註 85〕

石明慶的《理學文化與南宋詩學》，將理學作爲一種文化思潮，以此爲視角來透視南宋詩學，分析其在詩學實踐和理論建構之中的影響，採用文史哲相結合的研究思路，從學理的內在脈絡來挖掘理學思想與其詩學觀點之間的具體聯繫，全面論述了南宋主要理學派別朱熹及湖湘學派、呂祖謙及永嘉學派、陸九淵及心學派和南宋後期朱子後學的詩學。在此基礎上，以陸游、楊萬里爲主，以劉克莊、林希逸和嚴羽爲主，以呂本中、上饒二泉和方回爲主，分別論述理學對中興詩人、江湖詩派、江西詩派詩歌創作和詩學理論批評的影響。並以宋詩話爲中心來探討理學與宋詩學的理論建構，對南宋理學文化與詩學的關係作了總體概述。其中，在第五章第二節——「楊萬里『誠齋』詩學的理學意蘊」，從理學思想的角度來研究楊萬里的詩歌理論和創作，從而更爲深刻地理解和把握楊萬里的詩學思想。楊萬里不僅以其立身行事的凜凜氣節眞正踐履了理學精神，其詩學內在靈魂也與理學思想緊密相關。〔註 86〕

〔註 84〕李春青《宋學與宋代文學觀念》，北京師範大學出版社，2001 年 10 月出版，第 246～247 頁。

〔註 85〕鄧瑩輝《兩宋理學美學與文學研究》，華中師範大學出版社，2007 年出版。

〔註 86〕石明慶《理學文化與南宋詩學》，中國社會科學出版社，2006 年 7 月出版。

馬積高的《宋明理學與文學》著眼於江西詩派之後宋元明清的一些文學流派和樣式與理學思潮的趨同或悖離。〔註 87〕劉方的《宋型文化與宋代美學精神》則主要研究宋代美學思想的形成與所處時代文化之間的關係，相互之間的影響、互滲。是關於宋型文化、宋代美學、士大夫群體、宋代文學等多方面互動關係的研究。〔註 88〕

王培友的《兩宋理學家文道觀念及其詩學實踐研究》〔註 89〕系統梳理了理學家文道觀念在理學體系中的地位和作用、理學家文道觀的類型、特質及其生成的文化生態環境、理學家文道觀與理學家認知思維方式的關係、理學家文道觀與其詩歌創作的聯繫，理學家文道觀的核心話語——「文以載道」對於中國古代詩學範疇，以及理學詩境構建、詩意表達方式、主題類型等的作用等。

以上是關於理學（宋學）與詩學、文學關係的一些代表性的研究成果。縱觀前人的研究成果，論者認爲，要瞭解一個時期或某個人的文學與詩學觀念、理清宋代詩學觀念特別是本文的研究對象——楊萬里的詩學思想，發掘其生成的學理依據和精神源頭、發掘其內在的文化意蘊，必定要將其還原到宋代文化學術的背景中去思考其徘徊於「道心」與「詩心」之間的詩學精神。

第二節　所謂「道心」與「詩心」

「心」字在「詩三百」的時代就已經廣泛使用了，據相關統計，《詩經》中曾經上百次出現過「心」字。在傳統哲學體系和詩學體系中，「心」是很重要的範疇之一，意蘊和內涵十分豐富。「心」既可以指心理的、智慧的、靈性；又可以指情感世界、甚至整個精神世界。由於哲學與詩學是兩種不同的話語系統，有時，即便是理學與詩論中

〔註 87〕馬積高《宋明理學與文學》，湖南師範大學出版社，1989 年出版。

〔註 88〕劉方《宋型文化與宋代美學精神》，巴蜀書社，2008 年出版。

〔註 89〕王培友《兩宋理學家文道觀念及其詩學實踐研究》，南京大學出版社，2016 年版。

的某個概念或範疇的能指相近或相同，所指也不會相同，誠如阿諾德所說，「一個表現在哲學的抽象概念形式之中的觀念，與一個表現在藝術的具體可感的形式之中的觀念，決不是『同一』的觀念，即使人們感到有將哲學觀念與藝術觀念相提並論的傾向，但這兩種不同的表達方式的差別是如此之大，以致不能非常容易地加以敘述。」〔註 90〕「心」這一概念亦是如此：

「心之官則思，思則得之，不思則不得。」〔註 91〕

「盡其心者，知其性也，知其性則知天矣。」〔註 92〕

「權，然後知輕重；度，然後知長短；物皆然，心爲甚。」〔註 93〕

「惻隱之心，仁也；羞惡之心，義也；恭敬之心，禮也；是非之心，智也」

「仁，人心也。」〔註 94〕

「此心之靈，自有其仁，自有其智，自有其勇，私意俗習如見晛之雪，雖欲存之而不可得，此乃謂之知至，乃謂之先立乎其大者。」〔註 95〕

孟子認爲心的官能是「思」，「心」具有價值判斷功能。「盡心知性」中的「心」又具有了本體的意味，是一種「道德的可能性」。張載則說：「由太虛，有天之名；由氣化，有道之名；合虛與氣，有性之名；合性與知覺，有心之名。」〔註 96〕「心」是「性」與「知覺」合一的結構，「大其心」才能盡心知性，使人性合於天性。在中國哲學關於「心」的討論中，「心」可以有理性、認知、審美功能，也可

〔註 90〕〔美〕阿諾德·豪塞爾著，陳超南、劉天華譯《藝術史的哲學》，中國社會科學出版社 1992 年出版，第 255 頁。
〔註 91〕《孟子·告子上》，《四書集注》，嶽麓書社 2004 年版，第 369 頁。
〔註 92〕《孟子·盡心上》，《四書集注》，嶽麓書社 2004 年版，第 384 頁。
〔註 93〕《孟子·梁惠王上》，《四書集注》，嶽麓書社 2004 年版，第 238 頁。
〔註 94〕《孟子·告子上》，《四書集注》，嶽麓書社 2004 年版，第 362 頁。
〔註 95〕陸九淵《與傅克明》，《陸九淵集》卷十五，中華書局，1980 年版。
〔註 96〕張載《正蒙·太和篇》，《張載集》，中華書局，1978 年版，第 7 頁。

以是一種先驗的道德本性。先秦時期道家言「心」如「心齋」之類，以「心」的空靈虛靜爲重，這種傾向也影響了後來的玄學甚至理學；儒家則以「心」言「性」居多，談論「心」與情性的關係，例如「道心」「人心」說。

僞古文《尚書》(《大禹謨》)中有:「人心惟危，道心惟微，惟精惟一，允執厥中」。雖然後人所依據的這句經典的「十六字心傳」是僞作，但是其理論價值與意義是不可否認的。特別是理學家們例如二程和朱子的言說和闡發更多的是站在了一種哲學的角度而非政治的。

關於道心、人心的闡釋有很多種:孔穎達對「十六字心傳」的詮釋是:「因戒以爲君之法:民心惟其危險，道心惟甚幽微。微則難安，微則難明。汝當精心，惟當一意信執其中正之道，乃得人安而道明耳。」(《尚書正義》)這是以如何做君王爲核心，把「人心」詮釋成「民心」，是從政治哲學的角度來言說。「道心人心」眞正成爲理學心性論的重要話題，是從二程開始:

> 「人心惟危，人欲也。道心惟微，天理也。惟精惟一，所以至之。允執厥中，所以行之。」〔註97〕

> 「人心私欲，故危殆。道心天理，故精微。滅私欲則天理明矣。」〔註98〕

> 「『人心』，私欲也；『道心』，正心也。『危』言不安，『微』言精微。惟其如此，所以要精一，『惟精惟一』者，專要精一之也。精之一之，始能『允執厥中』，『中』是極至處。」〔註99〕

程顥以天理人欲來詮釋道心人心:天理是道心，極爲隱微；人欲是人心，頗多危險。這一角度影響深遠，以至於很多人一看到道心人心就自動對應到天理人欲。程頤更是將道心人心論與天理人欲論完全對等，要完全滅人心之私欲而明道心之天理。道心爲正，人心爲邪，

〔註97〕程顥、程頤《二程遺書》，上海古籍出版社，2000年出版，第173頁。
〔註98〕程顥、程頤《二程遺書》，上海古籍出版社，2000年出版，第269頁。
〔註99〕程顥、程頤《二程遺書》，上海古籍出版社，2000年出版，第309頁。

二者完全對立，因而要用「精一」工夫，才能使「道心」常存、不爲「人心」所亂。

朱熹則認爲「人心」「道心」並非二心，二者都來源於人性，前者是道德本心，後者是欲。因人心從形氣之私而發，道心以性命之正爲根源而發，故分出人心與道心。這是將道心人心看作「心」的理性和感性兩個不同側面，而且不再對人欲持完全否定態度：

> 「若說道心天理，人心人欲，都是有個心。人只有一個心，但知覺得道理的是道心，知覺得聲色臭味的是人心。」〔註 100〕

> 「人心，人欲也，此語有病，雖上智，不能無此，豈可謂全不是。」〔註 101〕

> 「此心之靈，覺於理者，道心也，覺於欲者，人心也。」〔註 102〕

> 「心之虛靈，知覺一而已矣，而以爲有人心道心之異者，則以其或生於形氣之私或原於性命之正，而所以爲知覺者不同，是以或危殆而不安，或微妙而難見耳。」〔註 103〕

> 「如饑飽寒暖之類，皆生於吾所血氣形體，而他人無與，所謂私也。」〔註 104〕

> 「命之正者出於理，命之窱者出於氣質，要之，皆天所賦，性命之正者稱爲道心。」

> 「人自有人心道心，一個生於血氣，一個生於義理。飢寒痛癢，此人心也；惻隱、羞惡、是非、辭讓，此道心也。雖上智亦同。」〔註 105〕

> 「道心是義理上發出來的，人心是人身上發出來的，

〔註 100〕《朱子語類》卷七十八，中華書局，1986 年版。
〔註 101〕《朱子語類》卷七十八，同上。
〔註 102〕朱熹《中庸章句》序，《四書集注》，嶽麓書社，2004 年版，第 19 頁。
〔註 103〕朱子《中庸章句》序，《四書集注》，嶽麓書社，2004 年版，第 19 頁。
〔註 104〕《朱子語類》卷六十二，中華書局，1986 年版。
〔註 105〕《朱子語類》七十八，中華書局，1986 年版。

聖人不能無人心。如渴飲之類，雖小人不能無道心，如惻隱之心是」。〔註 106〕

「必使道心常爲一身之主，而人心每聽命焉」。〔註 107〕

本書標題中的「道心」即是理學家之「心」、理學精神之「心」，是一種理性精神和道德理想。牟宗三所說的「一種生動活潑怵惕惻隱的仁心，生動活潑，是言其生命之不滯，隨時隨處感通而莫之能禦，怵惕惻隱是生動活潑之特殊化，是它的內容」。〔註 108〕如果人不能常常在這「不滯之心」的感通中「好善惡惡、遷善改過」陷於非理性的物欲和情慾，他就只能是自然和生理意義上的人，而不是「通過道德之心安頓的眞生命」。「詩心」則既是作詩（爲文）者之心，亦是詩之心，是詩性、文學性。「道心」與「詩心」之間，總是會有契合或相通的瞬間：詩可「補察時政」，亦可「泄導人情」，可「奪他人之酒杯，澆自己之壘塊」。人因外部世界或自身而產生的苦惱、困擾、欣喜、神往等情感或情緒，都需要一個出口，才能歸於寧靜圓融——或通過宗教、或通過藝術、哲學。從這個意義上來說，詩心與道心之間存在相通處，絕非偶然，道心深處，亦深契詩心。方東美曾說：「難能哲匠亦詩翁」，他十分贊同懷特海所說的「哲學與詩境相接」和桑塔雅那所主張的「偉大的宗教境界即是詩之降凡人間」的觀點。他認爲，「詩情與哲思本難兼備，……宗教、哲學與詩在精神內涵上是一脈相通的……健全之哲學精神、優美的詩歌藝術是互徹交融的，詩人的功能在於做人生之哲學大夢。」〔註 109〕

「詩心」與「道心」的相通可以體現在很多方面：例如超越功利、止於智慧，更有終極關懷。從人心和人性的角度來說，哲學是人學，

〔註 106〕《朱子語類》七十八，同上。

〔註 107〕《朱子語類》七十八，同上。

〔註 108〕牟宗三《道德的理想主義》，吉林出版集團有限公司，2010 年 7 月出版，第 17 頁。

〔註 109〕方東美《生生之美》，北京大學出版社，2009 年 1 月第 1 版，第 278 頁、283 頁。

文學也是。如果說道德理想的終極目標是去人心人性中「非理性」之危而顯「道心」之微；「詩心」所承載的人心、人性、人情的內容是更多層面的，既有道德情感亦有審美情感。人性的詩意表達可以體現在文藝的各方面，人心之玄思、幻夢、激情、悲痛、迷離透過「詩心」都可以「陶熔美感，裁成樂趣」。「詩心」所承載的審美情感如果不能通於「人心」「道心」，無法讓人產生同情、哀憫、愉悅之情，或是反道德理想的，都會失去它自身的存在價值。好的文學藝術作品常常同時具備了令人神往的審美意蘊、震撼人心的道德力量和悲天憫人的情懷。同樣，「道心」所承載的德性倫理精神如果不是爲了使人自覺成德返歸本眞，而只是作爲一種外在規範，就成了沒有人文價值的抽象理論。眞正符合了眞和善的道德價值理想也必定是美的、詩性的，是人性的、人文的。從人類情神世界的角度來說，「道心」「人心」「詩心」有其統一性，「道心」最幽微處與「詩心」最高處，哲學與文學的最深處，所彰顯和傳達的都是一種「人類情感」，這種情感是眞善美一體的、德性與詩性的完美融合。當然，這種融合的前提是本然的，而非隔膜的。「詩心」自然契合「道心」而不必刻意承載道德目的、不必喪失自身的文學性和審美性而從於理性和道德意志。

在人文學科家族內部，文學與哲學本來是比較有親緣關係的。它們都是最貼近人本身的，二者共同指向某種形上意味——高於日常生活的超越性和對普遍性或者精神家園的追尋。從根本上來說，哲學、道德與審美活動，求眞、求善、求美都是人類在精神領域的追尋和探索中最本源的活動，必然有內在的統一性。藝術直覺與道德理性、哲學沉思與審美觀照、詩學境界與人文理想，都有相通之處，它們共同構建了某個時代的「精神史」。正如韋勒克在《文學理論》的第十章「文學和思想」中所說到的：「哲學與文學間的緊密關係常常是不可信的，強調其關係緊密的論點往往被誇大了，因爲這些論點是建立在對文學思想、宗旨以及綱領的研究上的，而這些必然是從現存的美學公式借來的思想、宗旨和綱領只能和藝術家的實踐維持一種遙遠的關係。當然，對哲學與文學間關係緊密的懷疑並非要否定它們之間存在的許多聯繫，甚至某種程度的相似。這些聯繫與相似由於一個時代的共同社會背景給予它們的共同影響而獲得了加強。」〔註110〕

而在一些唯理性主義哲學家那裡，哲學是文學的屬概念：無論是柏拉圖認爲文學充滿了誤導人的非理性力量而缺乏存在的道德基礎和眞理性從而排斥文學、還是亞里士多德以哲學論詩來強調文學創作的哲學意味——哲學都是文學存在價值的言說前提。直到「浪漫詩哲」的時代，追求「徘徊於人生與哲學的詩意交匯處」、「詩化哲學」，再到後來的存在主義以及十九世紀末二十世紀初的語言論轉向，哲學與文學的關係才不再是完全對立的。在西方文藝理論發展史上，文學與哲學的「衝突」一度十分激烈，「文學批評在西方誕生之時就希望文學消失，柏拉圖對荷馬最大的不滿就是荷馬的存在，」「驅逐、壓制、帶傾向性的頌揚、代價慘重的辯護，這就是柏拉圖以來哲學介入這一古老論爭的種種方式。」〔註111〕在哲學以理性爲文學立法時，文學也始終在努力強調自律性爲自身立法，余虹還從「詩與思的衝突或交融」這一角度將西方的「思想史」或「精神史」大致分爲三個階段：「1.原詩意階段（前蘇格拉底——柏拉圖時期），思的基本樣式是神話，它既包含後來稱之爲智慧與哲思的因素，又包含詩與藝術的因素，還包含神啓與宗教的因素；2.非詩意階段（柏拉圖以來直至康德的時期），思的基本樣式是哲學和神學（經院哲學），詩之『思性』與思之『詩性』均被遮蔽起來，『思』鄙視詩；3.向詩意之思回返的階段（後康德時期），『思』的基本樣式是詩化哲學與神學，詩與『思』重修舊好，但『思』向詩的回返僅僅是開端，從第一階段到第二階段，西方思想實現了某種理性轉向，由第二階段到第三階段，則完成了一

〔註110〕〔美〕雷・韋勒克、奥・沃倫：《文學理論》劉象愚等譯，三聯書店，1984年出版，第127頁。

〔註111〕馬克・愛德蒙森《文學對抗哲學：從柏拉圖到德里達》王柏華、馬曉東譯，中央編譯出版社，2000年版，第10頁。

場詩性轉向。」〔註 112〕

如果說詩與思的衝突、融合是西方文藝理論史的主線之一，那麼「文」與「道」的關係可以說構成了中國古典文學與詩學發展的脈絡之一。「文以載道」長期以來作爲儒家主流文學觀念，對於「文學是什麼」這個問題的回答一直都是類似的答案：文之所以成爲文、其存在價值在於對「道」的承擔，無論是使形而上之「道」澄明，還是使人倫日用之「道」呈現，「文」都是「道」之「文」。

本書從「道心」與「詩心」的角度來分析考察楊萬里的詩學思想與詩歌風格，是從理學語境中的宋代文學與詩學中一直存在的「德性」與「詩性」、「倫理」與「審美」、「意」與「情性」、「思」與「妙悟」的衝突來考慮的。宋代文學觀念與詩學的主題幾乎離不開以下兩個問題：

1.「文」與「道」

「文以載道」可以說是中國古代文學觀念中的重要命題，強調「文」對「道」的承擔和闡發。而此「道」之內涵也頗爲豐富，可以是天地自然宇宙之道，可以是孔孟之道。自唐代韓愈等人的「文以明道」之後，再到宋代的「文以載道」之「道」基本就專指儒道了。

宋初儒家的道統觀念和入世精神還很少在文學作品中得到體現，但這期間一直有文人力主變革，以反對五代以來的文風和宋初的西崑體：「今楊億窮妍極態，綴風月，弄花草，淫巧侈麗，浮華篡組。刓鎪聖人之經，破碎聖人之言，離析聖人之意，蠹傷聖人之道。……其爲怪大矣。」〔註 113〕他們以寫作古文號召重建道統。〔註 114〕宋初道統觀念遠承孔孟，近接韓愈，將「道統」由仁義教化歸結到心性誠

〔註 112〕余虹《詩與思的對話——海德格爾詩學引論》，中國社會科學出版社，1991 年 7 月出版，第 16～26 頁。

〔註 113〕石介《怪說》，《徂徠石先生文集》卷五，見蔣述卓《宋代文藝理論集成》，中國社會科學出版社，2000 年版，第 79～80 頁。

〔註 114〕《宋史・梁周翰傳》「五代以來，文體卑弱，周翰與高錫、柳開、范杲習尚淳古，齊名友善，當時有『高、梁、柳、范之稱。」

明的本體上來，〔註 115〕認為從心的根源上固本是文統之關鍵，文章價值的衡量尺度只關乎心性道德，因而道體即文心，道統即文統，道德即文章，道為體文為用，詩文的意義在於可以作為載體來傳「道」。初期的柳開、石介等人在「道本文末」、「道」壓制「文」、壓制審美的道路上走的十分偏激。

宋代中期以後，理學家和文學家在文道關係、「道」的內涵、理論重心上也有著不同的界定、理解和選擇。在文學家如歐陽修、蘇軾那裡，「道」是孔孟儒道，亦可以是指政治、生活之道，「文」是明道之文，「文」因為「道」而豐富了存在的價值，「道」通過「文」得以表達和傳播，載道、明道是文的重要功能和價值；

> 「君子之學也，務為道，為道必求知古，知古明道，而後履之以身，施之於事，而又見於文章而發之，以信後世。」〔註 116〕

> 「昔孔子老而歸魯，六經之作，數年之頃爾。然讀《易》者如無《春秋》，讀《書》者如無《詩》，何其用功少而至於至也。聖人之文，雖不可及，然大抵道勝者，文不難而自至也……後之惑者，徒見前世之文傳，以為學者文而已。故愈力愈勤而愈不至。此足下所謂『終日不出於軒序，不

〔註 115〕穆修《靜勝亭記》「夫靜之閫，仁人之所以居心焉，在心而靜，則可以勝視聽思慮之邪。邪斯勝，心乃誠，心誠性明而君子之道畢矣。」（《河南穆公集》卷三）
柳開《上王學士第四書》「文不可遽為也，由乎心智而出於口，君子之言也。」「心正則正乎，心亂則亂矣。發於內而主於外，其心之謂也；形於外而體於內，其文之謂也。心與文者一也。」（」《河東先生集》卷五）
趙湘《本文》:「其聖賢者，心也。其心仁焉、義焉、禮焉、智焉、信焉、孝悌焉，則聖賢矣。以其心之道，發為文章，教人於萬世，萬世不泯，則固本也。」又「古之人將教天下，必定其家，必正其身。將正其身，必治其心，將治其心，必固其道。道且固矣，然後發辭以為文，無凌替之懼，本末斯盛，雖曰未教，吾必謂之教矣。」（《南陽集》卷四）

〔註 116〕歐陽修《與張秀才第二書》，《歐陽文忠公集》卷六十六，四部叢刊本。

能縱橫高下皆如意』者也，道未足也。若道之充焉，雖行乎天地入於淵泉，無不之也。」〔註 117〕

「言以載事，而文以飾言；事信言文，乃能表見於後世……然其道有至與不至，故其書或傳或不傳……夫文之行，雖係其所載，猶有待焉！」〔註 118〕

歐陽修講「道盛文至」、作文須心中有「道」，如果只在「文」上用功，會「愈力愈勤而愈不至」。但是，文章是否能流傳久遠，不只關乎「道」與「事」，也取決於「文」，理性與情感，主體的道德人格、文所載之「道」與文章的文辭都同樣重要。詩文創作固然要「期於有用」，但「文與道俱」。

「歐陽文忠公言文章如精金美玉，市有定價，非人所能以口舌定貴賤也。」〔註 119〕

「夫昔之爲文者，非能爲之爲工，乃不能不爲之爲工。」〔註 120〕

歐陽修講「言以載事而文以飾言，事信言文」，蘇軾講「吾所爲文必與道俱」時，「道」有「事」之意，在講「道可致不可求」時，「道」的意思似乎又更接近藝術規律、藝術技巧。在歐陽修和蘇軾這樣文學家「成份」更多一些的士人的文學觀念中，「文以載道」的意思雖然也不完全相同，但總的來說基本上都屬於文學功能論，重道亦不輕文。而道學家的文道觀念有著本質的區別，在他們那裡，文道是體用關係，「文以載道」更接近於文學本體論。「理」、「道」是宇宙萬物本體，文與道在本原是爲一的，文只有從「道」中自然流出時，才是有價值的：

「文辭，藝也；道德，實也。」

〔註 117〕歐陽修《答吳充秀才書》，《歐陽文忠公集》卷四十七，四部叢刊本。

〔註 118〕歐陽修《代人上王樞密求先集序書》，《歐陽文忠公集》卷六十七，四部叢刊本。

〔註 119〕蘇軾《答謝民師推官書》，《蘇軾文集》卷四十九，中華書局排印本。

〔註 120〕蘇軾《南行前集》敘，《蘇軾文集》卷十，中華書局排印本。

「文所以載道也，輪轅飾而人弗庸，徒飾也，況虛車乎？文所以載道，猶車所以載物，故爲車者必飾其輪轅，爲文者必善其詞說，皆欲人之愛而用之。然我飾之而人不用，則猶爲虛飾，而無益於實，況不載物之車，不載道之文雖美，其飾亦何爲乎。」〔註 121〕

「理者，實也，本也；文者，華也，末也。理文若二，而一道也。文過則奢，實過則儉。奢自文至，儉自實生，形影之類也。」〔註 122〕

道是文之體，作文只爲明心證道，儒者要以修養心性達到聖賢境界爲精神追求，如果只是用心於作文是舍本求末，甚至會阻礙對道的領悟：

「才要作文章，便是枝葉，害著學問，反兩失也。」〔註 123〕

「平生最不喜作文，不得已，爲人所托，乃爲之。自有一等人樂於作詩，不知移以講學，多少有益。」〔註 124〕

「道者，文之根本；文者，道之枝葉。惟其根本乎道，所以發之於文，皆道也。三代聖賢文章，皆從此心寫出，文便是道。」〔註 125〕

在文學本體論的問題上固然是「道本文末」，但在談到詩的藝術特徵和鑒賞時，身爲理學家的朱熹也肯定過其言「情」的一面：「凡《詩》之所謂《風》者，多出於里巷歌謠之作，所謂男女相與詠歌，各言其情者也。」〔註 126〕而且他的詩評頗具藝術眼光，例如對《詩經》的評價：「古人作詩與今人作詩一般，其間亦自有感物道情，吟詠情性，幾時盡是譏刺他人，只緣序者立例，篇篇要作美刺說，將詩

〔註 121〕周敦頤《通書・文辭》，四庫備要本《周子通書》。
〔註 122〕《二程遺書》第十一卷，上海古籍出版社，2000 年版。
〔註 123〕《朱子語類》卷一百三十九，中華書局，1986 年版。
〔註 124〕《朱子語類》卷一百四十，同上。
〔註 125〕《朱子語類》卷一百三十九，同上。
〔註 126〕朱熹《詩集傳》，中華書局，2011 年版。

人意思盡穿鑿壞了。」〔註 127〕（雖然這裡的「情」「性」可能都是在「理」的範圍內）。事實上，朱熹一生作詩上千首，有很多山水詩、田園詩，也有很多詩評，把陶詩的「超然自得，不費安排」奉爲詩歌創作的最高境界。

雖然理學家與文學家在對文道關係理解上，從出發點開始就有根本的差異，但他們的文學觀念也有一些思想上的共識。比如，他們通常都認同溫柔敦厚、平淡中和的審美風格、都注重創作主體的人格修養，文學的價值或在於創作主體的道德修養和人格力量、或在於其對現實社會政治的關注。

2. 以文為詩

嚴羽在《滄浪詩話・詩辨》中這樣概括宋詩的流變過程：「國初之詩，尙沿襲唐人。王黃州學白樂天，楊文公、劉中山學李商隱，盛文肅學韋蘇州，歐陽公學韓退之古詩，梅聖俞學唐人平淡處，至東坡山谷始自出己意以爲詩，唐人之風變矣。山谷用工尤爲深刻，其後法席盛行，海內稱爲江西宗派。近世趙紫芝、翁靈舒輩獨喜賈島、姚合之詩，稍稍復就清苦之風，江湖詩人多效其體。」在這發展流變的過程中，每種詩學傾向的產生和流行都與當時的文化語境密切相關。文學觀念的演變和形成受時代文化精神的影響，但也有其自身的延續性，不會馬上隨著朝代改變而變化，就像北宋初期的幾十年，晚唐五代以來的綺豔文風並沒有完全消失，隨著宋代文人群體人文素養的提高，對文學創作如何超越前人有了自己的見解，詩歌審美風格才漸漸趨於或典雅、高遠，或平淡沖和，言情的載體變爲詞。

「以文爲詩」是北宋中期以後的詩評家對宋人作詩傾向和風格的一種總結和概括。從字面意思來看，就是用散文的語言和方法作詩。如果只是這樣，那宋代之前也有這樣的詩歌，不足爲奇。在宋代「以文爲詩」的特殊性就在於，它是某一時期一個或幾個群體的共識，一

〔註 127〕朱熹《詩集傳》，同上。

種有意識的、明確的創作傾向，卻又不是某個流派提出的口號和宗旨。例如在北宋詩文革新運動之後，韓詩一度成爲宋人學詩的典範。同時「以文爲詩」的內涵也在擴大，議論、說理、典故都紛紛進入詩中，幾乎顚覆著詩原有的吟詠情性之本色、含蓄蘊藉之美學特徵。這是儒學復興和古文運動對詩歌創作思路的影響，也是宋人爲擺脫盛唐詩歌影響，努力開拓不同詩境所做的嘗試。北宋中期以後及後世的詩評家對此一直褒貶不一。

「黃魯直云：杜之詩法出審言；句法出庾信，但過之爾。杜之詩法、韓之文法也。詩文各有體，韓以文爲詩，杜以詩爲文，故不工爾。退之以文爲詩，子瞻以詩爲詞，如教坊雷大使之舞，雖極天下之工，要非本色。」〔註128〕

「唐文人皆能詩，柳尤高，韓尚非本色。逮本朝則文人多，詩人少。三百年間，雖人各有集，集各有詩，詩各自爲體；或尚理致，或負材力，或逞辨博。少則千篇，多至萬首，要皆經久策論之有韻者，非詩也。」〔註129〕

從嚴羽批評宋人「以文字爲詩、以議論爲詩、以才學爲詩」之後，唐宋詩之爭的公案就一直在延續：

「文章各有體，本不可相犯。故古文不宜蹈襲前人成語，當以奇異自強；四六宜用前人成語，復不宜生澀求異；如散文不宜用詩家語，詩句不宜用散文言。律賦不宜用散文言，散文不宜犯律賦語。」（劉祁《歸潛志》）

「宋人主理，作理語；詩何嘗無理，若專作理語，何不作文而詩爲耶？」（李夢陽《空同集・缶音序》）

這些批評多半是針對宋人將議論說理和散文手法用在寫詩上。事實上宋人「以文爲詩」的內涵不止這些：它的核心觀念是詩人直接進入詩中來表達「意」、「事」、「理」，而不是通過審美化的「象」

〔註128〕陳師道《後山詩話》見何文煥編，中華書局本《歷代詩話》，1981年版。

〔註129〕劉克莊《竹溪詩序》，《後村先生大全集》卷九十四，四部叢刊本。

和「境」。還要求詩歌具有「文」的力度，詩人要有文章家一樣的胸懷和道德人格。而要表達和承載以上這些內容，詩的語言要有足夠的張力。要表意、理，並不是只要語言平實散文化就可以做到，這對詩歌文辭的表現力、筆力是種考驗，詩之意更是詩人之人格、「德」的外化和表徵。總的來說，「以文爲詩」是一種主理不主情的傾向，詩要麼傳達詩人的意、志、理，這是先秦兩漢「詩言志」傳統的延伸；要麼合於「天理」，這是理學精神與詩的融合。與「文」「道」關係一樣，「以文爲詩」幾乎貫穿了整個宋代詩學。在文學家、詩評家對以它的認同、深化或批評、悖離、修正過程中，「以文爲詩」與宋代詩學觀念發展的不同時期都產生了或多或少的聯繫——雖然他們在言論中鮮少直接提及「以文爲詩」，而是主要表現爲對「意」、「理」的重視和強調：

> 「何謂本末？作此詩，述此事，善則美，惡則刺，所謂詩人之意者，本也。」〔註130〕
>
> 「……詩之道雖小，然用意之深，可與天地參功，鬼神爭奧。」〔註131〕
>
> 「言志乃詩人之本意，詠物特詩人之餘事。」〔註132〕
>
> 「詩非一藝也，德之章，心之聲也。其寓之篇什，隨體賦格，亦猶水之隨地賦形。然其有淺有深，有大有小。概雖不同，要之同主忠厚而同歸於正。」〔註133〕
>
> 「詩者人之志，非詩志莫傳。人和心盡見，天與意相連。」〔註134〕

「以文爲詩」的詩學觀念使得詩逐漸偏離了其「吟詠情性」的本

〔註130〕《歐陽文忠公集》卷六一《本末論》，四部叢刊本。

〔註131〕梅堯臣《格致叢書》(《續金針詩格序》)。

〔註132〕張戒《歲寒堂詩話》卷（上），丁福保（輯）《歷代詩話序編》，中華書局，1983年版。

〔註133〕趙孟堅《趙竹潭詩集序》，四庫全書珍本三集《彝齋文編》卷三。

〔註134〕邵雍《伊川擊壤集》卷十八《談詩吟》，中華書局2013年版。

質，但並在當時糾正了宋初以來綺靡的詩風，開闢出了新的詩境、詩格：

「宋初詩文，尚沿唐末五代之習，柳開、穆修欲變文體，王禹偁欲變詩體，皆力有未逮。歐陽修崛起爲雄，力復古格，於時曾鞏、三蘇、陳師道、黃庭堅等，皆尚未顯，其佐修以變文體者，尹洙；佐修以變詩體者，則梅堯臣也。」〔註 135〕

「國初詩人如潘閬、魏野，規規晚唐格調，寸步不敢走作。楊、劉則又專爲崑體，故優人有撏扯義山之謔。蘇、梅二子，稍變以平澹豪俊，而和之者尚寡。至六一、坡公，巍然爲大家數，學者宗焉。」〔註 136〕

蘇軾算是「以文爲詩」的典範：「以文爲詩，自昌黎始，至東坡益大放厥詞，別開生面，成一代之大觀……有必達之隱，無難顯之情。此所以繼李杜後爲一大家也。」〔註 137〕蘇軾在韓愈「以文爲詩」的基礎上，保留詩歌抒情特徵的同時，融入重理性、學問的特徵。

當然，在以文爲詩、以意爲主的主流傾向中，也始終存在著一些修正和悖離的傾向，例如在梅堯臣、黃庭堅、楊萬里、楊時、包恢、嚴羽等文學家、理學家或詩評家那裡，以詩言「道」、「以文爲詩」得到了不同程度的「修正」，「情性」也得到了或多或少的肯定：

「詩本道情性，不須大厥聲。方聞理平淡，昏曉在淵明。……」〔註 138〕

「詩可以興，某自再見茂叔後，吟風弄月以歸，有吾與點也之意。」〔註 139〕

「詩者，人之情性也，非強諫於朝廷，怨忿詬於道，怒鄰罵坐之謂也。其人忠信篤敬，抱道而居，與時乖逢，

〔註 135〕《四庫總目提要》卷一百五十三・集部六。
〔註 136〕劉克莊《江西詩派序》，四部叢刊本，《後村先生大全集》。
〔註 137〕趙翼《甌北詩話》，人民文學出版社，1963 年版。
〔註 138〕梅堯臣《答中道小疾見寄》。
〔註 139〕程頤、程顥《二程遺書》卷二，上海古籍出版社，2000 年出版。

遇物悲喜，同床而不察，並世而不聞，情之所不能堪，因發於呻吟調笑之聲，胸次釋然，而聞者亦有所勸勉，比律呂而可歌，列干羽而可舞，是詩之美也。其發爲仙謗侵陵，引頸以承戈，披襟而受矢，以快一朝之忿者，人皆以爲詩之禍，是失詩之旨，非詩之過也。」〔註 140〕

「詩家者流，以汪洋澹泊爲高。其體有似造化之未發者，有似造化之已發者，而皆歸於自然，不知所以然而然也。」〔註 141〕

「自詠情性，自運意旨，以發越天機之妙，鼓舞天籟之鳴。」〔註 142〕

「詩極難卒說，大抵須要人體會，不在推尋文義。在心爲志，發言爲詩，情動於中而形於言。一言者，情之所發也。今觀是詩之言，則必先觀是詩之情，如何不知其情，則雖精窮文義，謂之不知詩。」〔註 143〕

「學詩者，不在語言文字，當想其氣味，則詩之意得矣。」〔註 144〕

「夫詩有別材，非關書也；詩有別趣，非關理也。然非多讀書、多窮理，則不能極其至，所謂不涉理路、不落言筌者，上也。詩者，吟詠情性也。盛唐諸人惟在興趣，羚羊掛角無跡可求。故其妙處透徹玲瓏不可湊泊，如空中之音、相中之色、水中之月、鏡中之象，言有盡而意無窮。近代諸公乃作奇特，解會遂以文字爲詩，以才學爲詩，以議論爲詩，夫豈不工？終非古人之詩也。蓋於一唱三歎之音有所歉焉。」〔註 145〕

〔註 140〕黃庭堅《書王知載〈朐山雜詠〉後》，四部叢刊本《豫章黃先生文集》卷二十六。

〔註 141〕包恢《敝帚稿略》卷二《答傅當可論詩》，四庫全書珍本三集。

〔註 142〕包恢《敝帚稿略》卷二《論五言所始》，四庫全書珍本三集。

〔註 143〕楊時《餘杭所聞》，《龜山集》卷十二，中華書局，1985 年版。

〔註 144〕楊時《荊州所聞聞》，《龜山集》卷十，同上。

〔註 145〕嚴羽《滄浪詩話》，〔清〕何文煥《歷代詩話》，中華書局 1981 年出版，第 688 頁。

以上這些詩論中，梅堯臣、黃庭堅、包恢、嚴羽，都提及「情性」，含義卻各有不同。基於對「情性」的不同界定和理解，也決定了他們對「以文為詩」的不同修正程度。程頤、包恢的觀點有一定的理學趣味，黃庭堅、嚴羽所講的是指向詩心的、心與自然交融的「情性」。

在很多理學家的詩論中，理學與詩學的溝通點在道德心性的層面，詩文應該表達內心的道德自足感，道德價值即文學價值的全部。但是內心道德自足圓融的境界是平和、自由，也是有審美意味的。席勒說：「道德感在哪裏得到滿足，在那裡美感也不會減少。而且同理念的協調一致也不應該在現象中付出犧牲的代價。」〔註 146〕雖然理學家的有些詩本身也是同時具備道德價值和審美價值的，也就是說他們有時已經做到了在詩中將德性與詩性完美融合，但是並沒有有意識地將理學精神的審美超越之維作為詩學與理學的溝通點，並沒有承認審美價值與道德價值的平等地位，始終認為德性高於情感、審美和詩性：「主乎學問以明理，則自然發為好文章，詩亦然」〔註 147〕。我們所認為的好的詩歌在他們自己看來只是「道」和「理」的一種形態，沒有獨立地位和自性，所以他們沒有在理論上實現道與藝、德性與詩性之間的圓融。事實上，道德情感與審美情感完全可以並存而不衝突，論者十分贊同張晶教授在他的《審美情感 自然情感 道德情感》一文中的觀點：「與審美情感有重要區別而又密切相關的還有道德情感。我們說的道德情感也還是在藝術審美的框架之中。其實，在藝術創作過程中，從人的自然情感到審美情感的昇華過程中，道德情感已經在起著作用。在堪稱眞正的藝術品的作品裏，審美情感和道德情感都是必要的因素。當然，道德情感要通過審美的方式加以透射才是有效的。正如斯托洛維奇所說的『精神關鍵效用不為審美價值所獨佔。

〔註 146〕〔德〕席勒《秀美與尊嚴》張玉能譯《審美教育書簡》，譯林出版社，2009 年版，第 257 頁。

〔註 147〕朱熹《朱子語類》卷一三九，中華書局，1986 年版。

在不小的程度上它也爲道德價值所固有。』」〔註 148〕

總的來說，理學語境下的宋代詩學是在功利與超功利、意理與情性、思與妙悟的衝突與融合中不斷發展的，這些衝突與融合在楊萬里詩學思想中的表現和解決途徑正是本書要關注和思考的問題。

〔註 148〕張晶《審美情感 自然情感 道德情感》，《文藝理論研究》2010 年第 1 期。

第一章　人格與思想結構

本章主要論述楊萬里的人格與思想結構。第一節的主要內容是楊萬里對自身的士人（政治家）、學問家和詩人三重身份的認同及其人格理想；第二節的主要內容是楊萬里的思想結構。

第一節　身份認同與人格理想

身份認同（identity）是西方文化研究的重要問題，最初是作爲哲學和邏輯學概念被提出，意爲「同一性」。本章節中所說的「身份認同」是指個體對自身與某種文化關係的確認、對某種文化價值系統的歸屬感；個體在社會中尋找同類族群以區別於其他族群的動態心理過程、並在理論上追問自己在社會和文化上的身份、如何追問、爲何要尋求認同的問題。關於中國古代士人的身份認同，並不是說他們有一個程式化的價值評判標準，而是在承認個體差異性的基礎上找到了在某個契合點的認同。古代文人士大夫對人生的體驗、自身人格理想的建構以及文學創作無不滲透著複雜的文化因素，他們對自身文化身份的認同感和歸屬意識十分自覺，在文化史和藝術創作中自然會留下痕跡，形成一種語境式的存在。因此，「身份認同」對於哲學和詩學研究是值得重視的資源，有著重要的理論價值。宋代士人身份認同意識最重要的表現是以「道」自任的責任感、重建「道統」理想、「立法者」的主體意識、帝師意識、強烈的經世精神。這種理想與精神的重要表徵之一就是儒學的復興、理學的興盛。同時，士人作爲文學創作和評價的主體，作爲理學與文學活動的主體，其心態、身份認同與人格理想可以說是理學與詩學對話溝通的媒介。正如李春青先生所說，「在一個時代的知識分子普遍的心理狀態作用之下，任何文化話語系統的建構都展示著同樣的或近似的意義生成模式。……言說者的主體性特徵對於話語系統具有無可爭議的先在性，其他各種形式的話語建構都是言說者主體性特徵所決定的意義生成模式的呈現。」〔註1〕所以，無論理學與詩學精神、「道心」與「詩心」之間有怎樣的距離，它們至少都共同涉及社會文化心理與言說者的身份認同與主體精神層面。

一、士人、政治家身份認同

作爲社會文化價值理想承擔者的士人，一直都是中國幾千年歷史與文化長河中的重要角色。他們有強烈的社會責任感、歷史使命感、以天下爲己任的主體精神和帝師意識、救世意識，大多數有著積極的入世精神，有著教化百姓、整治社會和建構社會秩序的崇高志向：「如欲平治天下，當今之世，捨我其誰也？」「士不可以不弘毅，任重而道遠」；他們追求「立德、立功、立言」，有自身特有的其人生理想、社會理想、價值觀和主體意識：「危邦不入，亂邦不居，天下有道則見，無道則隱。」他們對於自己要成爲什麼樣的人，自己的社會歷史使命是什麼有非常清醒的自覺。他們於已要進德修身，於社會要使天下歸於仁：「他們的身份認同指向『立法者』：首先爲自己立法，成爲『自律』的道德完人；然後爲社會立法，成爲具有『他律』功能的『道』的承擔者與實現者。」〔註2〕

〔註1〕李春青《宋學與宋代文學觀念》，北京師範大學出版社，2001年出版，第13頁。

〔註2〕李春青《文學理論與言說者的身份認同》，《文學評論》2006年第3期。

宋初的儒家文人士大夫面對之前幾十年以來的禮崩樂壞、天下無道，亟需重建道統的局面，他們希望重建思想信仰和倫理規範。爲政者也需要重建國家秩序，而這僅靠權力是不夠的，因爲「只有由知識階層表述、支持的知識系統、思想與信仰系統，才能有效地建構著政治與倫理的秩序，而一個龐大而有影響的知識階層的輿論，對於國家的意義也是不言而喻的。因此，從宋初開始的權力擁有者，都逐漸把自己與知識階層聯繫起來。」〔註3〕於是，「尚文」政策、優厚儒臣、禮遇文人士大夫（「不殺士大夫及上書言事人」）成爲眾所周知的不爭事實，更是遠遠超過了前代的統治者：

「《易》曰：『觀乎天文，以察時變；觀乎人文，以化成天下。』文之有關於世運，尚矣……由秦而降，每以斯文之盛衰，占斯世之治忽焉。宋有天下先後三百餘年，考其治化之污隆，風氣之離合，雖不足以擬倫三代，然其時君汲汲於道藝，輔治之臣莫不以經術爲先務，學士搢紳先生，談道德性命之學，不絕於口，豈不彬彬乎進於周之文哉！宋之不競，或以爲文勝之弊，遂歸咎焉，此以功利爲言，未必知道者之論也。宋初，有書萬餘卷。其後削平諸國，收其圖籍，及下詔遣使購求散亡，三館之書，稍復增益。太宗始於左升龍門北建崇文院，而徙三館之書以實之。又分三館書萬餘卷別爲書庫，目曰『秘閣』。閣成，親臨幸觀書，賜從臣及直館宴。又命近習侍衛之臣縱觀群書。」〔註4〕

「自古創業垂統之君，即其一時之好尚，而一代之規模，可以豫知矣。藝祖革命，首用文吏而奪武臣之權，宋之尚文，端本乎此。太宗、眞宗其在藩邸，已有好學之名，及其即位，彌文日增。自時厥後，子孫相承，上之爲人君者，無不典學；下之爲人臣者，自宰相以至令錄，無不擢

〔註3〕葛兆光《中國思想史》，復旦大學出版社2009年版，第265頁。

〔註4〕〔元〕脱脱《宋史》（卷二百零二志第一百五十五藝文一），中華書局，1985年出版。

科，海內文士彬彬輩出焉。」〔註5〕

「尚文」的政策、帝王的提倡，對思想文化的傳播影響力度起到的作用是很大的；對文化的開放態度，也給儒釋道各家思想的發展提供了寬鬆的氛圍。很難想像如果是在諸如秦朝、清代的文化專制政策下，理學這樣的思潮如何發展和興盛。同時，印刷業作用的充分發揮、各地書院的興辦、宋代科舉取士較前代在數量上的成倍增長，（北宋時期取士的人數是科舉制產生以來，中國歷代王朝中最多的，是唐、明、清等朝代的三到五倍），這些都對當時文化的普及與傳播、形成「尚文」的社會風氣有重要作用。科舉取士使得普通的民眾也有成爲士大夫的可能，使中唐以後自魏晉以來的貴族社會向平民社會發展，當時的很多名臣和文人如歐陽修、蘇氏父子、黃庭堅等等都是出身平民或底層；在這種社會變遷和轉折時期，儒學的道德倫理秩序和社會規範有著積極的作用。宋神宗就曾說「士皆趨義理之學，極爲美事。」〔註6〕南宋理宗皇帝認爲程朱理學「有補於治道」。

楊萬里早期就跟隨父親四方求學，「予爲童子時，從先君宦學四方」；「予年十有四，拜鄉先生高公守道爲師」；「予生十有七年，始得進拜瀘溪而師焉，而問焉，其所以告予者太學犯禁之說。後十年又得進拜杉溪而師焉，而問焉，其所以告予者亦太學犯禁之說也」；「予生二十有一，自吉水而之安成，拜今雩都大夫劉先生爲師。」〔註7〕曾經師從高守道、王庭珪、張浚、胡銓等人，也與湖湘學派的張栻、理學家朱熹、心學家陸九淵等人有著密切的關係：「當世之賢人君子，與余爲道義之交者，何數也。」〔註8〕他們對楊萬里道德人格和政治

〔註5〕〔元〕脫脫《宋史》（卷四百三十九列傳第一百九十八文苑一），中華書局，1985年出版。

〔註6〕李燾《續資治通鑑長編·卷二百四十三》中華書局，1992年出版，第5917頁。

〔註7〕《誠齋集》卷一二六、八十三、七十七。

〔註8〕楊萬里《劉國禮傳》，《誠齋集》卷一一七，見王琦珍整理《楊萬里詩文集》（下），江西人民出版社，2006年出版，第1874頁。

人格有著不同程度的影響。楊萬里在接受理學和心學的內聖之學、追求道德人生至境的同時，亦有「民胞物與」的兼濟情懷，希望盡天地、人物之性，得天地、人物之道，並致力於「致君行道」的社會價值實現。在科舉之文和浮靡之辭盛行的現狀面前，「上書慟哭君何苦，政是時人重《子虛》」（《跋蜀人魏致堯撫幹萬言書》），在黨爭愈演愈烈的政治環境下，身爲持守氣節的文人，楊萬里經常上書進諫、參與政事，希望「在下者，以進退之節而嚴諸身，凜凜然如執玉而憂其墜。在上者，以進退之節而養其下，恤恤然如藝苗而望其成」，〔註 9〕希望「還將著書手，拈出正君心。」（《寄張欽夫二首》）

「天子……指揮天下之豪傑，以圖恢復祖宗之業，而澡靖康之恥。進則成混一之功，守則成南北之勢，何至於以一小折自沮，而汲汲以議和哉？臣願天子堅昭烈之心，而毋以唐之二君自處，則中興之功，天下未絕望也。」〔註 10〕

「願聖天子罷球馬之細娛，而求聖賢之至樂。收召天下耆儒正學之臣，與之探討古今之聖經賢傳，深求堯舜三代、漢唐所以興亡之原而擇其中，以之正心修身。日就月將，聖德進矣，則五帝三王之治涵養於聖心，而周流於天地，敵國雖強，其強易弱也。」〔註 11〕

「臣聞人主之治天下，必正其治之之主；人臣之相其君，必先正其人主之主；而小人敵國之欲傾人之國也，必先敗其人主之主而已。」〔註 12〕

「觀《否》、《泰》之理起於人君一心之微，而利害及

〔註 9〕楊萬里《乙巳輪對第二箚子》，《誠齋集》卷六十九，見王琦珍整理《楊萬里詩文集》（中），江西人民出版社，2006 年出版，第 1112 頁。

〔註 10〕楊萬里《千慮策・君道中》，《誠齋集》卷八十七，見王琦珍整理《楊萬里詩文集》（中），江西人民出版社，2006 年出版，第 1357 頁。

〔註 11〕楊萬里《千慮策・君道上》，《誠齋集》卷八十七，見王琦珍整理《楊萬里詩文集》（中），江西人民出版社，2006 年出版，第 1354 頁。

〔註 12〕楊萬里《千慮策・君道上》，《誠齋集》卷八十七，見王琦珍整理《楊萬里詩文集》（中），江西人民出版社，2006 年出版，第 1352 頁。

於天下。」〔註13〕

楊萬里繼承了從孔孟以來的、並爲同時代儒者和理學家們所認同的「爲帝王師」的自覺意識以及《大學》以來的「修身而後家齊，家齊而後國治，國治而後天下平」觀念。認爲君王的自身德行至關重要，〔註14〕是治國之本。一國一朝的興亡固然其自身的規律和不可抗拒性，但爲政者自身的因素也很重要，身爲人君而不能正心修身，是家國之禍，士人的責任就是要「養其君之志」〔註15〕。此外，楊萬里還認爲君王一定要善於納諫，「或問：本朝諫臣之盛，古未有也。何如？楊子曰：非諫臣之盛也，祖宗之聖也。」〔註16〕關於如何選撥和使用人才，楊萬里在寫給君主的奏疏中也有一系列的建議，在他的《千慮策》中，涉及「君道、國勢、治原、人才、論相、論將、馭吏、選法、刑法、冗官、民政」等十一個方面。羅大經《鶴林玉露》中記載：「虞雍公初除樞密，偶至陳丞相應求閣子內，見楊誠齋《千慮策》，讀一篇，歎曰：「東南乃有此人物！某初除合薦兩人，當以此人爲首。」〔註17〕

自覺地「爲帝王師」，參與政治、積極入世，也是與中國古代士人精神傳統中深刻的仁愛精神、兼濟天下情懷密切相關。中國文人士大夫「以道自任」的精神在儒家士人中表現最爲強烈。「志於道」的以道統自任的觀念至少從公元前四世紀以來已逐漸取得了正統方面的承認。〔註18〕晚唐五代以來，禮崩樂壞、士風不振、教化不興，宋

〔註13〕楊萬里《誠齋集》卷一一五《張魏公傳》見王琦珍整理《楊萬里詩文集》（下），江西人民出版社，2006年出版，第1826頁。

〔註14〕《論語》：「其身正，不令而行；其身不正，雖令不從」；《中庸》：「堯舜帥天下以仁，而民從之；桀紂帥天下以暴，而民從之。其所令反其所好，而民不從」；《孟子》：「君仁，莫不仁；君義，莫不義；君正，莫不正。一正君而國定矣。」皆屬異曲同工。

〔註15〕楊萬里《千慮策・君道中》，《誠齋集》卷八十七，見王琦珍整理《楊萬里詩文集》（中）江西人民出版社，2006年出版，第1357頁。

〔註16〕楊萬里《庸言》（三）《誠齋集》卷九十一，見王琦珍整理《楊萬里詩文集》（中），江西人民出版社，2006年出版，第1449頁。

〔註17〕羅大經《鶴林玉露 乙編 卷四》，中華書局，1983年版。

〔註18〕余英時《士與中國文化》，上海人民出版社，2003年版，第93頁。

代文人以續道統、繼絕學爲信念，從宋初三先生、范仲淹、歐陽修、蘇軾到後來的二程、朱子都致力於此，所謂「他日若能窺孟子，終身何敢望韓公」。他們以聖賢自期，注重自身人格修養，同時也重視教化，以重立師道尊嚴爲己任，程顥早年就曾經興辦鄉校，入朝爲官後，上《請修學校尊師儒取士疏》和《論養賢疏》，認爲治天下當以教育爲本，尊師重道才能從根本上重建社會秩序。被罷官後在洛陽收徒講學，以研究學問、講學爲事業。朱熹更是親自參與重建白鹿洞書院並親自登堂講學，宣傳自己的學術思想。陸九淵也極爲提倡師道：

> 「古先聖賢，無不由學。伏羲尚矣，猶以天地萬物爲師，俯仰遠近，觀取備矣，於是始作八卦。夫子生於晚周，麟游鳳翥，出類拔萃，謂『天縱之將聖』，非溢辭也。然而自謂『我非生而知之者，好古敏以求之者也』……人生而不知學，學而不求師，其可乎哉？秦漢以來，學絕道喪，世不復有師。以至於唐，曰師，曰弟子云者，反以爲笑，韓退之、柳子厚猶爲之屢歎。惟本朝理學，遠過漢唐，始復有師道。」（《與李省幹》）

伏羲以天地萬物爲師，孔子更是認爲學不可不求師，而且從知識分子的立場「督促」爲政者以身作則，「子曰：『政者，正也。子帥以正，孰敢不正？』」孟子認爲身爲知識分子的責任就在於「格君心之非」、「爲帝王師」。《孟子・離婁上》曰：「人不足與適也，政不足間也，惟大人爲能格君心之非。」〔註19〕「上老老而民興孝，上長長而民興弟，上恤孤而民不倍，是以君子有絜矩之道。」〔註20〕以孟子爲代表的知識分子以「立法者」的責任感和「道」的承擔者的身份爲執政者「立法」，認爲執政者一定要以身作則，才能上行下效。這種身爲「立法者」的意識和「師道」之間有著非常密切的關聯。「在中國古人的意識中，具體代表立法者身份的象徵性符號是『師』這個語詞，或爲帝王師，或爲萬世師，其責任就是通過教育來爲包括君主在內的

〔註19〕《孟子・離婁上》，朱熹《四書集注》，嶽麓書社，2004年版，第318頁。
〔註20〕《大學》，朱熹《四書集注》，嶽麓書社，2004年版，第13頁。

社會各階層立法，亦即爲之確定行爲規範與價值準則。在中國古代『師道』之所以『尊嚴』，就在於『師』代表著立法者的身份。」〔註 21〕

陸九淵認爲師道自秦漢以來日漸衰亡，到宋朝才得以復興。不僅師道如此，以孟子爲代表的文人知識分子那種「爲帝王師」的精神也是到宋代士人那裡才重新得以發揚光大。當然，從生活環境來看，宋代特別是北宋可以說是文人的黃金時代：據說自宋太祖時期起，就已經立下了「祖宗家法」，「不得殺士大夫及上書言事人」。

「藝祖受命之三年，密鐫一碑，立於太廟寢殿之夾室，謂之誓碑。用銷金黃幔蔽之，門鑰封閉甚嚴。因敕有司，自後時享及新天子即位，謁廟禮畢，奏請恭讀誓詞。獨一小黃門不識字者從，餘皆遠立。上至碑前，再拜跪瞻默誦訖，復再拜出。群臣近侍，皆不知所誓何事。自後列聖相承，皆踵故事。靖康之變，門皆洞開，人得縱觀。碑高七八尺，闊四尺餘，誓詞三行，一云：『柴氏子孫，有罪不得加刑，縱犯謀逆，止於獄內賜盡，不得市曹刑戮，亦不得連坐支屬。』一云：『不得殺士大夫及上書言事人。』一云：『子孫有渝此誓者，天必殛之。』後建炎間，曹勳自金回，太上寄語，祖宗誓碑在太廟，恐今天子不及知云。」〔註 22〕

爲政者重視爭取知識分子的支持，且優厚和籠絡文人、重視文化和人才培養，這都給文人知識分子提供了很好的機會和空間。因此宋代知識分子在復興儒學、重立師道尊嚴的同時，也重新煥發了「爲帝王師」的精神：

「朝廷以道學政術爲二事，此正自古之可憂者……人不足與適，政不足與間，能使吾君愛天下之人如赤子，則治德必日新，人之進者必良士，帝王之道不必改途而成，學與政不殊心而得矣。」〔註 23〕

「程頤，字正叔，河南人，明道先生之弟也。年十八，

〔註 21〕李春青《文學理論與言說者的身份認同》，《文學評論》2006 年第 3 期。
〔註 22〕陸游《避暑漫抄》，中華書局，1985 年影印本。
〔註 23〕張載《答范巽之書》見《張載集》，中華書局，1978 年版，第 349 頁。

上書闕下，勸仁宗黜世俗之論，以王道爲心……」〔註 24〕

「今言當世之務者，必曰所先者：寬賦役也，勸農桑也，實倉廩也，備災害也，修武備也，明教化也。此誠要務，然猶未知其本也。臣以爲所尤先者三焉，請爲陛下陳之。一曰立志，二曰責任，三曰求賢。……三者之中，復以立志爲本，君志立而天下治矣。所謂立志者，至誠一心，以道自任，以聖人之訓爲可必信，先王之治爲可必行，不狃滯於近規，不遷惑於眾口，必期致天下如三代之世，此之謂也。」〔註 25〕

「治道亦有從本而言，亦有從用而言。從本而言，惟從格君心之非，正心以正朝廷，正朝廷以正百官。」〔註 26〕

宋代文人有著「爲帝王師」的精神和高昂的參政議政熱情，他們積極上書言事，評判歷史，參與時政，希望爲政者無過民無怨，從而實現其治國平天下的理想，認爲要治道必須從「本」——「正君心」、「定君志」開始，這樣才能擇賢善任。通常所用非人、政事之失都是因爲君心不正，不以王道爲心。只是，在他們的「治道」理想與君權政統的衝突過程中，他們不得不迫於現實而將「正君心、定君志」的追求降格爲「格君心之非」。

「熹常謂天下萬事有大根本，而每事之中又各有要切處。所謂大根本者，固無出於人主之心術。而所謂要切處者，則必大本既立，然後可推而見也。如論任賢相、杜私門，則立政之要也；擇良吏、輕賦役，則養民之要也。公選將帥、不由近習，則治軍之要也；樂聞警戒、不喜導談，則聽言用人之要也。推此數端，餘皆可見，然未有大本不立，而可以與此者此古之欲平天下者，所以汲汲於正心誠意，以立其本也。」〔註 27〕

〔註 24〕黃宗羲、全祖望《宋元學案・伊川學案》，中華書局，1986 年版。

〔註 25〕《程氏文集》卷五，刻本《二程全書》。

〔註 26〕《程氏遺書》卷十五，刻本《二程全書》。

〔註 27〕《朱文公文集》卷二十五，《答張敬夫》，《朱子全書》，上海古籍出版社，2002 年版。

「願陛下自今以往，一念之頃必謹而察之：此爲天理耶？人欲耶？果天理也，則敬以充之，而不使其少有壅淤；果人欲也，則敬以克之，而不使其少有凝滯。」〔註28〕

朱熹認爲，任賢相、杜私門、擇良吏、輕賦役、公選將帥這些重要問題得以妥善處理的關鍵都在於治道的「大根本」——君主的「正心誠意」「心術歸正」。雖然文人們意識到「君心之非」是實現王道的最大障礙，但即使是像二程朱熹這樣的「大人」也對「君心之非」無可奈何，儒學的眞正精神也從未進入政治，爲政者只會私心地將「道統」意識形態化爲「政統」進而爲己所用而已，所以，文人們的「治道」、「外王」之理想永遠只能是一種理想。

儘管如此，像中國古代很多文人一樣，朱熹、楊萬里們一生都沒有實現他的政治抱負和理想，但他們對國家命運的關心和擔憂，一生從未停止。楊萬里即使在辭官歸鄉和老病之時依然如此。《諡文節公告議》引楊長孺兄弟求諡奏狀云：

「自姦臣韓侂冑竊弄陛下威福之柄，專恣儆悖，有無君之心。先臣萬里常憤怒不平，既而侂冑平章軍國事，先臣萬里驚歎憂懼，以至得疾。開禧元年，歲在乙丑，孟秋之月，嘗慨然上奏，極陳侂冑之奸，竟以壅閼不得自達而止。開禧二年，歲在丙寅，侂冑矯詔生事，開邊，啓兵端，臣等家人知先臣萬里憂國愛君，忠誠深切，而又老病，恐傷其心，兒聞時事皆不敢告。忽有族侄楊士元者，端午節自吉州郡城書會所歸省其親，五月七日來訪先臣萬里。坐未定，遽言及邸報中所報侂冑用兵事。先臣萬里失聲痛哭，謂『姦臣妄作，一至於此！』流涕長太息者久之。是夕不寐，次朝不食，兀坐齋房，取春膏紙一幅，手書八十有四言。其辭曰：『吾年八秩，吾官三品，吾爵通侯，子孫滿前，吾復何憾！老而不死，惡況難堪。韓侂冑姦臣，專權無上，動兵殘民，狼子野心，謀危社稷，吾頭顱如許，報國無路，惟有孤憤，不免遜移，今日遂行，書此爲別。汝等好將息。

〔註28〕《戊申封事》引自《宋史・朱熹傳》，中華書局，1977年版。

萬古！萬萬古！』……既書題畢，擲筆隱几而沒。」（《謚文節公告議》）

與君主「同治天下」是儒家士人的主體意識，以天下安泰爲己任則是儒家思想的核心價值追求。對家國命運和天下百姓生活的深切擔憂、爲了國家興旺而作出的努力、收復中原的願望和報國之心伴隨著楊萬里一生。無論是在朝在野還是家居時期，始終是「位卑未敢忘憂國」，對於朝廷和國事，從來都是鞠躬盡瘁。這種兼濟天下的情懷構成了楊萬里身爲一個儒家士人最根本的、對自己身份的內在認同。

二、學問家與文學家的身份認同

楊萬里在積極入世、參與政治的同時，也一直堅持讀書、治學、立言、作文。他在《上張子韶書》中說：「某也生乎今之世，而慕乎古之樂。獨嘗歎中庸一貫之妙，致知格物之學，此聖賢授受之秘，而六經流出之源。子思不識堯舜，而以是識堯舜；孟子不見孔子，而以是見孔子。聖賢之所以內而正心誠意，外而開物成務，不待富貴而欣，不因貧賤而悲者也。」〔註29〕這段話道出了儒學作爲一種「爲己之學」的價值。而「盡爲己之學」的方式莫過於立德修身、立言、詩文創作。楊萬里一生多次拜師學習儒學，並潛心研究儒學典籍，對儒學經典多有發揮，《六經論》《聖徒論》、《庸言》、《誠齋易傳》、《誠齋策問》就是最好的證明。他始終以讀書、著書爲修身的重要途徑：「楊子曰：讀書者，非言語之謂也，將以灌吾道德之本根，榮吾道德之枝葉也。本根將枯，枝葉將瘁，試取聖賢之書一閱焉，枯者茂，瘁者榮。」〔註30〕又正如他自己在詩中說：「只擁書千卷，何須屋萬間。」（《和羅巨濟山居十詠》）

中國古代士人的人生理想和價值定位通常是維繫在君國政治

〔註29〕楊萬里《上張子韶書》，《誠齋集》卷六十三，見王琦珍整理《楊萬里詩文集》（中），江西人民出版社，2006年出版，第1005頁。

〔註30〕楊萬里《庸言》十二，《誠齋集》卷九十三，見王琦珍整理《楊萬里詩文集》（中），江西人民出版社，2006年出版，第1469頁。

上，或經天緯地、修齊治平；或仗劍天涯，建功立業；或文才武略，治國安邦，首先是人格理想和政治追求，以立德、立功爲先，之後才是立言。楊萬里除了有著「以道自任」的士人主體精神、帝師意識這些關於「立法者」、政治家的身份認同之外，也對自身學問家與文學家的身份有著深刻的認同。

歐陽修提出「窮而後工」時說：「予聞世謂詩人少達而多窮，夫豈然哉！蓋世所傳詩者，多出於古窮人之辭也。凡是之蘊其所有而不得施於世者，多喜自放於山巔水涯之外，見蟲魚草木風雲鳥獸之狀類，往往探其奇怪，內有憂思感憤之鬱積，其興於怨刺，以道羈臣寡婦之所歎，而寫人情之難言，蓋愈窮則愈工。然則非詩之能窮人，殆窮者而後工也。」（《梅聖俞詩集序》）也就是說，士人通常是在仕途坎坷、政治失意、壯志難酬之時，「內有憂思感憤之鬱積」，發而爲歌詩。且常道「羈臣寡婦之所歎」，寫「人情之難言」。士人之「窮」與「達」對他們的思維、精神取向和詩文創作有著重要影響。但是在我們今天看來，通常在經歷了人生起伏與變遷，而且精神寄託和價值觀念已經可以超越「窮」與「達」的狀態下，才能創作出更加「純粹」的詩文。這並不是說詩文一定要擺脫政治與道德訴求，而是說這些同樣的內容被寫進詩文時，只有創作主體的精神高度已經超出「窮」與「達」，其詩文才可以更加貼近其自身的本性。楊萬里說：

> 「士窮於窮，亦通於窮；達於達，亦病於達。爵三公，祿萬鍾，達矣。謂道必待達而後達，則公孫之相，徒足爲其曲學阿世之資。飲糗茹草，曲肱飲水，窮矣。謂道必以窮而遂窮，則顏氏之巷，乃適借之以心齋坐忘之地。然後知富貴者，中人之膏肓；而貧賤者，君子之穀粟歟！」〔註31〕
>
> 「詩家者流嘗曰：詩能窮人；或曰：詩亦能達人；或曰：『窮達不足計，顧吾樂於此則爲之耳。』且夫疚於窮者，其詩折；慆於達者，其詩炫。折則不充，炫則不幽，是故

〔註31〕楊萬里《上張子韶書》，《誠齋集》卷六十三，見王琦珍整理《楊萬里詩文集》（中），江西人民出版社，2006年出版，第1005頁。

非詩矣。至俟夫樂而後有詩，則不樂之後，未樂之初，遂無詩耶？」〔註32〕

無論作詩或求道，若被賦予過多功利，就會失去其自身的詩性、德性、純粹性，這是楊萬里對詩文的獨立價值的肯定，政治上的經歷，仕途的沉浮並沒有使他「病於窮達」，反而使他的人生更爲開闊，灑脫的襟懷與不凡的才情，加上他在創作實踐中不斷嘗試、改變，最終他賦予了詩歌眞正意義上的純粹。楊萬里曾說：「予生百無所好，而顧獨尤好文詞……」〔註33〕又曾在詩中說：「功名妄念雪銷了，只愛吟詩惱魚鳥。」（《送蕭仲和往長沙見張欽夫》）作詩吟詩可以銷萬古愁，淨化心靈：「莫笑山莊小集休，篇篇字字爽於秋。向來楓落吳江冷，一句能銷萬古愁。」（《題山莊小集》）詩境可以使人冷眼對待世事浮沉：「詩人家在木犀林，萬頃湖光一徑深。夾路兩行森翠蓋，西風半夜散麩金。邀賓把酒香浮玉，擘水庖霜膾落砧。掇取仙山入京洛，不妨冷眼看升沉。」（《木犀初發呈張功父》）在寫給陸游的詩中寫道：「道是樊川輕薄殺，猶將萬戶比千詩。」（《寄陸務觀》）都說杜牧輕薄，他尚且「千首詩輕萬戶候」，認爲詩文創作遠遠重於高官厚祿。這些都是從個體精神超越的層面對詩文價值的肯定。

除了奏劄策論文章，楊萬里也有不少辭賦、尺牘、記等文章，不乏生活氣息濃厚，生動活潑之作，更有大量詩歌流傳後世。楊萬里對詩文的重視還表現在他立志於文章傳世的心態上。正如他自己所說：

「達則振斯文以飾天下，窮則卷斯文以飾一身。」〔註34〕

「沒而詩文可以傳……可以無憾矣。」〔註35〕

〔註32〕楊萬里《陳晞顏詩集序》，《誠齋集》卷七十八，見王琦珍整理《楊萬里詩文集》（中）江西人民出版社，2006年出版，第1241頁。

〔註33〕楊萬里《唐李推官〈披沙集〉序》，《誠齋集》卷八十一，見王琦珍整理《楊萬里詩文集》（中），江西人民出版社，2006年出版，第1274頁。

〔註34〕楊萬里《誠齋易傳》卷六，上海古籍出版社，1990年版。

〔註35〕楊萬里《應齋雜著序》，《誠齋集》卷八十三，見王琦珍整理《楊萬里詩文集》（中），江西人民出版社，2006年版，第1298頁。

「古之君子，道充乎其中，必思施乎其外。故用於時者，施也；傳於後者，亦施也。」〔註 36〕

「生而不用，沒而有傳，不幸之幸也。」〔註 37〕

「雖然，同歸於盡，物之究也。使正之富貴壽考，得志於一世，其究不歸於盡哉？彼皆歸於盡，此獨有不盡者，有何悲焉？」〔註 38〕

「有生不用於時，而沒則有傳於後，夫豈必皆以功名之焯著哉！」〔註 39〕

「其人亡，其文存，其人其眞亡也夫？」〔註 40〕

在生之有限與功名富貴的虛幻面前，詩文創作與著書立說已經成爲楊萬里所認定的體現生命存在價值、抵達無限和永恆的方式。這也是爲歷代中國文人所深刻認同的超越有限生命的方式。立言不需要像立功、實現政治抱負那樣需要外在條件和力量的具備以及機遇，它有著最大的自足性、自主性和相對更大的可行性，有更多的自由。在《左傳》中有「立言不朽」〔註 41〕之說後，中國古代文人對此深爲認同：

〔註 36〕楊萬里《江西續派二曾居士詩集序》，《誠齋集》卷八十三，見王琦珍整理《楊萬里詩文集》（中），江西人民出版社，2006 年版，第 1300 頁。

〔註 37〕楊萬里《江西續派二曾居士詩集序》，《誠齋集》卷八十三，見王琦珍整理《楊萬里詩文集》（中），江西人民出版社，2006 年版，第 1300 頁。

〔註 38〕楊萬里《定齋居士孫正之文集序》，《誠齋集》卷八十二，見王琦珍整理《楊萬里詩文集》（中），江西人民出版社，2006 年版，第 1284 頁。

〔註 39〕楊萬里《獨醒雜志》序，《誠齋集》卷七十九，見王琦珍整理《楊萬里詩文集》（中），江西人民出版社，2006 年版，第 1256 頁。

〔註 40〕楊萬里《龍湖遺稿》序，《誠齋集》卷八十二，見王琦珍整理《楊萬里詩文集》（中），江西人民出版社，2006 年版，第 1291 頁。

〔註 41〕《左傳・襄公二十四年》記載：「二十四年春，穆叔如晉。范宣子逆之，問焉，曰：「古人有言曰，死而不朽，何謂也？」穆叔未對。宣子曰：「昔匄之祖，自虞以上爲陶唐氏，在夏爲御龍氏，在商爲豕韋氏，在周爲唐杜氏，晉主夏盟爲范氏，其是之謂乎？」穆叔曰：「以豹所聞，此之謂世祿，非不朽也。魯有先大夫曰臧文仲，既沒，其言立，其是之謂乎！豹聞之，太上有立德，其次有立功，其次有立言，雖久不廢，此之謂不朽。若夫保姓受氏，以守宗祊，世不絕祀，無國無之。祿之大者，不可謂不朽。」

「遷聞君子貴乎道者有三，太上立德，其次立功，其次立言。」(司馬遷《與摯伯陵書》)

「此人皆有所鬱結，不得通其道也，故述往事，思來者。」(司馬遷《報任安書》)

「然虞卿非窮愁，亦不能著書以自見於後世云。」(司馬遷《史記・平原君虞卿列傳》)

「屈原之辭，誠博遠矣。自終沒以來，名儒博達之士，著造辭賦，莫不擬則其儀表，祖式其模範，取其要妙，竊其華藻。所謂金相玉質，百世無匹，名垂罔極，永不刊滅者矣。」(王逸《楚辭章句序》)

「孔氏刪詩書，王業粲已分。騁我徑寸翰，流藻垂華芬。」(曹植《薤露行》)

「夫文章，經國之大業，不朽之盛事。年壽有時而終，榮樂止乎其身，二者必至之長期，未若文章之無窮。是以古之作者，寄身於翰墨，見意於篇籍，不假良史之辭，不托飛騰之勢，而聲名自傳於後也。」(曹丕《典論・論文》)

「夫宇宙綿邈，黎獻紛雜，拔萃出類，智術而已。歲月飄忽，性靈不居；騰聲飛實，制作而已。夫有肖貌天地，稟性五才，擬耳目於日月，方聲氣乎風雷，其超出萬物，亦已靈矣。形同草木之脆，名逾金石之堅，是以君子處世，樹德建言。」(《文心雕龍・序志》)

「嗟夫！身與時舛，志共道申，標心於萬古之上，而送懷於千載之下，金石靡矣，聲其銷乎！」(《文心雕龍・諸子》)

「丹青初炳而後渝，文章歲久而彌光。若能櫽括於一朝，可以無慚於千載也。」(《文心雕龍・指瑕》)

「一朝綜文，千年凝錦。餘采徘徊，遺風籍甚。無曰紛雜，皎然可品。」(《文心雕龍・才略》)

古人要「立言」、創作詩文有時是出於社會責任感和憂患意識，有時是個體精神寄託，更多的是源於生命短暫、時不我待的感傷：「日月忽其不淹兮，春與秋其代序。惟草木之零落兮，恐美人之遲暮……老冉冉其將至兮，恐修名之不立。」「君不見高堂明鏡悲白髮，朝如青絲暮成雪……」。無論是因爲前者而「立言」還是爲了個體精神超越與寄托而寫詩作文，「文」都是古代士人精神生活的重要組成部分。如果說最初「立言」在某種程度上還是處於「三不朽」之最末、等而次之，用以彌補「立功」與「立德」不成的缺憾，所謂「窮則獨善以垂文，達則奉時以騁績。」（《文心雕龍・程器》）到了後來，「立言」幾乎已成爲三者之首。「或謂言不若功，功不若德，是不然也。夫見於行事之謂德，推以及物之謂功，二者立矣，非言無以述之，無述則後世不可見，而君子之道幾乎熄矣。是以紀事述志，必資乎言，較於事，爲其貫一也。自昔能言之類，世不乏賢，若乃德與功偕，文備於道，嘉謨讜論，見信於時主，遺風餘烈，不泯於將來。」〔註42〕「千載之下，悲公何窮，然詩卷長留天地間，釣竿欲拂珊瑚樹，而公固不窮也。」〔註43〕無論是「用於時」還是「傳於後」，「立言」都可以「不假良史之辭，不托飛騰之勢」，這是「立功」與「立德」所不具備的優勢。雖「百齡影徂」而「千載心在」，「立言」是文人自我實現、使有限生命可以「無憾」的最切實可行的途徑。

楊萬里對自己所在時代的「文」之興盛有充分的肯定：「宋自藝祖基命，順應天人；太宗集統，清一文軌；眞宗懿文，倬彼雲漢；仁宗深仁，天地大德；英宗廣淵，克肖四聖；至於神宗，厲精天綱，發憤王道，丕釐制作，緝熙百度，集五朝之大成，出百王而孤雄，聲明文物，煥乎有章，相如所謂『五三六經之傳』，揚雄所謂『泰和在唐、虞、成周』，不在我宋熙、豐之隆，其將焉在？」〔註44〕他對自身學

〔註42〕蘇頌《小畜外集序》見王禹偁《小畜外集》卷首，四部叢刊初編本。

〔註43〕程珌《竹洲集序》《洺水集》卷八，影印文淵閣四庫全書本。

〔註44〕楊萬里《三山陳先生〈樂書〉序》，《誠齋集》卷八十二，見王琦珍整理《楊萬里詩文集》（中），江西人民出版社，2006年出版，第1286頁。

問家與文學家身份的認同，用他自己詩中所說的話來總結最爲恰當：「峨眉山下三蘇鄉，至今草木文章香……君不見古來富貴掃無痕，只有文章照天地。」〔註 45〕

三、人格理想

如果說以天下爲己任是儒家思想的核心價值追求，那麼，聖賢氣象、以名節相高和對個體精神超越的無限追求則構成了儒家士人的人格理想，也可以說是他們的安身立命之本。孔子講「君子憂道不憂貧，謀道不謀食」，《論語》中記載「在陳絕糧，從者病，莫能興，子路慍見曰：『君子亦有窮乎？』子曰：『君子固窮，小人窮斯濫矣。』〔註 46〕孟子講「無恆產而有恒心者，惟士爲能。」這些都是傳統儒家思想對士人、君子自身人格的要求，知識分子應當是社會的良心，是既有知識又有氣節的群體。宋代文人對君子也有自己的定義，名節和人格意識復興：

> 「老子曰：『名與身孰親？』莊子曰：『爲善無近名』。此皆道家之訓，使人薄於名而保其眞。斯人之徒，非爵祿可加、賞罰可動，豈爲國家之用哉！我先王以名爲教，使天下自勸，湯解網，文王葬枯骨，天下諸侯聞而歸之，是三代人君已因名而重也。太公直釣以邀文王，夷齊餓死於西山，仲尼聘七十國以求行道，是聖賢之流無不涉乎名也。孔子作《春秋》，即名教之書也。善者褒之，不善者貶之，使後世君臣愛令名而勸，畏惡名而愼也。」（范仲淹《近名論》）
>
> 「大凡君子與君子，以同道爲朋。小人與小人，以同利爲朋……小人所好者祿利也；所貪者，財貨也。」（歐陽修《朋黨論》）

自宋初的儒學復興運動到慶曆新政時期，文人們就已經有意識地

〔註 45〕楊萬里《跋眉山程垓萬言書草》，《誠齋集》卷三十。見王琦珍整理《楊萬里詩文集》（上），江西人民出版社，2006 年出版，第 537 頁。

〔註 46〕《論語・衛靈公》，朱熹《四書集注》，嶽麓書社 2004 年出版，第 183 頁。

開始地重整士人群體的風氣，樹立君子人格和名節意識，以氣節相高、堅守道義。他們以「道」約束和要求爲政者，認爲君王有錯和失道時，士人要勇於指責；以義利之辨、道尊於勢、作文作詩批判無節食祿、曲意逢迎、以道殉人之輩：歐陽修就寫過《上杜中丞論舉官書》、《與高司諫書》斥責阿諛奉承的小人，還寫了一系列的文章以君子小人立論，主張任賢選能。

楊萬里爲人剛正而有氣節，時人羅大經的《鶴林玉露》中記載：

> 楊誠齋爲零陵丞，以弟子禮謁張魏公。時公以遷謫故，杜門謝客。南軒爲之介紹，數月乃得見。因跪請教，公曰：「元符貴人，腰金紆紫者何限，惟鄒至完、陳瑩中姓名與日月爭光。」誠齋得此語，終身厲清直之操。晚年退休，悵然曰：「吾平生志在批鱗請劍，以忠鯁南遷，幸遇時平主聖。老矣，不獲遂所願矣！」立朝時，論議挺挺。如乞用張浚配享，言朱熹不當與唐仲友同罷，論儲君監國，皆天下大事。孝宗嘗曰：「楊萬里直不中律。」光宗亦曰：「楊萬里也有性氣。」故其自贊云：「禹曰也有性氣，舜云直不中律。自有二聖玉音，不用千秋史筆。」〔註47〕

張浚的以名節相勉，對楊萬里在政治上的立身觀念影響很大。其安身立命之「誠」終生奉行，矢志不渝。周必大說：「友人楊廷秀，學問文章，獨步斯世。至於立朝諤諤，知無不言，言無不盡，要當求之古人，眞所謂浩然之氣，至剛至大，以直養而無害，塞於天地之間者。」〔註48〕《癸辛雜識》中記載「紹興庚戌十月，倪文節公思爲中書舍人，楊文節萬里自大蓬除直龍圖閣，……然倪公竟入箚留之，云：「臣聞孔子曰：『吾未見剛者。』又曰：『不得中行而與之，必也狂狷乎。』剛與狂狷，皆非中道，然孔子有取焉。竊見秘書監楊萬里學問文采，固已絕人，乃若剛毅狷介之守，尤爲難得。夫其遇事輒發，無

〔註47〕羅大經《鶴林玉露 甲編 卷一》，中華書局，1983年版。
〔註48〕周必大《題楊廷秀浩齋記》，湛之《楊萬里、范成大研究資料彙編》，中華書局，1964年出版，第6頁。

所顧忌，雖未盡合中道，原其初心，思有補於國家至惓惓也。」〔註49〕

楊萬里的人格與立身觀念主要表現在：不捨己枉道以徇於人、堅守本心本性；以誠立身、性氣耿耿。在《見蘇仁仲提舉書》中他說：

> 「某聞之，君子之於世，無意於合也。有意於合者，折旋委曲，惟合之求。然未得其所無，而先喪其所有。古之君子所以合者，惟無意於合也。無意於合人者，有守於己者也。有守於己者，是惟無合於人；合則膠固而不可解……夫以巧而求合於人者，某實恥之……」〔註50〕

> 「不得於天，勿求於人；不得於己，勿求於天。天下之士，苟第知求於人而不求於天，求於天而不求於己，抑見其費心於外，而失己於內而已，烏在其有遇哉！……如合乎天理，則天也，人也；人也，我也。精神之感召，道藝之貫通，蓋有不求而合，不介而親者。」〔註51〕

楊萬里一生進與退皆有道，取捨自如，無心於富貴，為人光風霽月，都在於不失己以合人，不枉道以合人。「不以道殉世，不以利易義」，〔註52〕本心本性長存，只求合於道，合於天理，那麼自然有像張浚這樣的君子與之不求而合，對於道不同者，決不棄道以從。退隱居家後，他在文章中說：「還家五年……君子之道，或出或處，或默或語，若二事也，而實一事也。聖人曷嘗貴處而賤出、褒默而貶語哉？要歸於是而止耳。某之不出也，非某也，老喚之於前而病嗾之於後也。某羸然之骨，瘦無一把，而或喚焉，或嗾焉，某雖欲出，亦烏得而出？」〔註53〕立於朝時則志於道、兼濟天下，退隱亦是遵從了本心的眞實意

〔註49〕周密《癸辛雜識》前集「薦楊誠齋」條引，中華書局，1988年出版。

〔註50〕楊萬里《見蘇仁仲提舉書》，《誠齋集》卷六十四，見王琦珍整理《楊萬里詩文集》（中），江西人民出版社，2006年出版，第1030頁。

〔註51〕楊萬里《見章彥溥提刑書》，《誠齋集》卷六十四，見王琦珍整理《楊萬里詩文集》（中），江西人民出版社，2006年出版，第1032頁。

〔註52〕楊萬里《與任希純運使寶文書》，《誠齋集》卷六十五，見王琦珍整理《楊萬里詩文集》（中），江西人民出版社，2006年出版，第1035頁。

〔註53〕楊萬里《答興元府章侍郎書》，《誠齋集》卷六十七，見王琦珍整理《楊萬里詩文集》（中），江西人民出版社，2006年出版，第1071～1072頁。

願（且體力不支），不是爲了做出隱士姿態以自高。上書言事或沉默不問世事皆是出於本心本性，自然而然，出處皆自得其樂，一心向道：「或問：天下國家可均也，爵祿可辭也，白刃可蹈也，中庸不可能也。然則何者爲中庸乎？楊子曰：執是以爲中庸，非也；外是以爲中庸，亦非也。然則何如斯可謂之中庸矣？曰：天下國家可均也，時乎可均，時乎不必均；爵祿可辭也，時乎必辭，時乎不必辭；白刃可蹈也，時乎必蹈，時乎不必蹈。君子處事以時，對時以道，擇道以心。」〔註54〕天下國家可以治理，官爵俸祿可以放棄，性命也可以不顧，中庸卻不容易做到。楊萬里認爲，所謂「中庸」，就是「處事以時，對時以道，擇道以心。」不是一定要仕進或退隱，也不是一定要殺身以成仁，而是以「時」、「道」、「心」爲出發點去做選擇。

在中國儒學傳統中，政治和文學都與人倫、人格有著天然的聯繫，士人的人格與道德理想和「修齊治平」的社會理想是密不可分的，宋代理學文化是儒學的復興，宋代士人特別是理學家們對個體的人格與道德理想的重視和追求甚至超過了社會理想，他們「以進德修業爲樂」。楊萬里在自己的著作和文章中對理想人格的界定和對聖賢氣象的追求不止停留在理論與文字層面，那也是他一生爲人處事的標準和原則。從「士人身份認同」、「學問家、文學家」身份認同到「人格理想」，從爲政之多有政聲、爲人之剛正氣節到爲文作詩流傳千古，從「立功」「立德」到「立言」，楊萬里的一生可以說是典型的儒家文人胸懷天下、進德修身、著書立言的一生。

第二節　思想結構

楊萬里主要以文學成就聞名於世，同時，在前人和同時代朱陸等人理學思想資源的基礎上，他本人也對儒學也頗有所發明；在宋代儒

〔註54〕楊萬里《庸言》第四，《誠齋集》卷九十一，見王琦珍整理《楊萬里詩文集》（中），江西人民出版社，2006年出版，第1452頁。

釋道之間相互激蕩的思想文化環境和歷史場域中，在對儒、釋、道等先在思想資源的接受與整合中，他的思想結構亦呈現出多重維度。其儒學思想主要體現在以下論著中：《六經論》(《易論》《禮論》《樂論》《書論》《詩論》《春秋論》)、《聖徒論》(《顏子論》《曾子論》《子思論》《孟子論》《韓子論》)、《庸言》、《誠齋易傳》。

一、儒家經世之學與內聖之學

理學作爲一種哲學思想，它涵蓋了以北宋周敦頤、張載、二程的思想爲源頭，至南宋時期朱子集大成的思想體系以及後來的陸王心學。理學有洛學、蜀學、關學、新學、閩學、心學等諸多派別，其中影響最深遠，還是以二程、朱子爲代表的洛學和產生於宋代、昌盛於明代的陸王心學。如果抛開政治因素不談，單純從文化和哲學上來講，理學對當時社會精神文化的滲透和輻射也是廣泛而深刻的。

理學自北宋以來又被稱爲「道學」，廣義的理學即宋代的儒學，又稱作「宋學」，是以先秦儒學中的心性論爲思想源頭和基點，重建宇宙本體論和心性修養論，同時又吸收了禪學與道家心性人格修養方法的、有很強的學理性和經世精神的、道德形上學理論體系。理學作爲一種學術和思想傳統，討論的問題和使用的術語都有自己鮮明特色。理學範疇系統可謂博大精深，例如：周敦頤的理學體系中的「無極、太極、陰陽、五行、性命、誠、德、中、和、樂、幾、無思、無爲、無欲、公、明、順化」；張載理學體系中的「太和、太虛、氣、性、神、道、理、一、有、象、化、心、誠」；程朱理學體系中的「命、性、心、情、才、志、意、仁義禮智信、忠恕、誠、敬、道、理、德、太極、皇極、中和、中庸」；陸王心學體系中的「心、理、意、物、本心、眞己、良知、致良知、知行合一、現成、當下、頓悟、體認」等等。錢穆先生在《中國思想通俗講話》第一講《道理》中通過對比分析「理」字在先秦道家、魏晉玄學家王弼和郭象、佛門中人竺道生和朱子等人的言論中的內涵，認爲「理」字觀念的提出，「雖由先秦道家已開始，但是直到魏晉新道家始發揮的精彩，佛家也因把握了這一觀點而闡揚出新佛法，而後來的宋明儒，他們注重『理』字，顯已融進了道佛兩家觀點，因此成了儒釋道三教合一的新儒學。」〔註55〕在宋代，理學又不僅僅是純粹的形上學，它更是一種社會思潮和文化思維模式，在它的理論系統內部，包含了自然哲學（宇宙論）、人生哲學、道德哲學、教育學與美學智慧。

孝宗乾道、淳熙年間是南宋理學最爲繁榮的時期，有以朱熹爲代表的閩學、張栻爲代表的湖湘學派、呂祖謙開創的婺學，陸九淵的心學，葉適等人的永嘉學派等。楊萬里幾乎與這些各派的理學家都有交往，特別是和心學家陸九淵、張九成等人的接觸尤爲密切。楊萬里在道德修養工夫論方面就是遠承思孟，亦近接陸氏心學：「楊子曰：修身在立主，立主在有力。孟子曰：『先立乎其大者』，此修身而立主者也。」〔註56〕仁義禮智信都在人的心中，要找到其「端」加以存養，已是明其根本，立其大者。楊萬里曾師從的胡銓、張浚與二程之學有一定的淵源。所以楊萬里的儒學思想在學理上也一脈相承，《庸言》中說：「伏羲堯舜禹湯文武，聖之高曾也；周孔，聖之祖父也；顏子，聖之宗子也；孟子，聖之別子也；二程子，宗子別子之宗子也。」〔註57〕楊萬里曾這樣概括二程之學：「二程子之學，以仁爲覺，以敬爲守，以中爲居，以誠爲歸，以致知爲入，以明道不計功爲用。而韓子曰：軻死，不得其傳。其眞不得其傳耶？眞不見其傳耶。」〔註58〕楊萬里認爲，孟子之後，二程延續了道統。又說：「天下有無用之學，有有用之學，訓詁者，無用之學也，學之僞也。名節者，有用之學也，學

〔註55〕錢穆《中國思想通俗講話》北京三聯書店2010年12月出版，第7頁。

〔註56〕楊萬里《誠齋集》卷95《庸言》（十七）見王琦珍整理《楊萬里詩文集》（中），江西人民出版社，2006年出版，第1481頁。

〔註57〕楊萬里《誠齋集》卷91《庸言》（二）見王琦珍整理《楊萬里詩文集》（中），江西人民出版社，2006年出版，第1447頁。

〔註58〕楊萬里《誠齋集》卷94《庸言》（十六）見王琦珍整理《楊萬里詩文集》（中），江西人民出版社，2006年出版，第1479頁。

之眞也。」〔註 59〕認爲爲學應當超越文字訓詁層面，以己之「心」明經之「理」：他所作的《心學論・六經論》(《易論》、《禮論》、《樂論》、《書論》、《詩論》、《春秋論》)、以及《心學論・聖徒論》(《顏子論》上中下、《曾子論》上中下、《子思論》上中下、《孟子論》上中下、《韓子論》上下）20 篇文字，都是在解讀儒家經典的過程中，努力超越章句訓估之學，闡發深層義理以彰顯眞正的儒學精神：

> 「嗟乎，言也者，心之翳也；曉天下者，暗天下者也。《易》曰：『書不盡言，言不盡意。』嗟乎，聖人之憂天下深矣乎，而或者以爲聖人之意聖人自不能盡於言，聖人之言聖人自不能盡於書也。」〔註 60〕

楊萬里認爲聖人之意和所要傳達之「道」是無法「盡於言」、「盡於書」的。如果只沉溺於字詞章句之間，根本無法領會聖人的言外、書外之「道」，甚至離聖人之道越來越遠。因此他認爲品讀經典時不可沉溺於章句，而是應當以心明理，以心悟道。這一點是與宋初以來的學術精神一脈相承的，宋代的學者們特別是理學家們努力從漢唐諸儒章句之學的束縛中解脫出來，以己意釋經從而突破語詞訓釋的思維方式，以直契儒家原始典籍、直接闡發內在的義理爲旨歸，這種精神使漢唐以來的儒學得以脫胎換骨，恢復了儒學的經世精神與「內聖」追求。總之，宋人對理學的熱情，一方面是由於強烈的經世精神，另一方面更是出於共同的對形而上之道的追求，這是理學這種學理性思辨性極強的思想興盛的重要原因。

因此，從北宋五子到朱子和陸象山，他們的學術思想除了有經世、救世、重建道統之追求，更是一種作爲形上之思和個體超越的內聖之學。

〔註 59〕楊萬里《誠齋集》卷 90《陸贄不負所學論》，見王琦珍整理《楊萬里詩文集》（中），江西人民出版社，2006 年出版，第 1433 頁。

〔註 60〕楊萬里《誠齋集》卷 84《心學論・六經論・易論》，見王琦珍整理《楊萬里詩文集》（中），江西人民出版社，2006 年出版，第 1310～1311 頁。

「生三、四歲，問其父天地何所窮際，父笑而不答。遂深思至忘寢食。……他日讀古書，至「宇宙」二字。解者曰：「四方上下曰宇，往古來今曰宙」，忽大省曰：「宇宙內事乃己分內事，己分內事乃宇宙內事。」〔註61〕

宋代學人對宇宙本原、天理、本體等方面的研究和思考，以及建立在這些問題上的心性論和工夫論、努力實踐理想人格的用心，都達到了前代儒學所未有的深度和廣度。同時，在對這些問題的思考上形成的不同學術觀點和眾多學術派別，相互之間也有一種平等自由和追求眞理的論辯精神，留下了很多學術思想史上的佳話。

楊萬里的《誠齋易傳》也是以這樣的精神去研究《易》，開篇就提出：「易者聖人通變之書也……陰陽太極之變也，五行陰陽之變也，人與萬物五行之變也……古初以迄于今萬事之變未已也，其作也，一得一失；而其究也，一治一亂。聖人有憂焉，於是幽觀其通而逆紬其圖，易之所以作也……其窮理盡性，其正心修身，其齊家治國，其處顯，其傃窮，其居常其遭變其參天地合鬼神萬事之變……」〔註62〕從宇宙本體太極到陰陽五行、萬事萬物乃至人類社會這諸多事物之「變」皆是深奧無比，聖人擔心天下人不能參透其中玄機，所以作《易》來「通變」。「易之道何道也，天理而已。是理也，在天地爲陰陽，在日月爲晝夜，在四時爲生育長養，在鬼神爲吉凶，在人爲君臣父子，仁義禮樂，此易之道也。異端之所謂道，非易之所謂道。」「然則學者將欲通變，於何求通？曰：道；於何求道？曰：中；於何求中？曰：正；於何求正？曰：易；於何求易？曰：心。」〔註63〕《易》之道與「天理」相通，人應當以心之靈慧通天理明聖人之意，進而明天地萬物與人類社會之秩序與法則。《六經論・禮論》中說：「蓋天人之理、性命之源。仁義道德、吉凶悔吝，紛然齒於卦

〔註61〕《宋史・陸九淵傳》，〔元〕脫脫著，中華書局，1985年版。

〔註62〕楊萬里《誠齋易傳》原序，第7～8頁（四庫全書本），上海古籍出版社，1990年版。

〔註63〕楊萬里《誠齋易傳》原序，第14～15頁（四庫全書本）。

而形於象。」〔註 64〕而在解《易》過程中，楊萬里「以史證易」、「引史入易」的方法又體現著一種經世致用的精神，使抽象玄奧的《易》之「道」與百姓日用之道、社會歷史變遷、朝代更迭、政事興廢、人事沉浮相溝通。「《易》至南宋，康節之學盛行，鮮有不眩惑其說。其卓然不惑者，則誠齋之《易傳》乎！……中以史事證經學，尤爲洞邃。予嘗謂明輔嗣之傳，當以伊川爲正脈，誠齋爲小宗，胡安定、蘇眉山諸家不如也。」〔註 65〕楊萬里解《易》時的義理精神與經世之思極大地豐富了中國《易》學的內容，對後來的研究者也有著深遠的影響。這一精神也貫穿於他的全部儒學思想之中：

1. 宇宙論：

宋代理學各個學派儘管在很多問題上頗多分歧，但有一個最大的共同之處在於爲傳統儒學的倫理政治思想尋找哲學本體論的基礎，即探究「天道性命之理」，追問宇宙本源，溝通「性」與「天道」。在這樣的理論背景和前人的理學思想資源基礎上，楊萬里也十分關注天道性命問題。宇宙論方面，楊萬里的思想主要集中於《〈天問〉〈天對〉解》中對屈原《天問》、柳宗元《天對》的注解和《庸言》中的部分論述。

屈原的《天問》篇幅僅次於《離騷》，全詩 95 節，172 問，374 句，1565 字。以一種對眞理的探索精神對宇宙生成、天地自然、神話故事、歷史傳說、社會現實、人世盛衰展開了一系列的追問和思考：「遂古之初，誰傳道之？上下未形，何由考之？冥昭瞢闇，誰能極之？馮翼惟象，何以識之？明明闇闇，惟時何爲？陰陽三合，何本何化？圜則九重，孰營度之？惟茲何功，孰初作之？斡維焉繫，天極焉加？八柱何當，東南何虧？九天之際，安放安屬？隅隈多有，誰知其數？

〔註 64〕楊萬里《誠齋集》卷 84《心學論・六經論・禮論》見王琦珍整理《楊萬里詩文集》（中），江西人民出版社，2006 年出版，第 1312 頁。

〔註 65〕黃宗羲、全祖望《宋元學案》卷 44《趙張諸儒學案》，中華書局，1986 年版。

天何所沓？十二焉分？日月安屬？列星安陳？……」堪稱萬古奇文。關於《天問》的創作，東漢王逸《楚辭章句》曰：「屈原放逐，憂心愁悴。彷徨山澤，經歷陵陸。嗟號旻旻，仰天歎息。見楚有先王之廟及公卿祠堂，圖畫天地山川神靈，琦偉譎詭，及古聖賢怪物行事。周流罷倦，休息其下，仰見圖畫，因書其壁，呵而問之……」這是屈原在被放逐時期，對人生、世界的追問。他以對宇宙萬物的探索精神，寫成這篇奇文。所問或世界本源，或爲上古傳說中不甚可解之事：天地尚未形成之前是如何呢？明暗不分渾沌一片時誰又能夠窮究？晝夜初分時，又是怎樣的玄理？陰陽合而生宇宙，何爲本體何爲變化？天宇爲何有九重之高？天體的軸心在何處？天與地在何處交會？黃道如何十二等分？日月如何連屬？星辰如何置陳……《天問》中與天文地理自然有關的七十余問，與歷史人事有關的近百問。對宇宙萬象之理，存亡興廢之由，神仙鬼怪之說，都要找出一個因果。

千載之後，柳宗元因參與永貞革新失敗而被貶永州，落魄不得伸其志，此期間作《天對》與屈原進行了一場穿越時空的「奇問奇答」：「問曰：遂古之初，誰傳道之？上下未形，何由考之？冥昭瞢暗，誰能極之？馮翼惟象，何以識之？明明暗暗，惟時何爲？對曰：本始之茫，誕者傳焉。鴻靈幽紛，曷可言焉！智黑晣眇，往來屯屯，厖昧革化，惟元氣存，而何爲焉！陰陽三合，何本何化？合焉者三，一以統同。吁炎吹冷，交錯而功。圜則九重，孰營度之？無營以成，沓陽而九。運輵渾淪，蒙以圜號。惟茲何功，孰初作之？冥凝玄釐，無功無作。斡維焉繫？天極焉加？烏溪繫維，乃糜身位。無極之極，漭瀰非垠。或形之加，孰取大焉！八柱何當，東南何虧？皇熙亹亹，胡棟胡宇！宏離不屬，焉恃夫八柱！九天之際，安放安屬？無青無黃，無赤無黑。無中無旁，烏際乎天則。隅隈多有，誰知其數？巧欺淫誑，幽陽以別。無隈無隅，曷懵厥列。天何所沓？十二焉分？折篿剡筳，午施旁豎，鞠明究曛，自取十二。非予之爲，焉以告汝！日月安屬？列星安陳？規毀魄淵，太虛是屬。棋布萬熒，咸是焉托……」屈原在《天問》開篇提出的問題，基本都涉及宇宙之本原。柳宗元在《天對》開篇就回答說，關於宇宙起源的荒誕傳說不足以信。宇宙自然，陰陽變化，晝夜交替，天地萬物的存在，都是「元氣」的往來變化所致，只有元氣是唯一的、眞實的存在，是整個宇宙的基礎。在天地未形成之前，元氣已經充塞於宇宙洪荒；天地分化之後，元氣充斥於天地之間。他對於天有意志的說法完全不認同。

楊萬里於紹興二十九年（1159 年）調任永州零陵縣丞，他之前就對柳宗元的山水詩非常推崇，在永州期間，他對柳宗元曾經在這裡留下的遺跡多有關注，對《天問》、《天對》的注解，並非簡單的注釋問答，「予讀柳文，每病於《天對》之難讀。……予豈前輩之敢望哉因取《離騷》、《天問》及二家舊注釋文，而酌以予之意以解之，庶以易其難云。」〔註 66〕可見楊萬里在注解過程中表達了自己對宇宙起源等問題的認識：

> 「曶爽昭晰而爲晝，昏黑窈眇而爲夜。蓋日往月來，月往日來，自爾而已。屯屯而昧焉，則冥昭瞢暗之理，蓋不可得而窮極也。二儀之盛滿者，自盛滿爾；萬形之眾多者，自眾多爾；人物之明明者，自明明爾；鬼神之暗暗者，自暗暗爾。倏焉而革，泯焉而化，此其厖昧之氣象蓋不可得而測識也。日月晝夜之由不可窮也，天地人物鬼神之由不可識也，又孰有爲之者哉？蓋亦強名之曰：惟元氣存而已……獨陰不生，獨陽不生，獨天不生，三合而後生。此穀梁子之言也。陰陽三合，若之何而本原，若之何而化生？……陰陽之合以三，而元氣統之以一。炎者，元氣之吁也；冷者，元氣之吹也。吁而吹，吹而吁，炎而寒，寒而炎，交錯而自爾功者也。其始無本，其末無化。天之九重者，陽數之合沓而積者爾。天之圜體者，一氣轉輪而渾茫者爾。烏有所營，烏有所度哉！其凝而結也，冥然而凝，

〔註 66〕楊萬里《〈天問〉〈天對〉解》，《誠齋集》卷九十五，見王琦珍整理《楊萬里詩文集》（中），江西人民出版社，2006 年出版，第 1492～1493 頁。

> 莫見其所以凝；其釐而治也，玄然而釐，莫見其所以釐。烏有所功，烏有所作哉？蒙，加也。號，名也。天之圜亦豈眞圜耶？人不見其際而見其圜，故加之以圜之名而已，故曰『蒙以圜號』……天有繫以維，則羈縻其體與位矣。天無待於繫者也，天有極以加，則有形而不大矣；天無極而大者也。皇熙者，天大而廣也，天廣大亹亹而不息。不棟不宇，全然離物而無所連屬，豈有八山爲柱之恃哉？九天者，東曰皞天，東南曰陽天，南曰赤天，西南曰朱，西曰成，西北曰幽，北曰玄，東北曰鸞，中央曰鈞天也。天無色而亦無方，豈有九天之涯際哉？」〔註67〕

《〈天問〉〈天對〉解》中，在柳宗元對《天問》回答的基礎上，楊萬里認爲，神人創世之說不足爲信，天地的形成是「元氣」派生出的陰陽二氣交錯作用、和合化生的結果，「獨陰不生」、「獨陽不生」。楊萬里認爲「元氣」是宇宙的根源，陰陽二氣的運動形成了永恆的四季更替與晝夜交錯。儘管這所謂「元氣」有些神秘不可言說，但「二儀之盛滿者，自盛滿爾；萬形之眾多者，自眾多爾；人物之明明者，自明明爾」又說明楊萬里認爲天地間一切物質現象的存在與運動都是自在的，沒有什麼背後的神秘力量使它們存在；同時，「天」也是自在、自足的，宇宙廣袤無限，沒有上下限，所以傳說中的八山爲柱擎天、宇宙有九天之說都沒有根據。當然，追問宇宙根源並非理論核心所在，如何從「天理」過渡到人道，溝通天道與性命，使人道、仁心、性命有根據有所主才是理論重心。這是他在《庸言》中論述的：

> 「太極，氣之元；天地，氣之辨；陰陽，氣之妙；五行，氣之顯。元故無象，辨則有象；妙故無物，顯則有物。人者氣之秀也，性者人之太極也，心者人之天地也，動靜者人之陰陽也，喜怒哀樂者人之五行也。孟子曰：『萬物皆

〔註67〕楊萬里《〈天問〉〈天對〉解》，《誠齋集》卷九十五，見王琦珍整理《楊萬里詩文集》（中），江西人民出版社，2006年出版，第1492～1493頁。

備於我矣。』萬物皆備而已乎？」〔註 68〕

「一陰一陽天地所不能逭也，而況人物乎！陰陽之在天地，其位爲高下，其精爲日月，其運爲寒暑，其物爲水火，闕其一，則天地息。陰陽之在人物，其耦爲夫婦，其親爲父子，其分爲君臣，其道爲仁義，其事爲德刑，其類爲君子、小人、中國、夷狄、禽獸。闕其一，則人物息。天地也，人物也，均物也。所以行天地人物者，道也。不能不有之謂物，不得不行之謂道。」〔註 69〕

宇宙之初是太極、元氣，之後有天地，陰陽五行是「氣」的不同表現形態，天地萬物與人都是氣所化生，人是其中得其秀靈者，「性」之於人是「太極」之於天地，「心」之於人猶如天地之於太極，動靜喜樂之於人猶如陰陽五行之於「氣」。這段話是說，人並非一個獨立的無所倚的存在，而是與天地並生，得太極之氣、天地精華爲稟賦和「本性」的；人類社會中的道德領域與政治領域中的仁義、德刑也都是陰陽二氣的表現形態，「道」是貫通一切，顯現於天地萬物中「不得不行」的。這樣，人之「性」與「天道」就被打通了。因此人生存於世間，不能甘於自沉埋自蒙蔽，要實踐道德與仁義去守護自己的本性。

從宇宙論談性命道德，以宇宙論注解道德論、價值論，是理學產生之初就具備的思維特徵：

「千有餘載，至宋中葉，周敦頤出於舂陵，乃得聖賢不傳之學，作《太極圖說》、《通書》，推明陰陽五行之理，命於天而性於人者，了若指掌。張載作《西銘》，又極言理一分殊之旨，然後道之大原出於天者，灼然而無疑焉。仁宗明道初年，程顥及弟頤實生，及長，受業周氏，已乃擴大其所聞，表章《大學》、《中庸》二篇，與《語》、《孟》

〔註 68〕楊萬里《誠齋集》卷 93《庸言》13，見王琦珍整理《楊萬里詩文集》（中），江西人民出版社，2006 年出版，第 1473 頁。

〔註 69〕楊萬里《誠齋集》卷 93《庸言》20 見王琦珍整理《楊萬里詩文集》（中），江西人民出版社，2006 年出版，第 1488 頁。

並行，於是上自帝王傳心之奧，下至初學入德之門。融會貫通，無復餘蘊。」〔註 70〕（《宋史・道學傳》）

「孔、孟而後，漢儒止有傳經之學，性道微言之絕久矣。元公崛起，二程嗣之，又復橫渠諸大儒輩出，聖學大昌。故安定、徂徠卓乎有儒者之矩範，然僅可謂之必先。若論闡發心性義理之精微，端數元公之破暗也。」〔註 71〕

作爲宋代理學史上的關鍵人物，周、邵、二程和張載各自都有重要的、影響深遠的理學著作，每人都提出了重要的理學範疇和命題：宇宙論、本體論的：虛與氣、理與氣、道與器、太極陰陽、理一分殊；心性論：性與命、心與性、性與情、天命之性與氣質之性、道心人心、天理人欲；知行修養：格物與致知、主敬與主靜；天人觀境界論：天人合一、誠、仁、孔顏樂處、與物同體、民胞物與……等等。以張載爲代表的「氣」學一系和以二程爲代表的「理」學一系在北宋時期就已經展開。

周敦頤從宇宙論談性命道德，「德」以「天道」爲依據，無論是天地人、還是天道、人道、禮樂，皆可用一種原則一以貫之。言「無極而太極」，太極生出陰陽，陰陽復又生出萬物，「五行之生也，各其一性，……五性感動而善惡分，萬事出矣」、「天道行而萬物順，聖德修而萬民化」〔註 72〕，把道德的本體上升到宇宙論的高度：「大哉乾元，萬物資始，誠之源也」、「乾道變化，各正性命，誠斯立焉。純粹至善者也」、〔註 73〕「誠，五常之本，百行之源也」，〔註 74〕「誠」既是乾道、天道的一部分，又是「心」之「動」的「本然之理」，是一切道德價值的根源，所以「動而正曰道，用而和曰德」。〔註 75〕在修養工夫成德方面，因言「惟人也，得其秀而最靈」、所以「主靜」而

〔註 70〕〔元〕脫脫《宋史》，中華書局，1985 年版。
〔註 71〕《宋元學案》卷十一《濂溪學案》（上），中華書局，1986 年版。
〔註 72〕周敦頤《通書・順化》，《周敦頤集》，中華書局 2009 年版，第 23 頁。
〔註 73〕周敦頤《通書・誠上》，《周敦頤集》，中華書局 2009 年版，第 12 頁。
〔註 74〕周敦頤《通書・誠下》同上，第 14 頁。
〔註 75〕周敦頤《通書・愼動》同上，第 17 頁。

「立人極」。又言「無欲則靜虛動直。靜虛則明，明則通；動直則公，公則溥」、〔註 76〕「聖希天，賢希聖，士希賢」、「志伊尹之所志，學顏子之所學」。

邵雍以「太極」爲宇宙本體，又稱之爲「道」，是萬物取法之根據，他還強調「性」「體」「理」等概念：

> 「天下之物莫不有理焉，莫不有性焉，莫不有命焉。所以謂之理者，窮之而後可知也；所以謂之性者，盡之而後可知也；所以謂之命者，至之而後可知也。」〔註 77〕

> 「性者，道之形體也，性傷則道亦從之矣。心者，性之郭廓也，心傷則性亦從之矣。身者，心之區宇也，身傷則心亦從之矣。物者，身之舟車也，物傷則身亦從之矣。」〔註 78〕

> 「以道觀道，以性觀性，以心觀心，以身觀身，以物觀物，則雖欲相傷其可得乎！」〔註 79〕

張載提出「太虛即氣」，同時在「天道性命相貫通」的前提下將「天地之性」與「氣質之性」對舉：「形而後有氣質之性，善反之，則天地之性存焉。故氣質之性，君子有弗性者焉。」「性於人無不善，繫其善反不善反而已。」「天所性者通極於道，氣之昏明不足以蔽之；天所命者通極於性，遇之吉凶不足以戕之。」〔註 80〕張載認爲，氣質之性雖然是自然存在的，但是並非人之爲人的根本，「天地之性」超越個體生死，與天地共存與天道本體相通，是人之爲人的依據，所謂「仁義人道，性之立也。」人的天地之性相同，氣質之性各異並常常

〔註 76〕周敦頤《通書・志學》同上，第 21 頁。

〔註 77〕邵雍《伊川擊壤集・自序》，《邵雍集》，中華書局，2010 年版，第 179 頁。

〔註 78〕邵雍《伊川擊壤集・自序》，《邵雍集》，中華書局，2010 年版，第 179 頁。

〔註 79〕邵雍《伊川擊壤集・自序》，《邵雍集》，中華書局，2010 年版，第 179 頁。

〔註 80〕張載《正蒙・誠明》，《張載集》，中華書局 1978 年版，第 20 頁。

遮蔽天地之性，因此要能過學習修養來「變化氣質」以「返本」、「上達」、「成性」，要「大其心」，要「窮理盡性、窮神知化」，才能「體天下之物」。即使是如孔子一樣的聖人，也是一樣要「盡己之性、盡人之性，盡萬物之性」後才能達到「與天同德，不思不勉，從容中道」之境。「大其心則能體天下之物，物有未體，則心為有外。世人之心，止於聞見之狹。聖人盡性，不以見聞梏其心，其視天下無一物非我，孟子謂『盡心則知性務天』以此。天大無外，故有外之心不足以合天心。」〔註 81〕「聖人亦必知禮成性，然後道義從此出，譬之天地設位則造化行乎其中。」〔註 82〕在《西銘》中，張載也是從宇宙論出發重新闡釋天人合一命題，認為天與人都具有至善至德之性。涉及「乾、坤、體、性、民胞物與、大君、宗子、尊老、慈幼、樂、孝、德、仁、窮神、知化、安身、立命、存心、養性、事親、崇天」等概念，並提出「民胞物與」的道德境界和達到這一境界的道德修養工夫。「明道曰：『此（《西銘》）橫渠文之粹者也……言有兩端：有有德之言，有造道之言。有德之言說自己事，如聖人言聖人事也。造道之言則智足以知此，如賢人說聖人事也。橫渠道盡高，言盡醇，自孟子後，儒者都無他見識。』」〔註 83〕

二程與周敦頤的關係較為密切，早年都或多或少受到他的影響。只是後來他們的理學體系並未完全宗周氏之學：「濂溪之門，二程子少嘗遊焉。其後伊、洛所得，實不由於濂溪……予謂濂溪誠入聖人之室，而二程子未嘗傳其學也。」〔註 84〕勞思光的《中國哲學史》中認為，「周氏所承之儒學，是《易傳》《中庸》一路，以形上學為主，與孔孟心性論和漢代宇宙論都有不同，周氏之學的形上觀念是進入朱熹

〔註 81〕張載《正蒙・大心》，《張載集》，中華書局 1978 年版，第 24 頁。

〔註 82〕張載《橫渠易說・繫辭上》，同上，第 176 頁。

〔註 83〕黃宗義撰，全祖望補修，陳金生等點校《宋元學案》（卷十八橫渠學案），中華書局，1986 年出版。

〔註 84〕黃宗義撰，全祖望補修，陳金生等點校《宋元學案》（卷首：宋元儒學案序錄），中華書局 1986 年版。

的理學系統後才籠罩大部分宋以後（除陸王心學之外）的儒學理論，二程早年雖然受到周敦頤的影響，但他們後來建立的理學思想是『本性論』系統，與周氏的天道觀不同，周氏之學雖不由二程而傳，卻通過朱子得以傳播。當然，二程之學雖與周氏不同，也同樣被收入朱子的理學體系。」〔註 85〕

二程學說亦都有「本性」、「天理」或「理」，將道德倫理、道德之性與天理聯繫，此性在人即天理。人要通過修養工夫自覺其理其性，盡其理其性。「吾學雖有授受，天理二字卻是自家體貼出來。」〔註 86〕「人倫者，天理也。」〔註 87〕「視聽言動，非理不爲，即是禮，禮即是理也。」〔註 88〕程頤、程顥二人的理論也有各自不同的理路和傾向，程顥重「天道」，而程頤重心性論，「明道之傳，生出湖湘學派，伊川之傳則通楊時而生出日後朱熹之系統。」〔註 89〕《宋元學案》中也總結了二程之不同風格：「宋乾德五年，五星聚奎，占啓文明之運。逮後景德四年、慶曆三年復兩聚，而周子、二程子生於其間。朱子曰：『元公不由師傳，默契道體，建《圖》屬《書》，根極領要。當時見而知之者有程氏，遂廣大而推明之，使夫天理之微，人倫之著，事物之眾，鬼神之幽，莫不洞然畢貫於一，而周、孔、孟氏之傳，煥然復明。』此定論也。顧二程子同受學濂溪，而大程德性寬宏，規模闊廣，以光風霽月爲懷；二程氣質剛方，文理密察，以峭壁孤峰爲體。其道雖同，而造德自各有殊也。」〔註 90〕程顥的理學思想中，人的「仁心」、「仁性」即是天理流行，「學者須先識仁。仁者，渾然與物同體。義、

〔註 85〕勞思光《新編中國哲學史》，廣西師範大學出版社，第三卷上，第 113 頁。

〔註 86〕《河南程氏外書》卷十二，《二程全書》。

〔註 87〕《河南程氏外書》卷七，《二程全書》。

〔註 88〕《二程遺書》卷十五，上海古籍出版社，2000 年出版。

〔註 89〕勞思光《新編中國哲學史》，廣西師範大學出版社，第三卷上，第 203 頁。

〔註 90〕黃宗義撰，全祖望補修，陳金生等點校《宋元學案》（卷十三明道學案），中華書局，1986 年出版。

禮、知、信皆仁也。」〔註 91〕人要首先自覺內在的「仁」，然後須以「誠敬」來「存習此心」才能達到仁者或聖人的「渾然與物同體」之境。而在程頤的理學思想中，要通過「格物致知」，使人身上的「理」或「天理」顯現，這種理「在天爲命，在義爲理，在人爲性，主於身爲心。其實一也。」〔註 92〕至於如何「格物窮理」以明心見性，程頤認爲「須是今日格一件，明日又格一件，積習既多，然後脫然自有貫通處。」〔註 93〕「格物窮理，非是要盡窮天下之物，但於一事上窮盡，其他可以類推。」〔註 94〕在道德修養工夫上，則是「涵養須用敬，進學則在致知。」

至此天理（宇宙論）、道德（心性論）、認識論已經被連成一個較爲系統的、本末體用兼備的形上學體系，理學的問題域已經基本確定。值得注意的是，「性與天道」問題爲這段時期的理學家們所普遍關注並非偶然，這與自唐代以來佛老思想的興盛有關：佛家和道家都有相對系統完備的形上學理論，在中唐以後到宋代的儒家知識分子看來，這對儒家的人文價值世界是一種挑戰。儒家思想如果還是只能在禮法傳統和日常人倫道德層面立論而不能建立形上理論體系，就無法與越來越強勢的佛道思想分庭抗禮。在對性與天道等問題的討論中，理學家們以先秦時期孔孟等儒家經典思想資源爲依據，在此基礎上重構了儒家心性論，將先秦儒家思想的形上之維進一步闡發，將「性」「仁義」與天道天理貫通，人的「仁心」、「仁性」就是天理天道在人身上的體現，天之「德」與人之「德」相通；人的「仁心」、「仁性」有了超越個體生命的生死的恒常性，有了與天道、天理同在的絕對性、普遍性，被賦予了宇宙本體論的意義。儒家的價值取向、人倫秩序就是天道、天理、人之仁心性理的體現，「性

〔註 91〕程顥《識仁篇》，《二程遺書》卷二（上），上海古籍出版社，2000 年出版。

〔註 92〕《二程遺書》卷十八，上海古籍出版社，2000 年出版。

〔註 93〕《二程遺書》卷十八，同上。

〔註 94〕《二程遺書》卷十五，上海古籍出版社，2000 年出版。

即理」的本體論得以確立，由此而產生的一系列諸如「窮理盡性」、「主敬涵養」的工夫論，通過窮事物之理來明自身之性理。「恢復天理的尊嚴，才可恢複道德的尊嚴。換句話說：先立天道之尊，人道之尊才得以立。」〔註 95〕理學的開拓者們所確立的道德形上學的理論前提和框架成爲後來各派理學特別是工夫論的出發點。

作爲理學之集大成者的朱熹，其思想涉及「無極而太極」、理氣一體、未發、已發、中和、「心統情性」「道心人心」「居敬窮理」等等，其理論起點也是宇宙論。

「天下未有無理之氣，亦未有無氣之理。」

「天地之間有理有氣。理也者，形而上之道也，生物之本也。氣也者，形而下之器也。生物之具也。是以人物之生，必稟此理然後有性，必稟此氣然後有形。」〔註 96〕

「以本體言之，則有是理然後有是氣。」〔註 97〕

「未有君臣，已先有君臣之理在這裡，不是先本無，卻待安排也。」

「未有這事，先有這理。如未有君臣，已先有君臣之理；未有父子，已先有父子之理。」〔註 98〕

「蓋合而言之，萬物統體一太極也；分而言之，一物各具一太極也。」〔註 99〕

「太極只是天地萬物之理。在天地言，則天地中有太極；在萬物言，則萬物中各有太極。」〔註 100〕

〔註 95〕牟宗三《宋明儒學的問題與發展》，華東師範大學，2004 年出版，第 56 頁。

〔註 96〕朱熹《答黃道夫》，《晦庵先生文集》卷五十八，《朱子全書》第二十五冊，上海古籍出版社，2002 年版。

〔註 97〕朱熹《孟子或問》卷三，《朱子全書》第六冊，上海古籍出版社，2002 年版。

〔註 98〕朱熹《朱子語類》卷九十五，中華書局，1986 年版。

〔註 99〕朱熹《太極圖説解》，《朱子全書》第十三冊，上海古籍出版社，2002 年版。

〔註 100〕《朱子語類》卷一，中華書局，1986 年版。

在朱子理學中，儒家提倡的倫理道德與作爲終極實在的宇宙本體之「理」也是貫通的。天地萬物只有一個太極或理，它散在萬物中使得它們各具一太極一理，「如月在天，只一而已，及散在江湖，則隨處而見，不可謂月已分也」，又「月映萬川」、「隨器取量」，這些都是對二程的之「體用一源，顯微無間」、「理一分殊」的繼承和發展。在心性論和工夫論方面，朱子認爲心是「湛然虛明」的存在，心統已發之情（心之用）和未發之性（心之體）：「心者人之神明，所以具眾理而應萬事者也。」〔註 101〕「性者，心之理也；情者，心之用也；心者，性情之主也。」〔註 102〕人都有純善無惡的「天命之性」，但是這種「性」或「理」常常因爲各種原因被遮蔽，於是人生來有善有惡，都是因氣稟不同。「此理墮在形氣之中，不全是性之本體矣」，「論天地之性，則專指理言；論氣質之性，則以理與氣雜而言之，非以氣爲性命也。」〔註 103〕因此除了「氣極清而理無蔽」〔註 104〕的「生而知者」聖人，很多人無法做到時時處處以性理仁義行事，從心所欲不逾矩，體驗未發之中和已發之情、無法做到「明明德」、「止於至善」，所以需要「格物窮理」、「居敬涵養」以發道心之微，去人心之危，從達到一種道德自由的境界——「一旦豁然貫通焉，則眾物之表裏精粗無不到，而吾心之全體大用無不明。」〔註 105〕理學到了朱熹這裡達到高峰，對前人有繼承發展更有反思、改造和充實。實現了對「尊德性而道問學，極高明而道中庸」這一宗旨的充分發揮。「其爲學也，主敬以立其本，窮理以致其知，反躬以踐其實。而博極群書，自經史著述而外，凡夫諸子、佛老、天文、地理之學，無不涉獵而講究也。其爲問世之巨儒，復何言哉！」〔註 106〕

〔註 101〕《孟子集注・盡心》上，見朱熹《四書集注》，嶽麓書社 2004 年版。
〔註 102〕《元亨利貞說》，《晦庵先生朱文公文集》卷六十七，《朱子全書》第二十五冊，上海古籍出版社，2002 年版。
〔註 103〕《答鄭子上》十四，《晦庵先生朱文公文集》卷五十六，同上。
〔註 104〕《答鄭子上》，《晦庵先生朱文公文集》卷五十六，同上。
〔註 105〕朱熹《四書章句集注・大學章句》，嶽麓書社，2004 年出版。
〔註 106〕黃宗羲撰，全祖望補修，陳金生等點校《宋元學案》（卷四十八晦陸九淵心學體系的核心範疇是「心」，「心」在他那裡就是孟子的「四端」，是人先天所具有的，「不學而能」、「不慮而知」之「心」：

「人皆有是心，心皆具是理，心即理也。」〔註 107〕

「心，只是一個心。某之心，吾友之心，上而千百載聖賢之心，下而千百載復有一聖賢，其心亦如此。心之體甚大，若能盡我之心，便與天同。」〔註 108〕

「宇宙便是吾心，吾心即是宇宙。」〔註 109〕

「宇宙內事，是己分內事。己分內事，是宇宙內事。」〔註 110〕

心學以孟子之「本心」爲本體，在工夫論方面，也以孟子的「先立乎其大者」〔註 111〕爲宗旨，「發明本心」、「求其本心」。「本心」是體亦是用，圓融自足，「萬物皆備於我，有何欠闕」，本心既是立法者亦是踐行者，只要「收拾精神，自作主宰」，「去吾心之害」，使「本心」彰顯，「存養本心」，並將其做爲德性的立法及實踐原則，人就可以達到道德自由之境，「一是即皆是，一明即皆明」。對自身「本心」的相信、自覺和成聖之志是「發明本心」的關鍵，在此基礎上人可以「自得、自成、自道」。心學本體論和工夫論凸顯了人的道德主體性和道德主體的內在完滿性。《宋元學案・象山學案》中說：先生之學，以尊德性爲宗，謂「先立乎其大，而後天之所以與我者，不爲小者所奪。夫苟本體不明，而徒致功於外索，是無源之水也。」〔註 112〕「謝山《淳熙四先生祠堂碑文》曰：予嘗觀朱子之學，出於龜山。其教人

翁學案），中華書局，1986 年出版。

〔註 107〕《陸九淵集》卷十一《與李宰》二，中華書局，1980 年版。

〔註 108〕《陸九淵集》卷三十五《語錄》下，同上。

〔註 109〕《陸九淵集》卷三十六《年譜》，同上。

〔註 110〕《陸九淵集》卷二十二《雜說》，中華書局，1980 年版。

〔註 111〕「耳目之官不思，而蔽於物，物交物，則引之而已矣。心之官則思，思則得之，不思則不得也。此天之所與我者，先立乎其大者，則小者弗能奪也。此爲大人而已矣。」（《孟子・告子上》）

〔註 112〕黃宗義撰，全祖望補修，陳金生等點校《宋元學案》（卷五十八象山學案），中華書局，1986 年出版。

以窮理爲始事，積集義理，久當自然有得……陸子之學，近於上蔡。其教人以發明本心爲始事，此心有主，然後可以就天地萬物之變。」〔註 113〕勞思光的《中國哲學史》認爲「象山立說，重要處在透露一確定方向，而此方向又是宋明儒學運動應肯定之方向，即歸於孟子是也。」〔註 114〕

儘管理學與心學在很多問題上爭論很多，但從根本上來說只是儒學內部的分歧：例如二者爭論焦點之一的「尊德性」與「道問學」，事實上雙方都承認「尊德性」與「道問學」互爲表裏，不可或缺，只是在先後與本末的問題上產生了分歧。這並不影響他們有一些共同的儒學信念、立場、理念和基本預設：

> 「先生之學以尊德性爲宗，謂先立乎其大，而後天之所以與我者，不爲小者所奪。夫苟本體不明而徒致功於外索，是無源之水也。同時紫陽之學則以道問學爲主，謂格物窮理乃吾人入聖之階梯。夫苟信心自是而惟從事於覃思，是師心自用也。」〔註 115〕
>
> 「考先生之生平自治，先生之尊德性，何嘗不加工於學古篤行，紫陽之道問學，何嘗不致力於反身修德，特以示學者之入門各有先後……二先生同植綱常，同扶名教，同宗孔、孟。即使意見終於不合，亦不過仁者見仁，知者見知，所謂『學焉而得其性之所近』。」〔註 116〕
>
> 「子輿氏後千有餘載，纘斯道之墜緒者，忽破暗而有周、程。周、程之後曾未幾，旋有朱、陸。誠異數也！然而陸主乎尊德性，謂『先立乎其大，則反身自得，百川會

〔註 113〕黃宗羲撰，全祖望補修，陳金生等點校《宋元學案》（卷五十八象山學案），中華書局，1986 年出版。
〔註 114〕勞思光《中國哲學史》第三卷上，廣西師範大學出版社，第 302 頁。
〔註 115〕黃宗羲撰，全祖望補修，陳金生等點校《宋元學案》（卷五十八象山學案），中華書局，1986 年出版。
〔註 116〕黃宗羲撰，全祖望補修，陳金生等點校《宋元學案》（卷五十八象山學案），中華書局，1986 年出版。

歸矣。』朱主乎道問學，謂『物理既窮，則吾知自致，滃霧消融矣』。二先生之立教不同，然如詔入室者，雖東西異戶，及至室中，則一也。」〔註 117〕

理學作爲宋代的主流社會思潮，它的產生和興盛有著深刻的政治、文化背景，主要內容是探尋人性本原、窮理盡性和道德修養，並不固守儒家經典和章句注疏訓詁，而是把經典作爲義理的詮釋。無論「格物窮理」、「居敬涵養」還是「辨異端似是之非，開百代未明之惑」，又或是「爲天地立心，爲生民立命，爲往聖繼絕學，爲萬世開太平」都蘊含著理學家們的理性主義精神、經世情懷和人文關懷，是一種「獨立之精神，自由之思想」。儘管理學在發展過程中吸收了佛家道家的思想因子和方法，也有道德自由和內在超越的一面，但其精神方向始終是此岸世界、是盡人性而不是個人的超脫塵世，即使後來的陸王心學亦然。楊萬里的儒學思路也是一樣，以宇宙論、本體論爲起點闡發道德心性論，進而推出工夫論，「向外」亦有相關的經世致用之學、社會政治思想、禮樂思想。既有個體的成德、內聖，亦有治國平天下，「民胞物與」之情懷。在「尊德性」與「道問學」之間，楊萬里顯然是以前者爲先。通過「性」與「太極」的關係論述，在溝通「性」與「天道」的宇宙論基礎上，與之相關的道德心性論是以「性善論」爲本，以「誠」「仁」等範疇爲核心來論述的。

2. 心性論：

在心性論方面，楊萬里接受和繼承了孟子的「性善」論：

「蓋自夫子有性習近遠之論而不明言性之善惡，至孟子則斷之以性善之說，於是荀、楊、韓三子者各出一說，以與孟子競……曰：天命之謂性，率性之謂道。又曰：『能盡其性則能盡人物之性，可以贊化育參天地。質之以此，

〔註 117〕黃宗義撰，全祖望補修，陳金生等點校《宋元學案》（卷五十八象山學案），中華書局 1986，年出版。

而後孟子之説始信也歟！」〔註 118〕

在中國古代人性論史上，人性善惡問題始終是爭議的焦點。楊萬里認爲，孔子言性相近習相遠並未言性之善惡，到孟子那裡才開始有性善之說，而荀子、揚雄、韓愈各出一說，或言性惡、或言善惡混合都有失偏頗。張載以「天地之性」和「氣質之性」言人性之二重性，二程講「五常之性」，以仁、義、禮、智、信爲人性之本，認爲「自性而行，皆善也。」朱熹在論及孟子的性善論時說：「孟子亦只是大概說性善，至於性之所以善處，也少得說。須是如說『一陰一陽之謂道，繼之者善也，成之者性也』處，方是說性與天道爾。」〔註 119〕認爲孟子並沒有說出性善之源，「天理」「天道」就正是這根源。「論天地之性，則專指理言；論氣質之性，則以理與氣雜而言之，未有此氣，已有此性，氣有不存，而性卻常在。」〔註 120〕

楊萬里的心性論基本上是延續了思孟一派，認爲人之「性」本善：「人性之有善惡，善則惡不得以寄。惡則善不得以居，如冰之寒而濕，火之燠而燥也。今曰：善惡混。吾將曰：冰之性燥濕混；而火之性寒燠混也，可乎？至於裂性而三之，裂三而五之，則亦不勝其勞矣……孟子之說信而孔子之意明，孔子之意明而後性善之論定，性善之論定，而後天下之爲善眾，則子思之功豈不大矣！」〔註 121〕聖人要「導其善者以之於道，矯其不善者以復於道也。」人要守護本性之善，同時積小善成大善：「福生於一小善，禍起於一小不善，萬者一之積，大者小之積，善可積也，不善不可積也。積斯漸，漸斯極，極斯作，及其作而圖之，其有及乎？」〔註 122〕

〔註 118〕楊萬里《誠齋集》卷 86《子思論》(中)，見王琦珍整理《楊萬里詩文集》(中)，江西人民出版社，2006 年出版，第 1337 頁。

〔註 119〕《朱子語類》卷二十八，中華書局，1986 年版。

〔註 120〕《朱子語類》卷四，同上。

〔註 121〕楊萬里《誠齋集》卷 86《子思論》中，見王琦珍整理《楊萬里詩文集》(中)，江西人民出版社，2006 年出版，第 1338 頁。

〔註 122〕楊萬里《誠齋易傳》，上海古籍出版社，1990 年版。

在楊萬里的道德心性論中，「誠」和「仁」是尤爲重要的範疇。

「誠」：

楊萬里十分注重和強調「誠」，在《誠齋易傳》中，「誠」的出現有上百次之多，《庸言》中也多次出現。在楊萬里思想體系中，「誠」同時具有宇宙論和道德論雙重層面的意義：

> 「誠者天之道，妄者人之欲。無一毫之妄，誠之至也。」〔註 123〕

> 「或問：濂溪子謂：『元亨誠之通，利貞誠之復。』何謂也？楊子曰：元伸而亨，非誠之通乎？利詘而貞，非誠之復乎？亨利，用也；元貞，體也。體用二也，誠一而已。〔註 124〕

> 「天行健，健即誠也。所謂誠者，天之道也。君子以自強不息，其不息亦誠也。所謂誠之者，人之道也。自強非有使之者也。曰強，又曰不息，強之至也。天行健，乾之德也。自強不息，君子以己爲乾也。運行不窮之謂健，進修不息之謂強。其義一也。」〔註 125〕

在這裡，「誠」是天道、聖人相通的普遍本性，是一種德性的本體。天道運行之無窮與人道進修之不息都是「誠」這一德性本體的作用。人要合於天道之「誠」，才能達到「至誠」的境界。又云：「帝王治道一曰勤、二曰儉、三曰斷、四曰視君子、五曰獎直言……雖然治道有五，而行之者一，曰誠而已」。〔註 126〕「誠」是君子內心修養（內聖）的至高境界和齊家治國平天下（外王）之根本，是全部儒學理論的核心與關鍵，「意誠而後心正，心正而後身修，身修而後家齊，家

〔註 123〕楊萬里《誠齋易傳》卷七，上海古籍出版社，1990 年版。

〔註 124〕楊萬里《庸言》（一），《誠齋集》卷九十一，見王琦珍整理《楊萬里詩文集》（中），江西人民出版社，2006 年出版，第 1444 頁。

〔註 125〕楊萬里《誠齋易傳》卷一，上海古籍出版社，1990 年版。

〔註 126〕楊萬里《誠齋集》卷六九《己酉自筠州赴行在奏事十月初三日上殿第三箚子》，見王琦珍整理《楊萬里詩文集》（中），江西人民出版社，2006 年出版，第 1121 頁。

齊而後國治，國治而後天下平。此堯舜禹湯文武周公孔子心法之至要也……臣願陛下尊其所聞，行其所知，先立一誠於聖心，以力行五者之治道，則二帝三王可一舉而至矣。」〔註 127〕帝王如果有至誠之心，就可以使百姓自然歸順，天下太平：「心一誠而誠萬用。」〔註 128〕「感天下而無形者，莫如誠，此聖人之神也，謂九五之中實也，惟天下之至誠爲能立天下之中正，惟天下之中正，爲能化天下之不中不正。」〔註 129〕「生而知者，信其當然也；學而知者，見其所以然也。惟其信於斯，故曰誠：惟其見於斯，故曰明。明之之謂賢，誠之之謂聖，誠而不知其所以誠之之謂神。」〔註 130〕

「誠」的觀念早在「誠」字沒有出現之前——原始社會宗教祭祀活動中就已經產生了。許慎《說文解字》：「誠，信也，從言，成聲。」「誠」作爲哲學範疇，被系統的論述是在諸子百家時期，孟子、荀子、子思都有過關於「誠」的論述。《孟子》中說：「萬物皆備於我，反身而誠，樂莫大焉。」〔註 131〕「是故誠者，天之道也，思誠者人之道也。至誠而不動者未之有也，不誠未有能動者也。〔註 132〕「反身而誠」內涵豐富，既關涉工夫論也與本體論有關，亦可說本體即工夫。「誠」作爲道德境界，是與「天道」合一的，也只有如此，才是最高境界，此時，「誠」就是天道，是「天之所與我者」。「反身而誠」是使「誠」自覺地顯現、澄明，是「明明德」、「自明誠」，是「自我實現」、「自我超越」。《中庸》裏說：

「獲乎上有道，不信乎朋友，不獲乎上矣。信乎朋友

〔註 127〕楊萬里《誠齋集》卷六九《己酉自筠州赴行在奏事十月初三日上殿第三劄子》，見王琦珍整理《楊萬里詩文集》（中），江西人民出版社，2006 年出版，第 1121 頁。

〔註 128〕楊萬里《誠齋易傳》卷一六，上海古籍出版，1990 年版。

〔註 129〕楊萬里《誠齋易傳》卷六，上海古籍出版社，1990 年版。

〔註 130〕楊萬里《誠齋集》卷九四《庸言》（十二），見王琦珍整理《楊萬里詩文集》（中），江西人民出版社，2006 年出版，第 1469～1470 頁。

〔註 131〕《孟子章句・盡心上》，《四書集注》，嶽麓書社，2004 年版，第 385 頁。

〔註 132〕《孟子章句・離婁上》，《四書集注》，嶽麓書社，2004 年版，第 314 頁。

有道，不順乎親，不信乎朋友矣。順乎親有道，反諸身不誠，不順乎親矣……誠者，天之道也。誠之者，人之道也。誠者，不勉而中，不思而得，從容中道，聖人也。誠之者，擇善而固執之者也。」〔註 133〕

「誠者自成也，而道自道也。誠者，物之終始，不誠無物。是故君子誠之爲貴。誠者，非自成己而已也，所以成物也。成己，仁也；成物，知也，性之德也，合內外之道也。」〔註 134〕

「唯天下至誠，爲能盡其性；能盡其性，則能盡人之性；能盡人之性，則能盡物之性；能盡物之性，則可參天地之化育；可以參天地之化育，則可以與天地參。」〔註 135〕

從治國治民來說，「誠乎身」是根本；從個體來說，「誠」是成己成物之關鍵，「不誠無物」，「誠」有與生俱來的「天道之誠」，有後天習得的「人道之誠」。這裡的「天道之誠」具有本體的意義。「自誠明，謂之性；自明誠，謂之教。誠則明矣，明則誠矣。」「自誠明」是天道到人道，「自明誠」則是人道對天道的「上達」。《大學》中也論述到「誠」，「誠意」是八條目中很重要的一項：「古之欲明明德於天下者，先治其國。欲治其國者，先齊其家。欲齊其家者，先修其身。欲修其身者，先正其心。欲正其心者，先誠其意。欲誠其意者，先致其知。致知在格物。」〔註 136〕荀子則說：「君子養心莫善於誠，至誠則無它事矣。唯仁之爲守，唯義之爲行。誠心守仁則形，形則神，神則能化矣。誠心行義則理，理則明，明則能變矣。變化代興，謂之天德。天不言而人推高焉，地不言而人推厚焉，四時不言而百姓期焉。夫此有常以至其誠者也。君子至德，嘿然而喻，未施而親，不怒而威。夫此順命以愼其獨也。」（《荀子‧不苟》）

〔註 133〕《中庸》，朱熹《四書集注》，嶽麓書社，2004 年版，第 35 頁。
〔註 134〕《中庸》，朱熹《四書集注》，嶽麓書社，2004 年版，第 38 頁。
〔註 135〕《中庸》，朱熹《四書集注》，嶽麓書社，2004 年版，第 43 頁。
〔註 136〕《大學章句》，朱熹《四書集注》，嶽麓書社，2004 年版，第 6 頁。

「誠」在先秦諸子哲學中已經是很重要的範疇，並且以「誠」打通天道人性的思路已經出現。理學家幾乎都講「誠」、以「誠」爲天人合一的最高境界。不同之處只是，以不同的宇宙論爲基點造成對「誠」的不同解釋，進而達到「誠」的境界之工夫不盡相同。例如前面已經提到過，周敦頤以「乾元」爲誠之「源」，乾元即太極：「周子之學，以誠爲本。從寂然不動處握誠之本，故曰主靜立極。本立道而生，千變萬化皆從此出。化吉凶悔吝之途而反復其不善之動，是主靜眞得力處。靜妙於動，動即是靜。無動無靜，神也，一之至也，天之道也。千載不傳之秘，固在是矣。」〔註 137〕張載認爲：「義命合一存乎理，仁智合一存乎聖，動靜合一存乎神，陰陽合一存乎道，性與天道合一存乎誠。」「天人異用，不足以言誠；天人異知，不足以盡明。」〔註 138〕「天所以長久不已之道，乃所謂誠，仁人孝子所以事天誠身，不過不已於仁孝而已。故君子誠之爲貴。」〔註 139〕「誠」是「天人合一」的，是性與天道的統一。二程進一步認爲，「誠」是「合內外」、「合天人」之道。《二程集》中說：「誠者合內外之道，不誠無物」，「天地之所以不已，蓋有恆久之道」。〔註 140〕「無妄者至誠也，至誠者天之道也。天地化育萬物。生生不窮，各正其性命，乃無妄也。」〔註 141〕

在修養工夫上，程顥主張以敬存養，程頤主張誠、明並用。朱子以「眞實無妄」來定義「誠」：「誠者，眞實無妄之謂，天理之本然也。」〔註 142〕它既是「天理」，亦是人心。在心之「誠」，即是在天之「誠」。「天下之物，皆實理之所爲，故必得是理，然後有是物，所得之理既盡，則是物亦盡而無有矣。故人之心一有不實，則雖有所爲，亦如無

〔註 137〕《宋元學案·濂溪學案》（下）卷十二，中華書局，1986 年版。

〔註 138〕《張載集》，中華書局，1978 年版，第 20 頁。

〔註 139〕《張載集》，中華書局，1978 年版，第 21 頁

〔註 140〕程頤程顥《二程集》，中華書局，1981 年版，第 9 頁。

〔註 141〕程頤程顥《二程集》，中華書局，1981 年版，第 822 頁。

〔註 142〕朱熹《四書集注》，嶽麓書社，2004 年版，第 36 頁。

有，而君子必以誠爲貴也。」〔註 143〕（《中庸章句》第二十五章）「誠」是成己、成物之本、是萬物各得其所之根本。

楊萬里「誠」的思想，正是在孟子、《中庸》、周、張、二程等先在的理論資源基礎上提煉出來的。作爲溝通天人的最高本體，無論是「自誠明」還是「自明誠」，「誠」可以「自成」亦可「成物」。

「仁」：

關於「仁」，楊萬里是以「覺」論「仁」，他對孟子講的「惻隱之心」和二程所說的「仁者覺也」都有闡釋、繼承與發展：

> 「或問：惻隱之心，仁之端也。何謂隱？楊子曰：惻言愛，隱言痛也。覺其痛之謂隱，愛其痛之謂惻。痛於彼，惻於此，而仁不可勝用矣。」〔註 144〕

> 「或問程子，謂仁者覺也，覺何以爲仁。楊子曰：覺則愛心生，不覺則愛心息。覺一身之痛癢者，愛及乎一身……覺萬民之痛癢者，愛及乎萬民，故文王視民如傷。覺萬物之痛癢者，愛及乎萬物。故君子遠庖廚。」〔註 145〕

在從「覺」到「仁」的過程中，「心」又起著重要的作用。楊萬里所談論的「心」有以下幾種情況：

一是作爲知覺的心，其功能是思考和辨析；

二是對孟子所講的「惻隱之心』、「羞惡之心」、「辭讓之心」、「是非之心」的繼承，是一種道德情感；

三是與理學範疇中的本體「性」相對的「心」體：「何以知理之當然哉，心之同然是也。觀人心則見天理，蓋人心，天理之集也。」〔註 146〕「心者，神明之舍，舍不虛，神明將何居焉？夫惟此心洞然

〔註 143〕朱熹《四書集注》，嶽麓書社，2004 年版。

〔註 144〕楊萬里《誠齋集》卷九十一《庸言》（二），見王琦珍整理《楊萬里詩文集》（中），江西人民出版社，2006 年出版，第 1448 頁。

〔註 145〕楊萬里《誠齋集》卷九十一《庸言》（四），見王琦珍整理《楊萬里詩文集》（中），江西人民出版社，2006 年出版，第 1452 頁。

〔註 146〕楊萬里《誠齋易傳》卷五，上海古籍出版社，1990 年版。

而虛，則至誠充然而實矣」〔註147〕「心之所在，理之所在也」。〔註148〕

因此在認識論方面，楊萬里認爲，世界是可以認識的。「論曰：道可遇而不可傳，非眞不可傳也。遇則可傳，不遇則不可傳矣。何謂遇？以吾之有迎彼之有是謂遇。遇則不相拒，而不遇則不相受，不相受而求相傳，是煮石以求其爲粥也……」〔註149〕「山之體小於天而能蘊天道，人之心靈於山而能聚天德」。〔註150〕他首先肯定了「道」是可傳的，但是，如果人沒有求道之心、不能充分發拙自己的本心之靈只會與「道」擦肩而過。只有充分利用自身的智慧與本心才能窮理得道：「人之聰明，有不用，無不達也。不用而不達，咎在不用；用而不達，咎在不精。用而精，精而達，物何堅而不攻，理何幽而不窮哉！」〔註151〕和楊萬里有著密切交往的張栻也認爲：「人爲萬物之靈，其虛明知覺之心可以通夫天地之理，故惟人可以聞道，人而聞道則是不虛爲人也」〔註152〕。

窮理、求道的根本目的又是爲了踐行。因此，在以性善、誠、仁爲基礎的道德心性論的基礎上：

> 「班固謂：『石建之澣衣，周仁之垢污，君子譏之。』仁可譏也；建恭爲子職，而可譏乎？天下之至神者惟人心。見人之過，得己之過矣，何必今人也。見古人之過，得己之過矣，何必古人也。見日月之過，寒暑之過，得己之過矣，何必天地也。見群賢之過，得己之過矣，何必成物也。因前日之過，得今日之過矣。是數者，非人告也，心告也。」〔註153〕

〔註147〕楊萬里《誠齋易傳》卷十六，同上。
〔註148〕楊萬里《誠齋易傳》卷十七，同上。
〔註149〕楊萬里《顏子論》（中），《誠齋集》卷八十五，見王琦珍整理《楊萬里詩文集》（中），江西人民出版社，2006年出版，第1325頁。
〔註150〕楊萬里《誠齋易傳》卷七，上海古籍出版社，1990年版。
〔註151〕楊萬里《送郭才舉序》，《誠齋集》卷八十二，見王琦珍整理《楊萬里詩文集》（中），江西人民出版社，2006年出版，第1281頁。
〔註152〕張栻《癸巳論語解》卷二，中華書局，1985年版。
〔註153〕黃宗羲，全祖望《宋元學案‧趙張諸儒學案》，中華書局，1986年版。

以本心之明識仁，然後「見賢思齊，見不賢而內自省也。」楊萬里特別讚賞曾子每日「三省吾身」的觀點：「曾子曰：『吾日三省吾身，爲人謀而不忠乎？與朋友交而不信乎？傳不習乎？』此曾子之始學也，彼固有所用之也。然則曾子之用何所用？用之者，體之也，體之者，身之也，學道而至於體之以身，夫然後道爲吾之有矣。故夫世之學道者，吾見其學道矣，未見其有夫道也。學而不能有，則道自道，我自我也。夫惟道即我，而我即道者，可以言道爲我之有矣。曾子之三省其身，非省其身也，省其身與道之一、二也。……一而二者，不察之過也；二而一者，察之功也。子思曰：『鳶飛戾天，魚躍于淵。』上下察也。人之一心，察之之妙，上際於天，下極於淵，無一理之逃，而況於反是察而用之於吾身之道乎？」〔註 154〕在楊萬里看來，學道明道須「以身體道」，使「道」與「我」合二爲一，才是眞正的得道。此外，他還講「以心體仁」：

> 「論曰：仁可得而求乎？曰：可。仁可得而聞乎？曰：不可。仁不可聞，則學者烏乎求？曰求以不言，不求以言。蓋體仁者心也，而心非仁。喻心者言也，而言非心。言猶非心也，而言可以求仁乎哉。言之非心也，以言有所不能言也。非惟彼心之言不能言於吾也，吾自求之，吾自得之，吾自不能言之矣。」〔註 155〕

對於「仁」，每個人只能自己用心去體會而踐行，「自求」、「自得」，「爲人由己，不可以無己。」〔註 156〕不可能讓別人通過語言告訴自己何謂「仁」，自己所用心體會和踐行的「仁」，也同樣無法用語言傳達給別人。學道爲仁要「以心求仁、以身體道」要「自得」，還要「窮神知化」、「持志養氣」「盡性知天」：「楊子曰：理盡其通則

〔註 154〕楊萬里《曾子論》中，《誠齋集》卷八十五，見王琦珍整理《楊萬里詩文集》（中），江西人民出版社，2006 年出版，第 1331 頁。

〔註 155〕楊萬里《孟子論》（上），《誠齋集》卷八十五，見王琦珍整理《楊萬里詩文集》（中），江西人民出版社，2006 年出版，第 1341 頁。

〔註 156〕楊萬里《庸言》二十，《誠齋集》卷九十四，見王琦珍整理《楊萬里詩文集》（中），江西人民出版社，2006 年出版，第 1488 頁。

萬變徹。蓋義者，物之宜；神者，心之通。化者，事之變。」〔註 157〕又云：「神者，心也；化者，天地萬物之變也。不盡其心，不達其變。」〔註 158〕「吾性一盡，而育人物，參天地者在焉。」〔註 159〕

先秦「仁」學最重要的人物自然是孔孟。在孔孟之前，「仁」字早已產生，但卻不是人心的道德本源。孔子將「仁」作爲人內在的道德本性和根據，「仁者愛人」〔註 160〕「孝悌也者，其爲仁之本與」〔註 161〕，「唯仁者能好人，能惡人」〔註 162〕「我欲仁，斯仁至矣」，「夫仁者，己欲立而立人，己欲達而達人。能近取譬，可謂仁之方也已」。（《論語・雍也》）「克己復禮爲仁，一日克己復禮，天下歸仁焉。爲仁由己，而由人乎哉？」「仁」是視人如己之自覺、大公境界，而且不假外求，德性自我的實現與達成只能通過親身實踐；同時，「仁」又是「禮」的根基，「人而不仁，如禮何？人而不仁，如樂何？」孟子關於「仁」的論述是以孔子爲基礎，並論證了孔子所沒有解決的「仁」心即道德自覺何以成立的問題。

「仁」也是理學的重要範疇，且有著本體意義，是「天人合一」境界的體現。周敦頤在《通書・順化》一章中說：「天以陽生萬物，以陰成萬物。生，仁也；成，義也」，〔註 163〕以宇宙論釋仁；張載則認爲：「天體物不遺，猶仁體事無不在也。」〔註 164〕「學者當須立人之性，仁者人也，當辨其人之所謂人，學者學所以爲人。」〔註 165〕

〔註 157〕楊萬里《庸言》第二，《誠齋集》卷九十二，見王琦珍整理《楊萬里詩文集》（中），江西人民出版社，2006 年出版，第 1446 頁。
〔註 158〕楊萬里《庸言》十八，《誠齋集》卷九十四，見王琦珍整理《楊萬里詩文集》（中），江西人民出版社，2006 年出版，第 1484 頁。
〔註 159〕楊萬里《子思論》（中），《誠齋集》卷八十六，見王琦珍整理《楊萬里詩文集》（中），江西人民出版社，2006 年出版，第 1338 頁。
〔註 160〕《論語・顏淵》朱熹《四書集注》，嶽麓書社，2004 年版。
〔註 161〕《論語・學而》同上，第 54 頁。
〔註 162〕《論語・里仁》同上，第 78 頁。
〔註 163〕《周敦頤集》，中華書局，2009 年出版，第 22 頁。
〔註 164〕《正蒙・天道》，《張載集》，中華書局，1978 年出版，第 14 頁。
〔註 165〕《張子語錄》中，同上，第 316 頁。

人之所以爲人，在於以仁爲性，學所以爲人，就是復仁之性。程顥則是以「覺」論「仁」，他認爲，人心有「覺」，這是仁的眞正命脈。所謂「切脈最可體仁」，「醫書言手足痿痺爲不仁」，都是強調一個「覺」字。「人有知覺，故能知痛癢，血脈流通。如無知覺，則是麻木不仁。人與天地萬物的關係也是如此，人心即是天地萬物之心，人心之覺，便是生生之理的自我直覺。人和萬物只爭一個『覺』字。」〔註 166〕很明顯，楊萬里的以「覺」論「仁」顯然是繼承了程顥的「仁」學思想。

3. 社會政治和禮樂思想

在中國政治思想史上，思想家對於人性善惡的判定可以說是其全部政治哲學的邏輯起點：關於人性的形而上的預設、人是什麼、應該以何種方式生活和被對待，決定著他們的政治思想和禮樂思想。

在社會政治思想方面，楊萬里將其天道性命理論、人性思想與政治秩序和社會倫理自然結合起來，以天尊地卑陰陽有別來論君臣夫婦父子之人倫綱常：「坤，地道也，陰道也，母、妻、臣道也。」〔註 167〕「皆欲以陰從陽，不欲以陰從陰。陰從陰，則造化消；陰從陽，則造化息。母、妻、臣自從，則亂且危；母從子、妻從夫、臣從君，則治且安。故陰盛陽微，月壯日虧……乾稱大哉，坤稱至哉，嚴尊卑之分，陰不得僭陽也，蓋大則無疆，至則有極。」〔註 168〕「地之位卑，臣道也，子道也，婦道也。地既隤然，示人以卑，則二者臣位也，安得不自卑而位於賤？天之位高，君道也，父道也，夫道也。天既隆然，示人以高，則五者君位也。〔註 169〕

儒家的尊君觀念始於孔子。但是孔子也並不主張君權至上和獨裁：「定公問：『一言而可以興邦，有諸？』孔子對曰：『言不可以若是，其幾也，人之言曰：爲君難，爲臣不易。如知爲君之難也，不幾

〔註 166〕蒙培元《理學範疇系統》，人民出版社，1989 年版，第 492 頁。
〔註 167〕楊萬里《誠齋易傳》卷一，上海古籍出版社，1990 年版。
〔註 168〕楊萬里《誠齋易傳》卷一，上海古籍出版社，1990 年版。
〔註 169〕楊萬里《誠齋易傳》卷一七，上海古籍出版社，1990 年版。

乎一言而興邦乎？』曰：『一言而喪邦，有諸？』孔子對曰：『言不可以若是，其幾也，人之言曰：予無樂乎爲君，唯其言而莫予違也。』如其善而莫之違也，不亦善乎？如不善而莫之違也，不幾乎一言而喪邦乎？」〔註 170〕孔子反對「言莫予違」的，不辨是非「言莫予違」可致喪邦。因而，「所謂大臣者，以道事君，不可則止。」「子路問事君，子曰：『勿欺也，而犯之。』」〔註 171〕

在肯定君權、尊君的同時，楊萬里也有一系列的「君王之道」：即爲政者應當有怎樣的立身之德，應當以怎樣的仁政治國平天下：

> 「或問：何謂天位？何謂天職？楊子曰：履大君之位，以承乎天，茲謂天位。修大君之職，以答乎天，茲謂天職。有斯位也，當知有斯職也。臣而不修其職，則爲曠官。君而不修其職，不曰曠職乎？然則，孰爲君職？曰君職在養民，養民在仁政。」〔註 172〕

在政治思想上，和孔孟以來的儒家士人一樣，楊萬里是將「仁」與政治、君王之道緊密聯繫的，他認爲身爲君主一定要以「仁」爲施政宗旨，以「覺一身之痛癢」推己及人，將這種以「覺」爲前提的「仁」施於天下百姓，「覺一身之痛癢者，愛及乎一身」，故「孝子髮不毀」。「覺萬民之痛癢者，愛及乎萬民」，故「文王視民如傷」。〔註 173〕君王之道不但要愛民，施行仁政，更要利民，因爲「惟民說，故天說；惟利民，故民說；惟不利己，故能利民；惟正己，故能不利己。」〔註 174〕，「利不歸於上，則不國；故《詩》曰：『雨我公田，遂及我私。』利歸於上，則無民；故《詩》曰：『彼有遺秉，此有滯穗，伊寡婦之

〔註 170〕《論語·子路》，朱熹《四書集注》，嶽麓書社，2004 年版，第 164 頁。

〔註 171〕《論語·憲問》，同上，第 176 頁。

〔註 172〕楊萬里《庸言》七，《誠齋集》卷九十二，見王琦珍整理《楊萬里詩文集》（中），江西人民出版社，2006 年出版，第 1459 頁。

〔註 173〕楊萬里《庸言》四，《誠齋集》卷九十一，見王琦珍整理《楊萬里詩文集》（中），江西人民出版社，2006 年出版，第 1451 頁。

〔註 174〕楊萬里《誠齋易傳》卷一五，上海古籍出版社，1990 年版。

利。」〔註175〕

在道德教化與刑罰之間，楊萬里強調以道德教化爲先，「堯舜率天下以仁，而民從之」〔註176〕，他的政治理想是儒家傳統中基於道德倫理精神和人本精神的延伸，希望君主以德服眾、以德化民，民眾的遵守社會秩序和規矩完全不是因爲外在的強制力量而是發於道德本性和本心。當然，楊萬里也不是徹底的理想主義者，他的思想有著經世致用的色彩，因此，他並不否定刑法的存在價值，對於施以德化和寬恕之道仍然無效的民眾，應當施以適當的刑罰以儆效尤。「禮者，免刑之大閒；刑者，復禮之嚴師。」〔註177〕此外，楊萬里還主張「不以私廢公，不以公咎私」：「私者，君子之甚惡也。利於私，必不利於公。公與私不兩勝，利與害不兩能。故夫私者，君子之所甚惡者。雖然，私足以害公矣，亦有以公而害公者，利於私必不利於公矣，亦有利於私而利於公者。」〔註178〕

在禮樂思想方面，楊萬里認爲，禮是「道之所踐」：

> 「聖人本之以不倚而進之以可踐。禮也者，所以示天下之可踐也。圓不以規，方不以矩，運斤而成風，惟匠石可也。欲舉天下之工而皆匠石也，皆不規不矩也，則天下之工有棄其斤斧而去耳。何則？無所可踐也。《易》者，聖人成風之斤也；禮者，聖人規矩之器也。匠石不以匠石而廢規矩，故無匠石而有匠石。聖人不以聖人而廢禮法，故無聖人而有聖人。」〔註179〕

聖人之爲聖人，在於其「從心所欲不逾矩」、「運斤如風」，自然

〔註175〕楊萬里《誠齋集》卷九三《庸言》第六，見王琦珍整理《楊萬里詩文集》（中），江西人民出版社，2006年出版，第1456頁。

〔註176〕楊萬里《誠齋易傳》卷二，上海古籍出版社，1990年版。

〔註177〕楊萬里《誠齋集》卷九二《庸言》第二，見王琦珍整理《楊萬里詩文集》（中），江西人民出版社，2006年出版，第1446頁。

〔註178〕楊萬里《代蕭岳英上宰相書》《誠齋集》卷六十五，見王琦珍整理《楊萬里詩文集》（中），江西人民出版社，2006年出版，第1041頁。

〔註179〕楊萬里《誠齋集》卷84《心學論·六經論·禮論》，見王琦珍整理《楊萬里詩文集》（中），江西人民出版社，2006年出版，第1312頁。

而然趨向於天理與大道，無需外在力量的規範與約束；而普通人遠遠無法達到這樣的境界，因此需要以禮來約束規範，踐於禮方能合於道，「道」與「禮」共同作用，才能使聖人精神得以流傳，使人類社會合乎秩序。同時，爲了緩和「禮」可能會給人們帶來的束縛感和生活中的苦憂，需要有「樂」來調節人們的心情和生活，「今夫金石絲竹八物之善鳴，此其於吾道何與焉？而聖人之經繼禮以樂者何也？人有幽憂而不樂者，散之以嘯歌；有所鬱結而不平者，銷之以管絃。聲之入人心，易也。然則天下欣然之機不寓於八物之質而寓於八物之聲也。」〔註 180〕「樂」使人心情愉悅，在這樣的心情狀態下，踐於禮合於道會相對容易一些，楊萬里充分認識和分析了「樂」在道德教化和踐禮求道中的重要作用。而「禮」「樂」二者也是可以相通：「禮出於人心，入於人心。樂出於人情，入於人情。」〔註 181〕

二、宋儒之「樂」

楊萬里一生關心國事與民生，寫了不少諷諫詩、奏疏以及政論文。在對政治失望後，他的詩以山水田園詩居多，轉向內心去尋求個體生命的意義，但他也並沒有完全「獨善其身」、遊於世外，因爲他認爲：

> 「必進忘其身，必退忘其君，皆失其道也」。〔註 182〕

> 「不樂於廟堂之顕嚴而樂於東湖西山之寂寞，此豈人之情也，此其中必有不以道殉世，不以利易義者矣，而世俗何足以知之。」〔註 183〕

> 「至樂以至憂之心處。」〔註 184〕

〔註 180〕楊萬里《誠齋集》卷 84《心學論·六經論·樂論》，見王琦珍整理《楊萬里詩文集》（中），江西人民出版社，2006 年出版，第 1314 頁。

〔註 181〕楊萬里《庸言》（七），見王琦珍整理《楊萬里詩文集》（中），江西人民出版社，2006 年出版，第 1458 頁。

〔註 182〕楊萬里《誠齋易傳》卷六，上海古籍出版社，1990 年版。

〔註 183〕楊萬里《與任希純運使寶文書》，《誠齋集》卷六十五，見王琦珍整理《楊萬里詩文集》（中），江西人民出版社，2006 年出版，第 1035 頁。

〔註 184〕楊萬里《誠齋易傳》卷十二，上海古籍出版社，1990 年版。

「顏之樂道，曾之詠歸，漆雕之仕未能信，不知者以爲眞忘斯世矣。」〔註 185〕

「孔孟之不忍獨樂其樂，而欲以天下樂其樂也。」〔註 186〕

「陋巷之學，浴沂之學，退自齊梁之學，用之則舉天下而措諸堯舜。」〔註 187〕

既有入世兼濟天下之理想，又有超然自由之心境，既有追求至樂之心，又從未眞正忘懷世事。楊萬里上面這些話可以很好地解釋爲何他一生爲官的三十年間始終能做到進退皆發自本心，而且無論是進或退，仕或隱，始終沒有完全置世事於不顧而遺世獨立。在多年的爲官生涯中，楊萬里有過理想無處實現的失落感和挫敗感，卻能夠始終頭腦清醒，是非善惡分明，不與佞臣同流合污，不以憂患失其本心，保持人格和精神的獨立、自足，這都是其理學精神人格的重要表徵。如何使自己的心靈不因功名利祿等私欲的困擾，最重要的就是保持自我的本心，注重內在心靈的安頓：

「今天下之士何病哉？志欲澤物而忘其我，道欲被乎天下而曾不用其一身，皆曰達則行之，而惜乎吾之窮也。幸而達矣，叩之則空空無有矣。蓋前日之惜窮，所以爲今日之無有也歟。某也，生乎今之世，而慕乎古之樂，獨嘗歎中庸一貫之妙……孔子聖賢之所以內而正心誠意，外而開物成務，不待富貴而欣，不因貧賤而悲者也，蓋有志焉。」〔註 188〕

「楊誠齋自秘書監將漕江東，年未七十，退休南溪之上。老屋一區，僅庇風雨。長鬚赤腳，才三四人。徐靈暉

〔註 185〕楊萬里《誠齋易傳》卷十三，上海古籍出版社，1990 年版。

〔註 186〕楊萬里《上張子韶書》，《誠齋集》卷六十三，見王琦珍整理《楊萬里詩文集》（中），江西人民出版社，2006 年出版，第 1005 頁。

〔註 187〕楊萬里《陸贄不負所學論》，《誠齋集》卷九十，見王琦珍整理《楊萬里詩文集》（中），江西人民出版社，2006 年出版，第 1432 頁。

〔註 188〕楊萬里《上張子韶書》，《誠齋集》卷六十三，見王琦珍整理《楊萬里詩文集》（中），江西人民出版社，2006 年出版，第 1005 頁。

贈公詩云：『清得門如水，貧唯帶有金。』蓋紀實也。聰明強健，享清閒之福十有六年。寧皇初元，與朱文公同召。文公出，公獨不出。文公與公書云：『更能不以樂天知命之樂，而忘與人同憂之憂，毋過於優游，毋決於遁思，則區區者，猶有望於斯世也。』然公高蹈之志，已不可回矣。嘗自贊云：『江風索我吟，山月喚我飲，醉倒落花前，天地爲衾枕。』又云：『青白不形眼底，雌黃不出口中。只有一罪不赦，唐突明月清風。』」〔註 189〕

這都是與他自由的人格理想和與「樂」的追求是分不開的。「楊子曰：所樂存焉，則陋巷在前，而顏不見；所樂不存焉，則黃屋在上，而堯不知。」〔註 190〕對於楊萬里來說，政治抱負的無法實現、對爲政者的失望等等這些因素都可以說是身處逆境、「陋巷在前」，但因爲他心中有對「樂」的追求和「內樂」，所以它們並不能影響他對生命意義和價值的界定。所以，除了對「道」的追求與堅守、兼濟天下的情懷，楊萬里也追求個體精神自由與灑脫自得的精神超越：

「甲戌，再同舉於禮部，遂同年策第。某於是始一至南溪謁族親鄉曲，蓋有不相識者。問故居，則盡爲藜藿矣。問童子釣遊之地，則茫哉不可尋矣。達齋憫然，字謂某曰：『廷秀乎，子吾鄉廷秀也，非異縣廷秀也。子歸乎？與吾白首竹林，吾樂也。』於是某始有歸志。」〔註 191〕

「予倦遊半生，思歸不得。紹熙壬子，予年六十有六，自江東增司移病自免，蒙恩守贛，病不能赴，因和《歸去來兮辭》以自慰。」〔註 192〕（《和淵明〈歸去來兮辭〉》）。

〔註 189〕羅大經《鶴林玉露 甲編 卷四》中華書局 1983 年版。

〔註 190〕楊萬里《庸言》（一），《誠齋集》卷九十一，見王琦珍整理《楊萬里詩文集》（中），江西人民出版社，2006 年出版，第 1444 頁。

〔註 191〕楊萬里《誠齋集》卷七十九《達齋先生文集序》，見王琦珍整理《楊萬里詩文集》（中），江西人民出版社，2006 年出版，第 1252～1253 頁。

〔註 192〕楊萬里《誠齋集》卷四十五《和淵明〈歸去來兮辭〉》。見王琦珍整理《楊萬里詩文集》（上），江西人民出版社，2006 年出版，第 822 頁。

「某頃在金陵……未幾，某以臂痛謝病免歸，如病鶴出籠，如脫兔投林。此意此味，告之野人，野人笑而不答；告之此心，此心受而不辭。自此惟山不深、林不密之爲恨。山深而林密，予何恨哉？猶有恨者，不蚤焉耳。自此幽屏，遂與世絕。」〔註193〕

「山水之樂易得而不易得，不易得而易得者也。樂者不得，得者不樂，貪者不與，廉者不奪也，故人與山水兩相求而不相遭。」〔註194〕

關心國事和百姓、堅守人格與道德理想，卻並不眷戀官場，無論是爲官還是閒居，都嚮往和熱愛自由自在的生活。「但令我適意，豈校出處爲？」只要自己適意任性，保有眞性情，進退出處又如何？這是進退自如、超然灑脫的仁者之心，亦是至誠之心，有了這樣的心境，才能眞正體會天地萬物和山水自然之樂，才懂得「樂天知命」：「明天理者，樂於內。知天命者，輕其外。內樂而外輕，此顏子所以樂而不憂者。」〔註195〕楊萬里認爲顏子之所以有「樂以忘憂」的情懷，是因爲他有圓融、完滿、自足的內心，因而不會因外部環境的改變影響心境，是一種「內樂」。

「樂」在宋代文人的精神世界中有著很重要的地位，這一方面是來自儒學思想資源，另一面，宋代文人士大夫與佛學和道家思想的關係也比較密切，這是公認的事實：

「荊公王安石問文定張方平曰：『孔子去世百年生孟子，後絕無人，或有之而非醇儒。』方平曰：『豈爲無人，亦有過孟子者。』安石曰：何人？方平曰：『馬祖、汾陽、雪峰、岩頭、丹霞、雲門。』安石意未解。方平曰：『儒門淡薄，收拾不住，皆歸釋氏。』安石欣然歎服。後以語張

〔註193〕楊萬里《誠齋集》卷六十六《答沈子壽書》見王琦珍整理《楊萬里詩文集》（中），江西人民出版社，2006年出版，第1057頁。

〔註194〕楊萬里《誠齋集》卷七十二《景延樓記》，見王琦珍整理《楊萬里詩文集》（中），江西人民出版社，2006年出版，第1147頁。

〔註195〕楊萬里《誠齋易傳》卷十七，上海古籍出版社，1990年版。

商英，撫几賞之曰：『至哉，此論也。』〔註 196〕

王安石和張方平皆是儒家士人，但他們也認爲馬祖等禪師與孔孟一樣都是致思啓蒙的聖人。而且，佛學中精微的心性論是一度勝過儒學的，這也直接刺激著儒學的復興、理學的產生，所謂「修其本以勝之」正是如此；其理論成就對理學的理論建構有著重要影響，其心性之學與高雅空靈的精神境界在文人士大夫的精神生活中佔據著重要地位：「根據《叢林盛事》、《居士傳》、《佛法金湯編》、《羅湖野錄》、《雲臥紀談》、《名公法喜志》等佛禪典籍所載，宋代士大夫文人有染於佛禪者影響較大的有下列數公：楊億、趙抃、晁迥、王隨、富弼、文彥博、張方平、歐陽修、王安石、潘興嗣、蘇軾、黃庭堅、晁補之、晁說之、張商英、陳懽、李綱、宗澤、張浚、李彌遠、馮揖、王日休、范成大、楊萬里等等。」〔註 197〕南宋禪師道融在《叢林盛事》中，對宋代士大夫的參禪學佛有這樣的記載：「本朝富鄭公弼，問道於投子顒禪師，書尺偈頌凡一十四紙，碑於臺之鴻福兩廊壁，灼見前輩主法之嚴，王公貴人信道之篤也……士大夫中諦信此道，能忘齒屈勢，奮發猛利，期於徹證而後已。如楊大年侍郎、李和文都封見廣慧璉、石門聰並慈明諸大老，激揚酬唱，般般見諸禪書；楊無爲之於白雲端，張無盡之於兜率悅，皆扣關擊節，徹證源底，非苟然者也；近世張無垢侍郎、李漢老參政、呂居仁學士，皆見妙喜老人，登堂入室，謂之方外道友。愛憎逆順，雷揮電掃，脫略世俗拘忌。觀者斂衽辟易，罔窺涯涘。然士君子相求於空閒寂寞之濱，擬棲心禪寂，發揮本有而已。」〔註 198〕從理論上看，佛學在宋代並沒有較前代有較大的發展，但在規模、傳播和影響力上卻達到了空前的程度，近年來佛教史學界不少學者都有相關的闡發和論證。佛教與士人的「對話」，「大量《燈錄》

〔註 196〕《佛祖統紀》卷四五，江蘇廣陵刻印社 1992 年版影印本，第 1049 頁（轉引自何濬、范立舟《南宋思想史》）。

〔註 197〕張文利《理禪融會與宋詩研究》，中國社會科學出版社，2010 年出版，第 20 頁。

〔註 198〕〔宋〕道融撰，《續藏經》乙編 21 套。

和《語錄》的出現導致禪宗『不立文字』、『直指人心』、『見性成佛』宗旨的嬗變，由『內證禪』開始向『文字禪』轉變。宋代士大夫對禪宗的熱情，不僅空前，而且絕後。」〔註 199〕「在特定的意義上說，宋代的禪宗主要是爲適應士大夫口味的禪。」〔註 200〕

同時，三教精神合一的傾向越來越明顯：「古之有聖人焉，曰佛，曰儒，曰百家，心則一，其跡則異。夫一焉者其皆欲人爲善者也。」〔註 201〕「聖人爲教不同，而同於爲善也」。〔註 202〕在心性哲學與超越精神上，三家可以說是殊途同歸。文人士大夫以儒家之精神經國濟世，同時又以儒家之「內聖」，道家之逍遙、佛家之超脫安身立命。在有著「以道自任」的主體精神同時，他們又有著強烈的超越精神，這種超越精神是儒道禪共通的：「他們不僅要改造社會，而且追問自然宇宙、社會人生的最高價值本原。他們超越意識的外在表現是標舉一個人格境界（道家的『清靜無爲』與儒家的『君子聖賢』等）在自己心中。主體精神使他們以衛道者自居，獲得與君權抗衡的精神依托，後者使他們自我修持，進行人格的自我提升。孔子的『人能弘道，非道弘人』，孟子的『存心養性』是儒家士人超越意識的概括，老子的『人法地，地法天，天法道，道法自然』與莊子的『逍遙』是道家士人超越意識的體現。」〔註 203〕

白居易說：「大丈夫所守者道，所待者時。時之來也，爲雲龍，爲風鵬，勃然突然，陳力以出；時之不來也，爲霧豹，爲冥鴻，寂兮寥兮，奉身而退。進退出處，何往而不自得哉？故僕志在兼濟，行在

〔註 199〕何濬、范立舟《南宋思想史》，上海古籍出版社，2008 年 10 月出版，第 259 頁。

〔註 200〕杜繼文、魏道儒《中國禪宗通史》，江蘇古籍出版社，1993 年出版，第 379 頁。

〔註 201〕〔宋〕契高《譚津文集》卷 2《輔教編中》，見《中國佛教思想資料選編》第三卷第一冊，中華書局，1987 年，第 278 頁。

〔註 202〕同上，第 279 頁。

〔註 203〕李春青《烏托邦與詩——中國古代士人文化與文學價值觀》，北京師範大學出版社，1995 年 10 月出版，第 2 頁。

獨善；奉二始終之則爲道，言而發明之則爲詩。」（《與元九書》）這段話蘊含著文人知識分子在進與退，入世與出世之間的一種通達的人生智慧和心態、圓融而實用的處世哲學和自由獨立的價值觀念，很好地平衡了政統與道統、入世與出世、身與心之間的矛盾。宋代士人比前代文人在社會生活環境方面要相對幸運一些，在「道」與「烏托邦」之間，他們找到了一個相對平衡的狀態。他們既有「以天下爲己任」「先天下之憂而憂，後天下之樂而樂」的「兼濟天下」之精神，又有圓融自足的個體精神世界、心靈寄託。在「獨善其身」與「兼濟天下」、治道與修身、集體理性與個人情懷、進與退之間將這種精神體現的淋漓盡致。

> 「掾南安時，程珦通判軍事，視其氣貌非常人，與語，知其爲學知道，因與爲友，使二子顥、頤往受業焉。敦頤每令尋孔顏樂處，所樂何事，二程之學源流乎此矣。故顥之言曰：自再見周茂叔後，吟風弄月以歸，有吾與點也之意。」〔註204〕

> 「昔受學於周茂叔，每令尋顏子、仲尼樂處，所樂何事？」〔註205〕

「樂」是宋儒人格境界中的重要範疇之一，周敦頤對孔顏樂處的注解是「天地間有至貴至富、可愛可求而異乎彼者，見其大而忘其小焉爾。見其大則心泰，心泰則無不足，無不足則富貴貧賤，處之一也；處之一則能化而齊，故顏子亞聖。」〔註206〕意思是說，顏回不是以具體某一事一物或專以貧困爲樂，而是在精神上發現了「至貴至富」者，以之爲安身立命之本，因此道充、身安、自足，不爲外物所累，心靈自由自在，貧富於他而言沒有什麼區別了。朱熹也說：「顏子胸

〔註204〕《宋史·周敦頤傳》，中華書局，1985年版。

〔註205〕原出處「賢哉，回也！一簞食，一瓢飲，在陋巷。人不堪其憂，回也不改其樂。賢哉，回也！」（《論語·雍也》）引文出自《二程遺書》。

〔註206〕《通書·顏子》，《周敦頤集》，中華書局，2009年出版，第31頁。

中自有樂地，雖在貧窶之中而不累其心。」〔註 207〕一個人找到了自己的精神依據和安放靈魂的所在，就不會輕易爲外物所動了，所謂「胸中自有佳處」、「無假於外」。因爲「凡是從一個人的人格中心緊緊掌握住這個人的東西，凡是一個人情願爲其受苦甚至犧牲性命的東西，就是這個人的終極關懷，就是這個人的宗教。」〔註 208〕蘇軾講「君子可以寓意於物，而不可以留意於物。寓意於物，雖微物足以爲樂，雖尤物不足以爲病；留意於物，雖微物足以爲病，雖尤物不足以爲樂。」〔註 209〕「平生離物不留物，在家學得忘家禪」。(《寄吳德仁兼簡陳季常》)「寓意於物，而不留意於物」一念之差，即可從心爲物役、心爲形役、滯於執求與得到中超脫出來，離意於物，寄托情意於物，以空納萬物的審美之心來洞觀外物，在靜觀中獲得審美愉悅，以寂然淡漠超功利之心來面對得失，蘇軾在論書畫時亦論人生。「苟有可觀，皆有可樂」，「余之無所往而不樂者，蓋遊於物之外也。」只有主體人格獨立和精神自由，內心時常處於自足、平和狀態之中，「也無風雨也無晴」，才可以做到眞正的超然於物外。所謂「前念迷即凡夫，後念悟即佛。前念著境即煩惱，後念離境即菩提。」〔註 210〕《莊子》中也講「物物而不物於物，則胡可得而累耶」。(《莊子・山木》)蘇軾早年初讀《莊子》，「喟然歎息曰：『吾昔有見於中，口未能言，今見《莊子》，得吾心矣」。〔註 211〕又曾云：「蝸角虛名，蠅頭微利，算來著甚乾忙，事皆前定，誰弱又誰強。且趁閒身未老，盡放我，些子疏狂，百年裏，渾教是醉，三萬六千場。」(《滿庭芳》) 蘇轍則說：「士生於世，使其中不自得，將何往而非病；使其中坦然，不以物傷

〔註 207〕朱熹《朱子語類》卷三十一，中華書局，1986 年版。

〔註 208〕〔美〕賓克萊《理想的衝突——西方社會中變化著的價值觀念》，馬元德等譯，商務印書館 1983 年版，第 297 頁。

〔註 209〕蘇軾《寶繪堂記》，《蘇東坡集》前集卷三十二，商務印書館，1958 年版。

〔註 210〕《壇經・般若品》，中華書局，2010 年版。

〔註 211〕蘇轍《亡兄子瞻端明墓誌銘》，《欒城集・後集》卷 22，第 1421 頁。

性，將何適而非快？今張君不以謫爲患，竊會計之餘功、而自放山水之間，此其中宜有以過人者：將蓬戶甕牖，無所不快；而況乎濯長江之清流，揖西山之白雲，窮耳目之勝以自適也哉！不然，連山絕壑，長林古木，振之以清風，照之以明月，此皆騷人思士之所以悲傷憔悴而不能勝者，烏睹其爲快也哉！」（《黃州快哉亭記》）作者的本意並非提倡士人遠離塵世、自尋其樂，而是以曠達之情來慰藉不得意的士人，要胸中坦然，生於世而無往不自得，超然物外。

> 「未成小隱聊中隱，可得長閒勝暫閒。我本無家更安往，故鄉無此好湖山。」（《六月二十七日望湖樓醉書》其五）

> 「客亦知夫水與月乎？逝者如斯，而未嘗往也；盈虛者如彼，而卒莫消長也。蓋將自其變者而觀之，則天地曾不能以一瞬；自其不變者而觀之，則物與我皆無盡也，而又何羨乎！且夫天地之間，物各有主。苟非吾之所有，雖一毫而莫取。惟江上之清風，與山間之明月，耳得之而爲聲，目遇之而成色，取之無禁，用之不竭，是造物者之無盡藏也，而吾與子之所共適。」（《赤壁賦》）

江上清風與山間明月讓人的思想在自由之境穿行進而領悟到人生眞諦，在靜觀中從現實功利成敗中超脫，仰觀宇宙、俯察自身，反思自身與宇宙的本性。爲自己具有與天地宇宙一致的「不變」的本性而欣喜，爲自身融入自然而滿足。如果還用前面提到的「寓意於物」與「留意於物」之別來看，若只是以寓寄情意的審美之心觀物，清風明月，取之無禁，用之不竭，時時處處可以給我們無盡的審美愉悅，熱愛人生，熱愛自然與美，又不執著於佔有，樂天知命，超脫豁達。「自其變者而觀之」兩句，與莊子「自其異者視之，肝膽楚越也。自其同者視之，萬物皆一也」相映成趣。下面引文中羅大經在《鶴林玉露》中這段話道出了中國文人士大夫儒道互證、憂樂圓融之思想結構與精神境界：

> 「吾輩學道，須是打疊教心下快活。古曰無悶，曰不

慍，曰樂則生矣，曰樂莫大焉。夫子有曲肱飲水之樂，顏子有陋巷簞瓢之樂，曾點有浴沂詠歸之樂，曾參有履穿肘見、歌若金石之樂，周、程有愛蓮、觀草、吟風弄月、望花隨柳之樂。學道而至於樂，方是眞有所得。大概於世間一切聲色嗜好洗得淨，一切榮辱得喪看得破，然後快活意思方自此生。或曰，君子有終身之憂；又曰，憂以天下；又曰，莫知我憂；又曰，先天下之憂而憂。此義又是如何？曰：聖賢憂樂二字，並行不悖。故魏鶴山詩云：須知陋巷憂中樂，又識耕莘樂處憂。古之詩人有識見者，如陶彭澤、杜少陵，亦皆有憂樂。如採菊東籬，揮杯勸影，樂矣，而有平陸成江之憂；步屧春風，泥飲田父，樂矣，而有眉攢萬國之憂。蓋惟賢者而後有眞憂，亦惟賢者而後有眞樂，樂不以憂而廢，憂亦不以樂而忘。」〔註 212〕

且看慶曆新政失敗後，蘇舜欽在蘇州作的《滄浪亭記》:「予時榜小舟，幅巾以往，至則灑然忘其歸，觴而浩歌，踞而仰嘯，野老不至，魚鳥共樂，形骸既適則神不煩，觀聽無邪則道以明，返思向之汩汩榮辱之場，日與錙銖利害相磨戛，隔此眞趣，不亦鄙哉！……予既廢而獲斯境，安於沖曠，不與眾驅，因之復能見乎內外失得之原，沃然有得，笑閔萬古，尚未能忘其所寓目，用是以爲勝焉。」〔註 213〕作者率性玩樂流連忘返，把酒賦詩、仰天長嘯，與魚鳥同樂。身心俱暢，心神至純，想起以往所在的名利場與此間情趣相較，可謂庸俗之至。不由感慨古往今來太多有才有德之士因政治上的失意抑鬱而死，皆因心無所屬、不能超越自我。而自己有幸到達和安於此勝境，使內心和形體找到歸屬和主宰，心有所得，笑憫萬古。有相似遭遇的梅堯臣也在詩中說:「實計幸不幸，豈較進與退。」(《寄劉使君》) 他們的共同之處在於，在朝時則志於道以天下爲己任，立功無望而在野時則獨善其身，立德立言、棲心塵外、自得其樂。「身居高位時，胸有山林清

〔註 212〕羅大經《鶴林玉露》丙編卷二《憂樂》，中華書局，1983 年版。

〔註 213〕蘇舜欽《滄浪亭記》，《蘇舜欽集》卷十三，上海古籍出版社，2011 年版，第 157 頁。

曠之趣淡泊名利，人格高尚，絕非貪戀權祿之政客；屢遭貶謫而處江海時仍存忠義用世之志隨緣自適而秉性堅質，放曠中有浩然正氣。這種人生境界已超越了儒家達則兼濟天下，窮則獨善其身的行為模式，有入世的執著，但無儒者的迂腐；有出世的超然，但非隱者的遁世。不過於熱衷社會政治而趨於激進，亦不因淡泊利祿而墜入空寂，無論窮達進退都能在內心精神領域保持住主體的思想自由和人格的獨立。」〔註214〕

宋代文人的精神生活非常豐富，他們通常都是博學的學問家，認為「凡作文章，須要胸中有萬卷書為之根柢，自然雄渾有筋骨，精氣有氣魄，深醇有意味，可以追古作者」〔註215〕，同時又懂得將生活藝術化，很多文人詩詞文賦書畫皆通：「吾《集古錄》千卷，藏書一萬卷，有琴一張，有棋一局，而常置酒一壺，吾老於其間」。宋代有的皇帝就是詩人或畫家。太宗、真宗、徽宗都有詩作傳世，徽宗更是書畫大家，他們中的很多人也熱衷於文化活動。王國維先生曾經說：「故天水一朝人智之活動與文化之多方面，前之漢唐，後之元明，皆所不逮也。」〔註216〕李春青先生在《宋學與宋代文學觀念》中這樣論述：

> 「宋代士人不僅在學術上繼承了子學、漢學、玄學及佛學的精華，並融會貫通，創造出一代新的學術，而且他們在生存智慧方面也充分吸收了往代士人之經驗，從而達到一個空前的水平。這種生存智慧集儒家之陽剛、進取、人世與道釋的陰柔、潛退、出世於一體，在保全性命並保持精神愉悅和樂的前提下關心天下之事。宋代士人的這種生存智慧是中國古代士人階層已經走向成熟的標誌，是在中國古代君主制的文化歷史環境中，士人階層所能找到的最佳處世策略。這種策略使宋代士人既承擔了士人階層已

〔註214〕張毅《宋代文學思想史》，中華書局，1995年版，第325頁。

〔註215〕羅大經《文章性理》，《鶴林玉露》內編卷六，中華書局，1983年版，第332頁。

〔註216〕王國維《宋代之金石學》，載《王國維遺書》第五冊《靜庵文集續編》，上海書店出版社，1983年版，第70頁。

經承擔了千百年的歷史責任，又充分享受了作爲知識分子所應具有的精神生活之樂趣；既盡到了自己對君主、對蒼生的義務，又對得起作爲個體生命存在的自己；既承擔了一體化國家意識形態的建構，又創造了生動活潑的個體精神烏托邦。他們平和閒適、從容不迫，立朝爲官則剛正切直、義正詞嚴，退而還家則溫文爾雅、瀟灑風流。是傳承了上千年的精神文化以及可遇不可求的歷史情境使宋代士人得以成就如此豐富的人格結構與精神世界。」〔註217〕

宋代很多文人既是政治家，又是學者（經學家、思想家、史學家）和文學家，他們的文化心態在獨特的社會歷史文化環境和多重身份下呈現出兼濟天下與獨善其身共存、亦儒亦道亦禪的獨特面貌，在繼承傳統的同時又烙下了明顯的時代特徵，誠如周裕楷在《宋代詩學通論》所說，有「儒家的中和靜穆，道家的沖虛簡淡，釋家的清淨空寂」，「由感官愉悅而至心靈領悟，進而至於理性的直覺；由物質追求、向外開拓轉向精神滿足、向內退避」，「宋代思想的一大特性，即將形而上之『道』，落實在人心的自覺性之上。學詩與學道，在心性根源上相互證悟，融會貫通。宋儒的性命之學，其特點在於援佛老以入儒，可以說是儒家的重要思想與老莊的清淨觀念、禪宗的心性證悟的精緻結合。」〔註218〕

宋儒既有經世致用之精神、君子之操守名節和治國平天下之理想，又有內斂細膩之詩心、格致修身之道心和被禪悅之風滲透之佛心。邵雍在詩中說：「風月情懷，江湖性氣……無賤無貧，無富無貴，無將無迎，無拘無忌。窘未嘗憂，飲不至醉。收天下春。歸之肝肺。……樂見善人，樂聞善事，樂道善言，樂行善意。聞人之惡，若負芒刺，聞人之善，如佩蘭蕙。」〔註219〕在這裡，道德理性與個體感性和諧

〔註217〕李春青《宋學與宋代文學觀念》，北京師範大學出版社，2001年出版，第24頁。

〔註218〕周裕楷《宋代詩學通論》，上海古籍出版社，2007年版，第341～342頁。

〔註219〕邵雍《安樂吟》，《伊川擊壤集》卷十四，中華書局，2013年版。

共存，身心閒適、氣韻平和，興趣高遠、安於清貧。這是十分完善的人性、人格結構與生命境界。這種多重的人格結構和趣味，在很大程度上決定了宋代理學精神、詩學精神和宋型文化的雙重或多重維度。

而對於楊萬里而言，儒學思想是其爲政、立身之本，「樂」的情懷又是其爲人、爲文之本，雖經濟世務，而「不改一丘一壑之心」，「心以心之，身以身之，文以文之」〔註220〕，「誠」與「仁」所支撐的「道心」也是他「盡爲己之學」、尋求「內樂」的內驅力，更使他的詩歌創作增加了靈性與理趣，這些不同的維度圓融地共存於他的精神世界之中。因而他的詩學思想既有「感性存有」之心的張揚：重感興、重性靈、以「詩味」爲本體；又有理性精神的光芒：以《詩》爲「矯天下之具」、推崇「含蓄蘊藉」之詩風，更有理學美學之以「心」觀天地萬物的境界。

〔註220〕楊萬里《答趙季深書》《誠齋集》卷六十四，《楊萬里詩文集》（中），王琦珍整理，江西人出版社，2006年版，第1033頁。

第二章　楊萬里詩學思想源流

本章共三節：「感興」說；「詩味」說；「性靈」觀。在楊萬里的詩學思想中，「感興」是詩歌發生論，「詩味」是詩歌本體論，「性靈」是對眞性情、眞美的崇尚：有暢遊山水、寄意於山水的風雅之懷、眞摯之情與閒適之趣，以天地爲至美、逍遙自得的人生態度和自由的人生理想、冥會自然的思維方式，這些都反映在他的詩歌創實踐中，是其「性靈」觀的體現。

第一節　「感興」說

本節論述楊萬里詩學思想中的「感興」說。「感興」說的產生、傳承與深化是對詩之「吟詠情性」本質的肯定，是對自由詩心、眞誠詩情、靈動詩意、心物交融相契之詩境的推崇。

「感興」是中國古典詩學延續至今的一種傳統。「感興」即「感於物而興」，是感發激蕩、興發、感動、興會，通常是一種不期而遇的、心因物之動而興發的一種個體性的、生動活潑的、當下的體驗（這種體驗通常是感性的而非知識性的）；是心與物、人與自然的遇合，是一種自然而然、不爲理智左右的、生動的、去功利目的和概念的、純粹的情感狀態。「感興」可以說是作詩的基本前提，是詩的原始生命力與源頭活水，因爲人心與自然之間那種無意識、非自覺、偶然的感發與相撞，與有意識地以自然物象作比喻、聯想是不同的。當然，作爲「感興」的主體也要具有詩性情懷和心境才有可能「觸物起情」；要具備一定的藝術表達的能力才能訴諸筆端。在這個問題上，論者十分認同張晶教授在《審美主體——感興論的價值生成前提》一文中的表述：「感興論不是對於任何人都有意義的，它的合理性，在於審美主體是有著深厚藝術修養的作家或藝術家。如果不是這樣，感興是不存在的，因爲感興只有作家、藝術家才能得到……感興並非僅僅是被動的『物使心動』，更在於主體情感的興發……主體情感的喚起是謂感興。這種在藝術創作中蘊含的情感不是一般的自然情感，而是一種審美情感，也即已經具有內在形式感的主體情感……並非隨便什麼人就可以有如神助般在偶然的契機中創造出佳作來，而是要具備胸襟、性情、才學、技巧和敏悟等多方面因素。這些因素不同程度的綜合，形成不同作家、藝術家的個性化條件，加之偶然的審美感興，方能創造出超越時空的藝術傑作。」〔註 1〕當我們說「感興」時，是在純粹審美的意義上來使用這個詞的。

一、楊萬里的「感興」說

楊萬里有關「感興」的論述不少，比較明確的論述主要有：

> 「大抵詩之作也，興，上也，賦，次也，賡和，不得已也。我初無意於作是詩，而是物、是事適然觸乎我，我之意亦適然感乎是物、是事，觸先焉，感隨焉，而是詩出焉。我何與哉？天也！斯謂之『興』」。〔註 2〕
>
> 「詩皆感物而發，觸興而作，使古今百家萬象景物皆不能役我而役於我。」〔註 3〕

〔註 1〕張晶《審美主體——感興論的價值生成前提》，復旦學報（社會科學版），2011 年第 3 期。

〔註 2〕楊萬里《答建康府大軍庫監門徐達書》《誠齋集》卷六十七，見王琦珍整理《楊萬里詩文集》（中），江西人民出版社，2006 年版，第 1068 頁。

〔註 3〕楊萬里《應齋雜著序》，《誠齋集》卷八十三，見王琦珍整理《楊萬里詩文集》（中），江西人民出版社，2006 年版，第 1298 頁。

楊萬里「感興」說的關鍵詞是：物使心動、心感於物、心物交融。這個過程中包括了「物」的先在性、「我」的能動性以及物我之間相遇的偶然性，越是在不期而遇的心物交融的「感興」狀態中越是能夠使情性和本眞得到呈現，所以「興」爲上乘詩作。「感興」活動的發生是源於本體意義上人與自然之間的天然關聯：在「感興」狀態下，「心」的律動與宇宙自然同步，此時乘興而作，發言爲詩，自然、人、詩之間的關聯就在不經意中生動地向我們敞開，所謂「觀吾心，見天地；觀天地，見吾心」（《庸言》）。詩歌創作、發生過程中，情與景相遇瞬間的「感興」是詩的根源，而感興的根源又是「天」，是造化、生生不息的宇宙自然，「我何與哉？天也！」因而從「感興」發生到詩文創作的整個過程都是符合造化和宇宙規律的，「感」就正是「天」對「物」和「我」之本性的一種召喚，那麼無論是創作還是欣賞，都是要在詩的世界中找到自身存在的整體性和物我之間的相通性，突破自身之有限而通向無限。

關於這一點，在中國哲學中也有相似的思路。張載說：

> 「天包載萬物於內，所感所性，乾坤、陰陽二端而已，無內外之合，無耳目之引取，與人物蕞然異矣。人能盡性知天，不爲蕞然起見則幾矣。有無一，內外合。此人心之所自來也。若聖人則不專以聞見爲心，故能不專以聞見爲用。無所不感者虛也，感即合也，咸也。以萬物本一，故一能合異。以其能合異，故謂之感。若非有異，則無合。天性，乾坤、陰陽也，二端故有感，本一故能合。天地生萬物，所受雖不同，皆無須臾之不感，所謂性，即天道也。感者性之神，性者感之體。惟屈伸、動靜，終始之能一也，故所以妙萬物而謂之神，通萬物而謂之道，體萬物而謂之性。」〔註4〕

在中國哲學中，形而上者與形而下者從來不是二分的世界，以人合天，盡一己之性而知天，是爲道。「天地生萬物，所受雖不同，皆

〔註4〕張載《正蒙・乾稱》（下），張載集，中華書局，1978年版，第65頁。

無須臾之不感」，人「感於天」也正是「道」對「物」和「我」之本性的一種召喚。張載的思路和論述有助於我們更深刻的理解楊萬里的「感興」。陳伯海先生對於「感興」的論述也是有哲學化的意味，他認爲：「感興……凝聚著我們民族特有的詩性智慧與審美體驗方式。作爲一種生命論的詩學，我們的先輩歷來將詩歌創作和欣賞視爲人的生命活動。如果說『情志』構成了這一生命活動的本原，那麼『感興』便是詩歌生命的發動。正是由於『感興』的發動，『情志』得以向意象和意境轉化，人的審美體驗和詩的審美內核才得以生成。審美感興所要發動的詩歌生命，是解除了一己當下利害關係的本然的生命，它渴求回歸生命的本源，即作爲生生不已的大化流行的宇宙生命——『天』。通過虛靜、神思、興會諸環節，審美感興活動的功能也正是要將審美主體的心靈逐步提升到與周遭物象的內在神理相貫通的境界，這樣的物我同一實即『天人合一』，因爲其間貫穿著個體小生命與宇宙大生命的交感共振，而個體生命便也在這向著『天人合一』境界的復歸里找到了自己的精神家園。」〔註 5〕張晶教授在《「感興」：情感喚起與審美表現》一文中也認爲：「興是對創作主體的審美情感的喚起，其起因是客觀外物的變化給主體心靈的觸發。興不僅是心之於物的受動過程，更是主體情感被喚起之後將所感外物化爲審美意象的過程。」「這個過程是自然而然的，卻發生著自然情感向審美情感的暗轉，……興是一種強勁的推動力，使創作主體所感之物象，頗爲自然地在心靈中創化爲審美意象。……但我們切勿將興僅僅視爲一個『物使心動也』的受動過程，主體情感被外物在偶然契機觸動中便被昇華爲審美情感，這種審美情感帶有鮮明的獨特性。在這種『興』的衝擊中，作爲藝術家作家的頭腦進入了亢奮而奇妙的創作階段，『以數言而統萬形』，用無可替代的藝術語言創造出珠圓玉潤的傑作來。審美主體獨特的情懷、純熟的藝術表現力，在與外物的偶然契合中生

〔註 5〕陳伯海《釋「感興」——中國詩學的生命發動論》《文藝理論研究》2005 年第 5 期。

發出美妙的佳作。」「『宇宙造化』在中國人的觀念中是一個具有生命感的整體，是育化萬物的母體。感興論其深層的哲學底蘊是這種宇宙自然觀。物象的變化是宇宙造化的生命律動的外顯，見到這些物象的變化而生發了情感的波動，是在深層上與宇宙造化相交接。」〔註 6〕兩位前輩對於「感興」的論述都深入到了其深層的哲學底蘊，即宇宙造化，也正是楊萬里所說的「天」。

楊萬里說：「是事適然觸乎我，我之意亦適然感乎是物、是事」，「適然」看似不經意、偶然，事實上也是有條件的，並且有著某種必然性。從主體來說：超脫的胸次，身處天地自然而非案牘書齋，風物流轉，應接不暇，詩心才會不期而至，且與自然、生命渾然一體，個體生命也因此生動活潑的詩心、詩情、詩意而枝葉扶疏，此時「渙然未覺作詩之難也」，詩情亦可自然揮灑，酣暢淋漓。袁枚在《隨園詩話》中也談到：「改詩難於作詩，何也？作詩，興會所至，容易成篇；改詩，則興會已過，大局已定，有一二字於心不安，千力萬氣，求易不得，竟有隔一兩月，於無意中得之者。」〔註 7〕日常生活中，人做事、說話是用理智和邏輯，詩意的成分是很少的；當不經意間拋開、突破了理智和邏輯的包裹，進入到「興會」的狀態，才會「有自由自得之妙」。

「感興」直接關係到詩的目的性和本質規定性：即呈現人的本眞狀態和眞實情性。「感興」狀態下所應有的自由與自然被完好地保留才符合詩的本質。因而感興狀態可以說是對日常意識、實用理性、邏輯思維的一種「垂直切斷」。瓦萊里說：「藝術家的工作，甚至其中純屬精神的部分，也不能歸結爲是在思想的指導下進行的。另一方面，材料、方式、時刻以及無數偶然將大量情況引入作品的創作過程，這些情況不僅爲創作過程帶來了難以預料的和不確定的因素，並且還使藝術家難以理性地對創作進行設想，因爲它們將創作置於事物的領

〔註 6〕張晶《「感興」：情感喚起與審美表現》《文藝理論研究》2008 年第 2 期。

〔註 7〕袁枚《隨園詩話》卷一，人民文學出版社，1982 年版。

域，那裡形成的是事物；從可思考的，變爲可感覺的。」〔註 8〕這段話道出了外事外物之於主體的偶然性使得理性在藝術創作發生機制中無法佔據主導地位。但是，在這偶然的、瞬間的「感興」過程中，主體又並非一張「白板」或鏡子，感興活動所獲得的體驗也並非照鏡子一般的被動映現；主體審美趣味、價值觀念、審美理想、生命感受和之前的各種審美體驗等等——前體驗、前思考在潛意識中像過濾器一樣積極主動地影響和選擇著感興活動發生的契機，有一種潛在的「定向功能」，決定著主體的「視域」：即從主體的立足點和高度出發所能看到的一切以及對它的態度。如果說感興的發生是有選擇性的，那麼主體會自動地根據以上因素去排斥或選擇。這個選擇和處理的過程是一種「無意識推理」〔註 9〕，它是感性的，但又滲透著理性；它是偶然的，又充滿著必然性；它既是當下的直覺，又是與歷史相融合的，過去與當下在此時此地是相互敞開的。

二、「感興」說溯源

在作爲藝術發生論和審美體驗意義上的「感興」出現之前，「興」在先秦時期是「詩教」的用語，屬於讀者對詩的接受的層面。先秦詩教思想以「興」爲詩的功用，以孔子所論最爲明確，《論語・陽貨》、《泰伯》篇分別說：「詩可以興，可以觀，可以群，可以怨」；「興於詩，立於禮，成於樂。」在這裡，「興」是感發意志、陶冶性情、提升人格境界的意思，雖然也與審美有一定的關係，但主要是從詩的功能上來談「興」的。

《周禮・春官》：「（大師）教六詩：曰風。曰賦。曰比。曰興。曰雅。曰頌。」〔註 10〕《詩大序》完全沿襲了《周禮・春官》的說法，

〔註 8〕瓦萊里《文藝雜談》段映紅譯，天津百花文藝出版社，2002 年出版，第 268 頁。

〔註 9〕參見王一川《審美體驗論》，百花文藝出版社，1999 年出版。

〔註 10〕鄭玄注、賈公彥疏《周禮注疏》，上海古籍出版社，1990 年出版，第 355 頁。

只不過將「六詩」改稱「六義」。漢儒多以「喻」解釋「興」，並與「比興」之「興」相混淆。以「興」爲一種修辭手段，與「比」沒有本質區別，不同處只在於明或暗、顯或者隱。

「感興」在中國古典美學和詩學中作爲一種傳統，作爲藝術發生的根源，最早可以追溯到《禮記・樂記》中的「物感說」:「凡音之起，由人心生也。人心之動，物使之然也。感於物而動，故形於聲；聲相應，故生變；變成方，謂之音；比音而樂之，及干戚羽旄，謂之樂也。樂者，音之所由生也，其本在人心感於物也。」這段話雖然只言「感」而尚未言「興」，但已經把音樂產生歸因於外物對人心的感發，最重要是，它肯定了心與物、人與世界之間的審美關係。後來這種審美關係被拓展到詩、書、畫等其他藝術領域，爲感興傳統的形成奠定了基礎。可以說，「物感說」是「感興」的先聲。此外，《漢書・藝文志》中說「哀樂之心感，而歌詠之聲發」、「感於哀樂，緣事而發」，《淮南子》中也有「人之情，感於物而動」之說。

在「興」和「物感說」的基礎上，「感」和「興」才漸漸開始被合用。關於「感興」合用始於何時的問題，有人將其追溯到東漢末年王延壽《魯靈光殿賦》中的一句「詩人之興，感物而作」；更常見的觀點是始於魏晉時期。這一時期的詩文和詩論中都已經出現「感興」：

「良辰感聖心，雲旗興暮節。」（謝靈運《九日從宋公戲馬臺集送孔令》）

「每覽昔人興感之由，若合一契，未嘗不臨文嗟悼，不能喻之於懷……雖世殊事異，所以興懷，其致一也。後之覽者，亦將有感於斯文。」（王羲之《蘭亭集序》）

「情因所習而遷移，物觸所遇而興感。」（孫綽《三月三日蘭亭詩序》）

而魏晉時期詩論中也有對「感物」觀念的進一步深化和「感」「興」合用的現象：

「佇中區以玄覽，頤情志於典墳。遵四時以歎逝，瞻萬物而思紛。悲落葉于勁秋，喜柔條於芳春，心懍懍以懷霜，志眇眇而臨雲。詠世德之駿烈，誦先人之清芬。遊文章之林府，嘉麗藻之彬彬。慨投篇而援筆，聊宣之乎斯文。」

「若夫應感之會，通塞之紀，來不可遏，去不可止……」（陸機《文賦》）

劉勰的《文心雕龍》中多次論及「感」和「興」：

「人稟七情，應物斯感，感物吟志，莫非自然。」（《文心雕龍·明詩》）

「春秋代序，陰陽慘舒，物色之動，心亦搖焉。蓋陽氣萌而玄駒步，陰律凝而丹鳥羞，微蟲猶或入感，四時之動物深矣。若夫珪璋挺其惠心，英華秀其清氣，物色相召，人誰獲安。是以獻歲發春，悅豫之情暢；滔滔孟夏，鬱陶之心凝；天高氣清，陰沉之志遠；霰雪無垠，矜肅之慮深；歲有其物，物有其容；情以物遷，辭以情發。一葉且或迎意，蟲聲有足引心。況清風與明月同夜，白日與春林共朝哉！是以詩人感物，聯類不窮；流連萬象之際，沉吟視聽之區；寫氣圖貌，既隨物以宛轉；屬采附聲，亦與心而徘徊。」（《文心雕龍·物色》）

人的審美情感是因外物感召自然產生的，「寫氣圖貌、屬采附聲」都是心對外物的回應。劉勰將《樂記》當中的「物感說」擴展至文學領域，雖然在談「感」時未同時言興，但「感興」之意已經是呼之欲出了。此外，劉勰也多次談到了「興」，並且在對「興」的使用中出現一種意義上的二重性，在「情往似贈，興來如答」（《物色》）與「和原夫登高之旨，蓋睹物興情；情以物興，故義必明雅；物以情觀，故詞必巧麗」（《詮賦》），這段話所說的「情以物興」之中，「興」是「感物興情」，是審美意義上的「興」，而在「興則環譬以托諷」、「興之托喻，婉而成章，稱名也小，取類也大。……」（《比興》）中，又以「托喻」爲興，有濃厚的經學色彩，這與劉勰宗經而又重文的文學觀念有關。

鍾嶸也認爲，人在外物的感召之下，有時會有油然而生、不得不發的審美情感和表達衝動，在這種狀態中寫出的詩就是最好的詩。《詩品序》中說：「氣之動物，物之感人，故搖盪性情，形諸舞詠。照燭三才，暉麗萬有，靈祇待之以致饗，幽微藉之以昭告。動天地，感鬼神，莫近於詩。……若乃春風春鳥，秋月秋蟬，夏雲暑雨，冬月祁寒，斯四候之感諸詩者也。嘉會寄詩以親，離群托詩以怨。至於楚臣去境，漢妾辭宮；或骨橫朔野，或魂逐飛蓬；或負戈外戍，殺氣雄邊；塞客衣單，孀閨淚盡；或士有解佩出朝，一去忘返；女有揚娥入寵，再盼傾國。凡斯種種，感蕩心靈，非陳詩何以展其義？非長歌何以騁其情？」這些引起「感興」的外物，不僅包括「春風春鳥，秋月秋蟬，夏雲暑雨，冬月祁寒」等四季自然物色的變化，還包括各種感蕩心靈、凝聚著悲觀離合的人事和社會生活。鍾嶸還說：「文已盡而意有餘，興也。」這是從藝術鑒賞的角度來解釋「興」，認爲詩歌之美在於「興」。

梁代蕭子顯在論及詩歌創作時說：「追尋平生，頗好辭藻，雖在名無成，求心已足。若乃登高目極，臨水送歸，風動春朝，月明秋夜，早雁初鶯，開花落葉，有來斯應，每不能已也。」〔註11〕雖未明確以「感興」二字概括，其意卻是與鍾嶸、劉勰等人頗爲相近。「感」「興」在詩論中眞正被明確地被合用，是在西晉摯虞《文章流別論》中：「比者，喻類之言也。興者，有感之詞也。」以「感」來界定「興」，並明確區分了「比」與「興」：此時的「興」已經是審美之「興」，不是詩教之「興」，更不是經學家所言之「興」。

如果說「興」在魏晉時期還只是一種萌芽，缺乏更明確而成熟的理論表達，那麼，到了唐代，「感興」理論已經比較成熟了，已成爲很多詩人和詩論者的共識。初唐時孔穎達在論及詩的「發生」時仍是以傳統的「物感說」爲基礎：「感物而動，乃呼爲志。志之所適，外

〔註11〕蕭子顯《自序》，據嚴可均《全梁文》卷二十三，商務印書館，1999年版。

物感焉。言悅豫之志則和樂興而頌聲作，憂愁之志則哀傷起而怨刺生。《藝文志》云：『哀樂之情感，歌詠之聲發』，此之謂也。」〔註12〕到王昌齡時，已經有了更深入的論述。《文鏡秘府論》引王昌齡《詩格・十七勢》云：「感興勢者，人心至感，必有應說，物色萬象，爽然有如感會。」又曰：

「自古文章，起於無作，興於自然，感激而成，都無飾練，發言以當，應物便是……」

「凡詩人夜間床頭，明置一盞燈。若睡來任睡，睡覺即起，興發意生，精神清爽，了了明白，皆須身在意中。」

「春夏秋冬氣色，隨時生意。取用之意，用之時，必須安神淨慮。目睹其物，即入於心；心通其物，物通即言。言其狀，須似其景。語須天海之內，皆入納於方寸。至清曉，所覽遠近景物及幽所奇勝，概皆須任意自起。意欲作文，乘興便作。若似煩即止，無令心倦。常如此運之，即興無休歇，神終不疲。」

「凡神不安，令人暢無興。無興即任睡，睡大養神。常須夜停燈任自覺，不須強起。強起即昏迷，所覽無益。紙筆墨常須隨身。興來即錄。若無紙筆，羈旅之間，意多草草。舟行之後，即須安眠。眠足之後，固多清景，江山滿懷，合而生興，須屏絕事務，專任情興。因此，若有制作，皆奇逸。看興稍歇，且如詩未成，待後有興成，卻必不得強傷神……」〔註13〕

王昌齡在先秦至魏晉以來的「物感」說基礎上，將「感興」對於的詩歌創意義進行了深入的論述，認爲好的詩文都是無意而作，興於自然，應物而成。「目睹其物，即入於心；心通其物，物通即言。」十六個字精確地描述了即目會心、感興而成詩的過程。唐代很多詩

〔註12〕孔穎達《詩大序正義》，《毛詩正義》，中華書局，1957年版。

〔註13〕〔日〕遍照金剛《文鏡秘府論》，《南卷・論文意》，人民文學出版社，1975年版。

人在創作中都意識到「感興」的重要性，杜甫詩中說：「東閣官梅動詩興。」（《和裴迪》）「感激時將晚，蒼茫興有神。」（《上韋左相》）李白詩更是時時處處而有「興」：「好爲廬山謠，興因廬山發。」（《廬山謠》）「興酣落筆搖五嶽，詩成笑傲凌滄州。」（《江上吟》）任華《寄李白》中說他：「或醉中操紙，或興來走筆。」賈至與李白同遊洞庭湖，說他：「輕舟落日興不盡，三湘五湖意何長。」（《貶洞庭湖》）白居易雖然主張」歌詩合爲事而作」，又有「補察時政」、以詩諷諫之論，但這些並不影響對「感興」的認同：「大凡人之感於事，則必動於情，然後興於嗟歎，發於吟詠，而形於歌詩矣。」〔註 14〕他自己的詩作中優秀的作品也往往是那些自然興歎之作。賈島說：「興者，情也。謂外感於物，內動於情，情不可遏，故曰興。」（《二南秘旨》）論述了從外感於事、內動於情、到「不得不發」而「形於詩」的創作發生過程。唐代以後，關於「感」「興」的表述逐漸被後來詩論者繼承下來，成爲中國古典詩學延續至今的一種傳統，並衍生出多種不同的言說方式：

> 「夫昔之爲文者，非能爲之爲工，乃不能不爲之爲工也。山川之有雲霧，草木之有華實，充滿鬱勃而見於外，夫雖欲無有，其可得耶？……山川之秀美，風俗之樸陋，賢人君子之遺跡，與凡耳目之所接者，雜然有觸於中而發於詠歎。」〔註 15〕

蘇軾認爲，眞正工巧的文章恰恰不是刻意而爲，並沒有先在的目的，而是在主客體「相接」相遇之後，主體「雜然有觸於中」，內心受到強烈的震動和感召，有了不得不發、不吐不快的創作衝動之後創作出來的。蘇軾還有過所謂「作詩火急追亡逋，清景一失後難摹」之歎。（《臘日遊孤山訪惠勒惠田僧》）因爲很多時候這種時刻的到來是不經意間，卻又稍縱即逝，有時甚至是在夢中：「夢中神授心有得，

〔註 14〕白居易《白氏長慶集》卷四十八《策林》第六十九目。
〔註 15〕蘇軾《蘇東坡集》前集卷二十四《南行前集敍》，商務印書館，1958 年版。

覺來信手筆已亡。」（《贈寫御容妙善師》）蘇軾《歸朝歡》詞云：「我夢扁舟浮震澤。雪浪搖空千頃白。覺來滿眼是廬山，倚天無數開青壁。此生長接淅。與君同是江南客。夢中游，覺來清賞，同作飛梭擲……」酣暢淋漓地描繪了他夢醒之後所回憶起的迷離幻象、湖山清景。他自己有不少詩是夢中得來：「本不欲作，適有此夢，夢中語皆有妙理，皆實云爾，僕不更一字也。」（《與鄭嘉二首》）正所謂「如風吹水，自成文理」。（《書辯才次韻參寥詩》）其父蘇洵曾對其仲兄蘇渙說：「兄嘗見夫水之與風乎？油然而行，淵然而留，渟洄汪洋，滿而上浮者，是水也，而風實起之。蓬蓬然而發乎太空，不終日而行乎四方，蕩乎其無形，飄乎其遠來，既往而不知其跡之所存者，是風也，而水實形之。今夫風水之相遭乎大澤之陂也，紆餘委蛇，蜿蜒淪漣，安而相推，怒而相凌，舒而如雲，蹙而如鱗，疾而如馳，徐而如徊，揖讓旋闢，相顧而不前，其繁如縠，其亂如霧，紛紜鬱擾，百里若一。汨乎順流，至乎滄海之濱，磅礴洶湧，號怒相軋……《易・渙》：『象曰，風行水上，渙。』此亦天下之至文也。然而此二物者，豈有求乎文哉？無意乎相求，不期而相遭，而文生焉。是其爲文也，非水之文也，非風之文也，二物者非能爲文，而不能不爲文也。物之相使而文出於其間也。故曰：此天下之至文也。」（蘇洵《仲兄字文甫說》）蘇洵用水和風相互作用作比，水流起來緩緩而行，停下來則很深，風通過水來顯現形貌。風和水相遇，平靜時相互推動，激越就相互衝撞，舒緩時如雲朵，各種情形下姿態萬千，最值得觀賞的景象也就自然顯現了，這正如天下之「至文」一樣。然而風和水，並非有意要形成文章，正是無意中相互作用，「文」才在其中產生。

張戒在《歲寒堂詩話》中也數次論及「興」，他在談到杜詩《晴》時說：「子美之志，其素所蓄積如此，而目前之景，適與意會，偶然發於詩聲；六義中所謂興也。興則觸景而得……」（卷下）他認爲，在詩歌創作過程中，詩人過往的審美體驗在心中蓄積已久，一旦遇到外物的「感召」，則觸景而生情發於歌詩。也只有審美情感在潛意識裏積累到一定程度時，眼前所見之景，才能「適與意會」而「偶然發於聲詩」，正所謂，「情意有餘，洶湧而後發」。張戒對杜詩非常推崇，他從詩風、抒情表達和題材選擇等方面論述了杜詩不同於其他詩人之處，那就是，很多人在作詩時有一種局限——不知「世間一切皆詩」：「王介甫只知巧語爲詩，而不知拙語亦詩也。山谷只知奇語爲詩，而不知常語亦詩也。歐陽公詩專以快意爲主，蘇端明詩專以刻意爲工，李義山詩只知有花草蜂蝶，而不知世間一切皆詩也。唯杜子美則不然，在山林則山林，在廊廟則廊廟，遇巧則巧、遇拙則拙，遇奇則奇，遇俗則俗、或放或收，或新或舊，一切物，一切事，一切意無非詩者。故曰『吟多意有餘』。又曰『詩盡人間興』。誠哉是言！」〔註16〕，杜詩皆一時起「興」，觸物感事而生卻又包羅萬象。張戒用杜詩中的「吟多意有餘」「詩盡人間興」來總結杜詩的特色，而楊萬里的「萬象畢來，獻予詩材」之類的論述正和此處遙相呼應。

陸游有很多論詩詩，其中有一首名爲《感興》，他認爲作詩源於眞實深刻的生命體驗：「文章天所秘，賦予均功名。吾嘗考在昔，頗見造物情。離堆太史公，青蓮老先生。悲鳴伏櫪驥，蹭蹬失水鯨；飽以五車讀，勞以萬里行。險艱外備嘗，憤鬱中不平。山川與風俗，雜錯而交並。邦家志忠孝，人鬼參幽明。感慨發奇節，涵養出正聲。故其所述作，浩浩河流傾。豈惟配詩書，自足齊韺莖。我衰敢議此，長歌涕縱橫！」〔註17〕無論是司馬遷還是李白，他們都是飽讀萬卷書，勞行萬里路，閱盡世間冷暖，才將胸中感慨形於文章詩書。

葉夢得《石林詩話》中評謝靈運詩：「此語之工，正在無所用意，猝然與景相遇，藉以成章，不假繩削，故非常情所能到。詩家妙處，當須以此爲根本，而思苦言難者，往往不悟。」〔註18〕謝詩《登池

〔註16〕張戒《歲寒堂詩話》丁福保《歷代詩話續編》，中華書局，1983年版，464頁。

〔註17〕陸游《感興》中華書局本《陸遊集．劍南詩稿》卷十八，1976年版。

〔註18〕葉夢得《石林詩話》，何文煥《歷代詩話》，中華書局，1981年版。

上樓》中的「池塘生春草，園柳變鳴禽」歷來爲人稱賞，金代元好問《論詩三十首》以「池塘春草謝家春，萬古千秋五字新」評價，謂其歷萬古千秋而光景常新。葉夢得認爲此聯妙處正在於即景會心，渾然天成。

羅大經《鶴林玉露》中說：「詩莫尙乎興，聖人言語，亦有專是興者。如『逝者如斯夫，不捨晝夜』，『山梁雌雉，時哉時哉』，無非興也，特不曾隱括協韻爾。蓋興者，因物感觸，言在於此，而意寄於彼，玩味乃可識，非若賦比之直言其事也。故興多兼比賦，比賦不兼興，古詩皆然。」〔註19〕這與楊萬里從藝術效果上比較「興」與「賦」有相似之處。葛立方《韻語陽秋》中說：「自古工詩者，未嘗無興也。觀物有感焉，則有興。」並且說，「詩之有思，卒然遇之而莫遏，有物敗之則失之矣。故昔人言覃思、垂思、抒思之類，皆欲其思之來，而所謂亂思、蕩思者，言敗之者易也……」「小說載謝無逸問潘大臨云：近日曾所詩否？潘云：秋來日日是詩思。昨日捉筆得『滿城風雨近重陽』之句，忽催租人至，令人意敗，輒以此一句奉寄。亦可見思難而敗易也。」〔註20〕描述了「感興」體驗的偶然性、瞬間性，且來不可遏，去不可止。

嚴羽在《滄浪詩話》中多次處提到「興」，有時爲「興趣」：「盛唐諸人，惟在興趣；羚羊掛角，無跡可求。」〔註21〕有時爲「意興」：「詩有詞理意興。南朝人尙詞而病於理，本朝人尙理而病於意興，唐人尙意興而理在其中。漢魏之詩，詞理意興，無跡可求。」〔註22〕嚴羽之「興」從藝術創作發生過程中的「物我關係」著眼，他所說的「興」是「觸物興情」的審美感興。「興」是偶然的，其導向是以「趣」爲美。當「興」與「趣」融合成爲一個詩歌美學範疇時，意味著好的詩

〔註19〕羅大經《鶴林玉露》乙編，卷四，中華書局，1983年版。
〔註20〕葛立方《韻語陽秋》卷二，上海古籍出版社，1984年版。
〔註21〕何文煥《歷代詩話》，中華書局，2004年出版，688頁。
〔註22〕何文煥《歷代詩話》，中華書局，2004年出版，694頁。

歌是由「詩興」觸發，從而情「趣」、韻味自然而生，以學問、議論爲詩是不符合「興趣」的審美取向的。

曾經先後師從陸九淵、朱熹的包恢說：「顧其所遇如何耳，或遇感觸，或遇扣擊，而後詩出焉。草木本無聲，因有所觸而後鳴；金石本無聲，因有所擊而後鳴，非自鳴也。如草木無所觸而自發聲，則爲草木之妖矣；金石無所擊而發聲，則爲金石之妖矣……世之爲詩者鮮不類此。蓋本無情而牽強以起其情，本無意而妄想以立其意，初非彼有所觸而此乘之，彼有所擊而此應之者，故言愈多而愈浮，詞愈工而愈拙，無以異於草木金石之妖聲矣。」〔註23〕他認爲沒有感觸而刻意造情、刻意作文的反而會「愈浮」「愈拙」，眞正的巧是不刻意求巧，巧的無跡可求、鬼斧神工。這樣的詩歌或是詩人「或遇感觸，或遇扣擊，而後詩出焉」，或是「天機自動，天籟自鳴」：

> 「蓋古人於詩不苟作，不多作，而或一詩之出，必極天下之至精。狀理則理趣渾然，狀事則事情昭然，狀物則物態宛然，有窮智極力之所不能到者，猶造化自然之聲也。蓋天機自動，天籟自鳴，鼓以雷霆，豫順以動，發自中節，聲自成文，此詩之至也。孰發揮是，『帝出乎震』。非虞之歌，周之正風雅頌，作樂殷鑒上帝之盛，其孰能與於此哉？」〔註24〕

這些看法是建立在包恢以心學爲主，並調合了朱子理學、陸氏心學思想基礎上的。《宋元學案》將包恢列入《槐堂諸儒學案》，將他視爲陸學後人。包恢所謂「天機自動」是「心」與宇宙天地渾然一體的境界，也是仁者渾然與物同體的境界，他認爲眞正的好詩是聖人之心與造化同體發於詠歎而成。正是他在《詠春堂記》中所描繪的：「春氣自動，春聲自鳴，乃春自詠耳，非有詠之者。大而雷風之千響萬應，

〔註23〕包恢：《敝帚稿略》，影印文淵閣四庫全書第866分冊，第717頁。（《答曾子華論詩書》）

〔註24〕包恢：《敝帚稿略》，影印文淵閣四庫全書第866分冊，第717頁。（《答曾子華論詩書》）

細而禽鳥之千詠萬態，眾而人聲之千唱萬和，皆詠春也，皆春自詠也。」朱熹《詩集傳序》也說：「人生而靜，天之性也；感於物而動，性之欲也。夫既有欲矣，則不能無思；既有思矣，則不能無言；既有言矣，則言之所不盡，而發於諮嗟詠歎之餘者，必有自然之音響節族（奏）而不能已焉：此詩之所以作也。」在朱子的理論體系中，「性」是心之體，「情」是心之用，「心之未動則爲性，已動則爲情。」「心如水，性猶水之靜，情則水之流，欲則水之波瀾。」已發之情既已無從消除，吟詠而發於歌詩是自然而然，朱子從理學內在學理的角度論述了詩存在的合理性。這些可以說是理學與詩學相遇後，學人對「感興」傳統的另一種闡發。理學家心學家們對於詩歌創作時「感興」體驗的論述不同於詩人、詩評家，有濃厚的理學意味。

每個時期的「感興」思想的被提出、被闡述，都不是偶然，其中固然有其作爲一種詩學傳統形成和深化的內在規律，具體到各個時期，又有不同的具體原因。例如，魏晉時期有「自適任情」的文化心態和審美風尚，唐代更是抒情的黃金時代。宋代理學精神影響下的詩學中依然有「感興」傳統的延續，究其原因，一方面自然是詩學之審美、感性精神對理學精神的拒斥或吸納，另一方面，也與宋人詩意的生活方式、「樂」的情懷密切相關。且看羅大經在《鶴林玉露》中的一段話：「余家深山之中，每春夏之交，蒼鮮盈階，落花滿徑，門無剝啄，松影參差，禽聲上下。午睡初足，旋汲山泉，拾松枝，煮苦茗啜之。隨意讀《周易》、《國風》、《左氏傳》、《離騷》、《太史公書》及陶杜詩、韓蘇文數篇。從容步山徑，撫松竹，與麛犢共偃息於長林豐草間。坐弄流泉，漱齒濯足。既歸竹窗下，則山妻稚子，作筍蕨，供麥飯，欣然一飽。弄筆窗間，隨大小作數十字，展所藏法帖、墨蹟、畫卷縱觀之。興到則吟小詩，或草《玉露》一兩段。再烹苦茗一杯，出步溪邊，邂逅園翁溪友，問桑麻，說粳稻，量晴校雨，探節數時，相與劇談一晌。歸而倚仗柴門之下，則夕陽在山，紫綠萬狀，變幻頃刻，恍可入目。牛背笛聲，兩兩來歸，而月印前溪矣。」〔註 25〕這樣一種藝術化、詩意的生活中，「感興」是自然而然的，它不單純的是一種詩學主張，更是一種人生美學。楊萬里也說：「步後園，登古城，採擷杞菊，攀翻花竹。萬象畢來，獻予詩材。」〔註 26〕在這樣自得、閒適的生活狀態中，「感興」是無處不在的。

三、楊萬里「感興」說的意義

縱觀從先秦的詩教之「興」、漢代的修辭之「興」到《樂記》中的物感說，再到後來的「感興」，「興」在和「物感說」結合的同時，也在不斷地被昇華和深化。魏晉六朝時「感興」的內容還是以「感物」爲中心，詳盡地論述了「物」之「感人」的種種情形，有自然風物，有社會人事：春秋代序，陰陽慘舒……陽氣萌而玄駒步，陰律凝而丹鳥羞，……獻歲發春，悅豫之情暢；滔滔孟夏，鬱陶之心凝；天高氣清，陰沉之志遠；霰雪無垠，矜肅之慮深；歲有其物，物有其容……」「春風春鳥，秋月秋蟬，夏雲暑雨，冬月祁寒，楚臣去境，漢妾辭宮；塞客衣單，孀閨淚盡，揚娥入寵，再盼傾國」等等，論述了人生中各種際遇對詩文創作的「感發」作用；唐代的「感興」思想已經比較完備地具備了「感興」發生的關鍵詞：外感於物、即目會心、內動於情、情不可遏、興於自然、形於吟詠歌詩。其重點在「興於自然」；在前人論述的基礎上，楊萬里「感興」說的特點在於：

1.「適然」：「我初無意於作是詩，而是物、是事適然觸乎我，我之意亦適然感乎是物、是事」，強調了「感興」活動發生的偶然性——雖然這種偶然性之中，也存在著某種必然性；

2. 將「感興」活動發生的根源歸因於「天」：「我何與哉？天也！斯謂之『興』」，認爲生生不息的宇宙、造化才是使物我相遇的本源；

〔註 25〕羅大經《鶴林玉露》丙編卷四《山靜日長》，中華書局，1983 年版。
〔註 26〕楊萬里《誠齋荊溪集序》，《誠齋集》卷八十，見王琦珍《楊萬里詩文集》（中），江西人民出版社，2006 年出版，第 1263 頁。

3.「興」的狀態是超越邏輯與理性的。從藝術效果和藝術價值上來看，認爲由「興」而發的詩才是詩之最上乘，這一點直承鍾嶸，又與同時代的羅大經等人觀點相似：「興，上也，賦，次也，賡和，得已也」，由「興」而成的詩與後兩者最大的區別則是在於「有我」。楊萬里認爲，無「物」亦無「我」、非「感興」而成的詩作是無感而發，無論言志抒情還是載道言事，是沒有藝術審美價值的：「至於賡和，則孰觸之，孰感之，孰題之哉？人而已矣。出乎天，猶懼戔乎天，專乎我，猶懼弦乎我。今牽乎人而已矣，尚冀其有一銖之天、一黍之我乎？蓋我未嘗覿是物而逆追彼之覿，我不欲用是韻而抑從彼之用，雖李杜能之乎？而李杜不爲也。」〔註 27〕

楊萬里詩歌裏的天地自然也是人化了的自然，充滿著如同人類一樣的悲喜和意趣：

「泉聲似說西湖好，流到西湖不要回。」(《庚戌正月三，約同舍遊西湖》十首其五)

「荷花入暮猶愁熱，低面深藏碧傘中。」(《暮熱遊荷池上》)

「山路婷婷小樹梅，爲誰零落爲誰開。多情也恨無人賞，故遣低枝拂面來。」(《明發房溪》二首其一)

「雨聲已遣儂無睡，更著寒蛩泣到明。」(《秋夜不寐》)

「山腰輕束一綃雲，湖面初顰半蹙痕。」(《清曉湖上》三首其一)

「顚風無賴難拘管，小雨多情爲破除。」(《舟中小雨》)

「兩日風狂雨更顚，取將暖去正衣單。」(《金甖花聯句》)

「初出如大甕，才露金半規。不知獨何急，下如有人

〔註 27〕楊萬里《答建康府大軍庫監門徐達書》《誠齋集》卷六十七，見王琦珍整理《楊萬里詩文集》(中)，江西人民出版社，2006 年出版，第 1069 頁。

推。忽然脫嶺尖，行空安不危。似愛溪水淨，下浴青琉璃。」（《六月十六日夜南溪望月》）

「仰見雲衣開，側視帆腹滿。」（《四月十三日度鄱陽湖》）

「雨裏杏花如半醉，抬頭不起索人扶。」（《春寒》）

「似癡如醉弱還佳，露壓風欺分外斜。」（《疑露堂前紫薇花兩株，每自五月盛開，九月乃衰》二首其二）

「感興」一說雖由來已久，然而在宋代詩歌創作和詩學中被重新提出和強調，有著重要意義，因爲宋人作詩普遍重「意」、重書卷、技法。當然，這並不是說「感興」就是對「意」的徹底否定。「感興」中也可以有「意」，只是在「感興」狀態下產生並呈現於詩的「意」更多的時候成爲一種「意蘊」、「意味」、「意境」，而「意義」、「意思」相對而言都是可以言說的、預設的、承載了認識論意義、經過理性思考和邏輯判斷的；詩的「意蘊」卻是指向存在的、待完成和待體驗的、開放性的、不確定的、不可言說的、無限的。誠如黑格爾所說，「詩並不是把已被人認識到的那種內容意蘊，用形象化的方式表現出來；而是按照詩本身的概念，停留在內容與形式的未經割裂和聯繫的實體性的統一體上。」〔註28〕

四、「感興」傳統的延續

宋代以後，「感興」傳統也一直在延續。金代元好問說：「眼處心生句自神，暗中摸索總非眞。」明代李夢陽說：「情者，動乎遇也。故遇者物也，動者情也，情動則會，心會則契，神契則音，所謂隨寓而發者也……故遇者因乎情，詩者形乎遇。」〔註29〕明初士人主體人格凋敝，詩歌創作也缺乏主體精神，由宰輔權臣所倡導的「臺

〔註28〕黑格爾《美學》（第三卷下冊），朱光潛譯，商務印書館，1991年出版，第20頁。

〔註29〕李夢陽《梅月先生詩序》，引自陳良運《中國歷代詩學論著選》第647頁。百花洲文藝出版社，1995版。

閣體」，大多是一些歌功頌德、雍容典麗的應酬詩文。文壇上以楊士奇、楊榮、楊溥為代表，詩壇上以茶陵詩派領袖李東陽為代表。弘治之後，文學依然處於靡弱狀態，以李夢陽、何景明為代表的前七子針對空無一物的「臺閣體」和千篇一律的八股習氣，倡導「詩必盛唐」、「文必秦漢」，一新耳目而風行一時。從弘治末年到萬曆中葉，復古思潮佔據了文壇的主導地位。作為復古派「前七子」的領袖人物，李夢陽力主恢復詩歌的抒情傳統，其重「心」重「情」的詩學觀念又與王氏心學相契。

前七子之後，以謝榛、李攀龍、王世貞為代表的「後七子」，發展了前七子的詩學思想。謝榛論詩，以格調為主，同時也十分重視感興。他在《四溟詩話》中將「興」置於四格之首：「詩有四格：曰興，曰趣，曰意，曰理。」〔註30〕又云：

> 「詩有天機，待時而發，觸物而成，雖幽尋苦索，不易得也。如戴石屏『春水渡傍渡，夕陽山外山』，屬對精確，工非一朝，所謂『盡日覓不得，有時還自來』。」〔註31〕
>
> 「『細雨荷鋤立，江猿吟翠屏』。此語宛然入畫，情景適會，與造物同其妙，非沉思苦索而得之也。」〔註32〕
>
> 「凡作詩，悲歡皆由乎興，非興則造語弗工……熟讀李、杜全集，方知無處無時而非興也。」〔註33〕
>
> 「或造句弗就，勿令疲其神思，且閱書醒心，忽然有得，意隨筆生，而興不可遏，入乎神化，殊非思慮所及。或因字得句，句由韻成，出乎天然，句意雙美。若接竹引泉而潺湲之聲在耳，登城望海而浩蕩之色盈目，此乃外來者無窮，所謂『辭後意』也。」〔註34〕

〔註30〕謝榛《四溟詩話》，見丁福保《歷代詩話續編》，中華書局，1983年版，1163頁。
〔註31〕丁福保《歷代詩話續編》，中華書局，1983年版，1161頁。
〔註32〕丁福保《歷代詩話續編》，中華書局，1983年版，1171頁。
〔註33〕丁福保《歷代詩話續編》，中華書局，1983年版，1194頁。
〔註34〕丁福保《歷代詩話續編》，中華書局，1983年版，1219頁。

「夫情景相觸而成詩，此作家之常也。」〔註35〕

「詩有辭前意、辭後意，唐人兼之，婉而有味，渾而無跡。宋人必先命意，涉於理路，殊無思致。……宋人謂作詩貴先立意。李白斗酒百篇，豈先立許多意思而後措詞哉？蓋意隨筆生，不假布置。唐人或漫然成詩，自有含蓄託諷。此爲辭前意，讀者謂之有激而作，殊非作者意也。」〔註36〕

作詩並非宿構，不是刻意的立意造句，「心中本無些子意思，率皆出於偶然」〔註37〕，「興」是一種際遇，是物我偶然「適會」之「時」與造物同其妙。謝榛對天機自然、情景適會、興會神到而成的詩歌多有稱讚。「以興爲主，漫然成篇，此詩之入化也」。詩之美在感興，而不在言理，但也不是說詩不可「言理」或議論，「若江湖遊宦羈旅，會晤舟中，其飛揚轗軻，老少悲歡，感時話舊，靡不慨然言情，近於議論，把握住則不失唐體……」〔註38〕言理或議論也要與情韻渾然一體，正如嚴羽所說的「詞理意興，無跡可求」。

文徵明於弘治甲子（1504年）十月爲《落花詩》所作跋記中說：「或謂古人於詩，半聯數語，足以傳世；而先生爲是，不已煩乎？豈尚不能忘情與勝人乎？抑有所托而取以自況也？是皆有心爲之，而先生不然。興之所至，觸物而成，蓋莫知其所以始，而亦莫得究其所以終。其積累而成，至於十於百，固非先生之初意也。而傳不傳，又庸何心哉？惟其無所庸心，是以不覺其言之出而工也。而其傳也，又奚厭其多也！」〔註39〕非「有心爲之」，不求「足以傳世」，一切都是「興之所至，觸物而成」，「無所庸心」，自然流出，是詩之至境。

〔註35〕丁福保《歷代詩話續編》，中華書局，1983年版，1224頁。
〔註36〕丁福保《歷代詩話續編》，中華書局，1983年版，1149頁。
〔註37〕丁福保《歷代詩話續編》，中華書局，1983年版，1228頁。
〔註38〕丁福保《歷代詩話續編》，中華書局，1983年版，1176頁。
〔註39〕文徵明（小楷手卷）《落花詩》香港劉均量先生虛白齋藏本，上海書畫出版社，2011年出版。

李贄認爲：「夫世之眞能文者，比其初皆非有意於文也。其胸中有如許無狀可怪之事，其喉間有如許欲吐而不敢吐之物，其口頭又時時有許多欲語而莫可以告語之處，蓄積既久，勢不能遏，一旦見景生情，觸目興歎，奪他人之酒杯，澆自己之壘塊；訴心中之不平，感數奇於千載。」〔註 40〕「夫所謂作者，謂其興於有感而志不容己，或情有所激而詞不可緩之謂也。」〔註 41〕在他看來，創作是情感積累激蕩到刻不容緩、迫不及待地想要抒發時「觸目興歎」而產生。袁黃在其《詩賦》中說：「感事觸情，緣情生境，物類易陳，衷腸莫罄，可以起愚頑，可以發聰聽，飄然若羚羊之掛角，悠然若天與之行徑，尋之無蹤，斯謂之興。」〔註 42〕「興」可以「起愚頑」，可以「發聰聽」，使主體精神昇華。它使人遠離麻木、庸碌的生活狀態，鎔鑄個體的審美人格。趙南星說：「詩也者，興之所爲也。興生於情，人皆有之，唯愚人無興，俗人無興。天下唯俗人多，俗人之興在乎軒冕財賄，而不可發之於詩。」「夫詩者，興也，緣人情而爲之者也。庸人之情不揚，俗人之情不韻。詩不難言，人自難之耳。」〔註 43〕「感興」的發生並不取決於個體的意志，是「造化」與「心靈」的偶遇中生成，還要受制於主體的審美能力和趣味的高下。

王夫之認爲，「身之所歷，目之所見，是鐵門限。」竭力反對以抽象的意理求詩，「詩則即事生情，即語繪狀，一用史法，則相感不在永言和聲之中，詩道廢矣……」。〔註 44〕「詩之深遠廣大與夫捨舊趨新也，俱不在意。唐人以意爲古詩，宋人以意爲律詩絕句，而詩遂

〔註 40〕李贄《雜述・雜說》，《焚書》卷三，中華書局，1975 年出版，第 97 頁。

〔註 41〕李贄《史學儒臣・司馬談司馬遷》，《藏書》卷四十，中華書局，1974 年出版，第 692 頁。

〔註 42〕袁黃《詩賦》，引自《古今圖書集成》，中國社會科學出版社，1994 年出版，第 230 頁。

〔註 43〕趙南星《趙忠毅公文集》卷八，中國社會科學出版社，1994 年出版，第 253 頁。

〔註 44〕王夫之《古詩評選》（卷四）《船山全書》第十四冊，嶽麓書社，1998 年出版，第 650 頁。

亡……『關關睢鳩，在河之洲。窈窕淑女，君子好逑。』豈有入微翻新，人所不到之意哉？」詩要在不經意中使天地間最本眞之情性與美感自然呈現：「即目即事，本自爲類，正不必蟬連，而吟詠之下，自知一時一事有於此者，斯天然之妙也……在天合氣，在地合理，在人合情，不用意而物無不親。」〔註45〕一切都是因景因情，自然靈妙，即景會心：「現在，不緣過去作影。現成，一觸即覺，不假思量比較。顯現眞實，乃彼之體性本自如此，顯現無疑，不參虛妄。」〔註46〕又云：

> 「兩者之固有者，自然之華，因流動生變而成綺麗。心目之所及，文情赴之，貌其本榮，如所存而顯之，即以華奕照耀，動人無際矣。〔註47〕
>
> 「天地之際，新故之跡，榮落之觀，流止之幾，欣厭之色，形於吾身以外者，化也，生於吾身之內者，心也；相值相取，一俯一仰之際，幾與爲通，而勃然興矣。」〔註48〕

此時的主體已並非是對某事某物而興歎，而是對整個世界的動靜浮沉、悲欣喜樂、繁華蒼涼、新陳交替都非常敏感，擁有一顆眞正靈透的慧心、詩心，進入了「身與物化」的境界，人與世界「幾與爲通」。「感興」在成就詩歌的同時，也提升了人生境界，使人從自然狀態的生命，成爲藝術化存在的生命。

黃宗羲認爲：「孚先論詩，……若身之所歷，目之所觸，發於心，著於聲，迫於中之不能自已，一唱而三歎，不啻金石懸而宮商鳴也；斯亦奚有今昔之間，蓋情之至眞，時不我限也。斯論美矣。」〔註49〕王士禎《帶經堂詩話》中說：「夫詩之道，有根柢焉，有興會焉，二

〔註45〕王夫之《古詩評選》（卷四）《船山全書》第十四冊，嶽麓書社，1998年出版，第671頁。

〔註46〕王夫之《相宗絡索・三量》《船山全書》第十三冊，嶽麓書社，1998年出版，第536頁。

〔註47〕王夫之《古詩評選》（卷五）《船山全書》第十四冊，嶽麓書社，1998年出版，第752頁。

〔註48〕王夫之《詩廣傳》卷二（論東山），中華書局，2000年出版，第68頁。

〔註49〕《南雷文集》卷一，《黃孚先詩序》（胡經之主編《中國古典美學叢編》中冊，中華書局，1988年版，第367頁。

者率不可得兼。鏡中之象，水中之月，相中之色，羚羊掛角，無跡可求，此興會也。」葉燮也有「作詩當其有所觸而興起」之說，他在《原詩・內篇》中說「原夫作詩者之肇端而有事乎此也，必先有所觸以興起其意，而後措諸辭，屬爲句，敷之而成章。當其有所觸而興起也・其意、義辭、其句劈空而起，皆自無而有，隨在取之於心，出而爲情、爲景、爲事……」

以上這些詩學思想雖然沒有直接以「感興」命名，卻是「感興」傳統的延續和迴響。葉嘉瑩說：「我以爲中國詩歌中最重要的質素，就是那種興發感動的力量。」「感興」說的產生、傳承與深化是對詩的「吟詠情性」本質的肯定，是對自由詩心、眞誠詩情、靈動詩意、心物交融相契之詩境的推崇。正如梁宗岱先生在談到物我之間的交融時所說：「……物我之間同跳著一個脈搏，同擊著一個節奏的時候，站在我們面前的已經不是一粒細沙，一朵野花或一片碎瓦，而是一顆自由活潑的靈魂與我們底靈魂偶然的相遇：兩個相同的命運，在那一刹那間，互相點頭，默契和微笑。」〔註 50〕在這種「物我無間」的自然感興狀態下產生的詩文，才有可能是意境深遠，令人回味的，「感興」是「詩境」、「詩味」的基礎，因此，「感興」於藝術的意義是不言而喻的。

此外，「感興」作爲一種審美體驗，對於人生也有著重要的意義。尼采說：「只有作爲審美現象，生存和世界才是有充足理由的。」〔註 51〕他認爲，只有把世界和人生當作一種審美現象，生存才是可以忍受的。馬爾庫塞認爲，人生因爲有美，才有了拯救的希望。人類的希望就在於詩的世界和美的世界仍然存在著。〔註 52〕席勒認爲：「維護

〔註 50〕《象徵主義》，引自《梁宗岱文集》第 2 卷，中央編譯出版社，2003 年版。

〔註 51〕尼采《悲劇的誕生・尼采美學文選》周國平譯，北嶽文藝出版社，2004 年 5 月版，第 97 頁。

〔註 52〕〔美〕赫伯特・馬爾庫塞《審美之維》李小兵譯，北京三聯書店，1989 年版。

人類的感性衝動，使人的感性與理性衝動相統一，人才會同時具有最豐滿的生存和最高度的獨立自由，他就不但不至使自己迷失在世界裏，而且把世界以及它的全部現象的無限性都納入自身裏。……人生的很多問題中理智和道德的價值不能解決，只有通過審美自由這個中間狀態才能實現，若要把感性的人變成理性的人，唯一的路徑是先使他成為審美的人……」〔註 53〕中國古典詩學與美學中的審美感興傳統與人類生命不斷走向審美自由的追求是一致的。它是對感性的解放，對人性與人生的充實。

第二節　「詩味」說

本節主要論述楊萬里「以味論詩」的思想以及中國詩學中「詩味」論的淵源。楊萬里對於詩的言語形式之外的「味」的肯定和重視，並賦予其本體的意味，這是對詩的獨立價值和「自性」的肯定；同時，詩「味」是詩的沉默之處，只能靠讀者的審美感受和鑒賞，這表明楊萬里注重讀詩、品詩過程中個體的審美感受、直覺體驗、本心體悟與詩的不可言說之「味」相遇瞬間的精神相通。

一、楊萬里的「詩味」說

以「味」論詩是楊萬里詩學中的重要問題，他在《誠齋詩話》和其他文章中雖然沒有正面、明確地解釋何為「味」，但不少詩論、詩評都是以「味」為重要範疇來論述的：

「江西宗派詩者，詩江西也，人非皆江西也。人非皆江西，而詩曰江西者何？繫之也。繫之者何？以味不以形

馬爾庫塞說：「人在眞、善、美的哲學知識中能找到的快感，就是最高的快感，它具有與物質實然完全對立的性質：在變動中見永恆，在不純潔中見純潔，在不自由中見自由。」（本書第 13 頁）馬爾庫塞認為審美世界比物質世界更接近生活的眞理和實質，更眞實。

〔註 53〕《審美教育書簡》第 15 封信，馮至譯，載《西方美學家論美和美感》，商務印書館，1980 年版，第 180～181 頁。

也……江西之詩，世俗之作，知味者當能別之矣。」〔註54〕

楊萬里在《江西宗派詩序》中認為，從文學流派研究的角度而言，使一流派自成流派最重要的因素不是地域，而是風格，人屬於江西是「形」，是表面的情況，其成員內在風格的接近才是維繫流派存在的最重要因素。「繫之者何？以味不以形也」，「味」在此處的內涵更多是指詩的內在風格。又云：

> 「唐律七言八句，一篇之中句句皆奇，一句之中字字皆奇，古今作者皆難之。予嘗與林謙之論此事。謙之慨然曰：『但吾輩詩集中，不可不作數篇耳。』如杜《九日》詩：『老去悲秋強自寬，興來今日盡君歡。』不徒入句便字字對屬。又第一句頃刻變化，才說悲秋，忽又自寬，以『自』對『君』，甚切，君者君也，自者我也。『羞將短發還吹帽，笑倩旁人為正冠。』將一事翻騰作一聯，又：孟嘉以落帽為風流，少陵以不落為風流，翻盡古人公案，最為妙法。『藍水遠從千澗落，玉山高並兩峰寒。』詩人至此，筆力多衰，今方且雄傑挺拔，喚起一篇精神，自非筆力拔山，不至於此。『明年此會知誰健，醉把茱萸仔細看。』則意味深長，悠然無窮矣。東坡《煎茶》詩云：『活水還將活火烹，自臨釣石汲深清。』第二句七字而具五意：水清，一也；深處取清者，二也；石下之水，非有泥土，三也；石乃釣石，非尋常之石，四也；東坡自汲，非遣卒奴，五也。『大瓢貯月歸春甕，小杓分江入夜瓶。』其狀水之清美，極矣。分江二字，此尤難下。『雪乳已翻煎處腳，松風仍作瀉時聲。』此倒語也，尤為詩家妙法，即少陵『紅稻啄餘鸚鵡粒，碧梧棲老鳳凰枝』也。『枯腸未易禁三碗，臥聽山城長短更。』又翻卻盧仝公案。仝吃到七碗，坡不禁三碗。山城更漏無定，『長短』二字，有無窮之味。」〔註55〕

〔註54〕楊萬里《江西宗派詩序》，《誠齋集》卷七十九，見王琦珍整理《楊萬里詩文集》（中），江西人民出版社，2006年出版，第1254頁。

〔註55〕楊萬里《詩話》，《誠齋集》卷一一四，見王琦珍整理《楊萬里詩文集》（下），江西人民出版社，2006年出版，第1797～1798頁。

「五言長韻古詩，如白樂天《遊悟眞寺一百韻》，眞絕唱也。五言古詩，句雅淡而味深長者，陶淵明柳子厚也。如少陵《羌村》、後山《送內》，皆是一唱三歎之聲……」〔註 56〕

「問來卻是東坡集，久別相逢味勝初。」(《與長孺共讀東坡詩》)

「每讀樂天詩，一讀一回好。少時不知愛，知愛今已老。初哦殊歡欣，熟味忽煩惱。」(《讀白氏長慶集》)

無論是杜甫詩之「意味深長，悠然無窮」，蘇軾詩之「無窮之味」，還是陶淵明、柳宗元「句雅淡而味深長」，之所以堪稱絕唱，是因爲它們是「一唱三歎之聲」，都具備婉轉含蓄、情韻幽致的美學風格，引人深思，耐人尋味。如果一首詩的「實體」成分過多，而留白、未定性或者給讀者的想像空間太少，就很難產生這樣的餘音、餘韻了。就像司空圖所說的「若醯，非不酸也，止於酸而已；若鹺，非不鹹也，止於鹹而已。華之人以充饑而遽輟者，知其鹹酸之外，醇美者有所乏耳……。」〔註 57〕司馬光也有過相似的論述：「古人爲詩，貴於意在言外，使人思而得之，故言之者無罪，聞之者足以戒也。近世詩人惟杜子美最得詩人之體，如『國破山河在，城春草木深，感時花濺淚，恨別鳥驚心。』山河在，明無餘物矣；草木深，明無人矣；花鳥，平時可娛之物，見之而泣，聞之而悲，則時可知矣。他皆類此，不可遍舉。」〔註 58〕袁枚在《隨園詩話》中也說過：「詩無言外之意，便同嚼蠟。」

「《金針法》云：『八句律詩，落句要如高山轉石，一去無回。』余以爲不然。詩已盡而味方永，乃善之善也。」〔註 59〕

〔註 56〕楊萬里《詩話》，《誠齋集》卷一一四，見王琦珍整理《楊萬里詩文集》(下)，江西人民出版社，2006 年出版，第 1800～1801 頁。

〔註 57〕司空圖《與李生論詩書》，四部叢刊本《司空表聖文集》卷二。

〔註 58〕司馬光《溫公續詩話》，何文煥《歷代詩話》上，中華書局，1981 年版，第 277～278 頁。

〔註 59〕楊萬里《詩話》，《誠齋集》卷一一四，見王琦珍整理《楊萬里詩文集》(下)，江西人民出版社，2006 年出版，第 1795 頁。

「夫詩何爲者也？尚其詞而已矣。曰：『善詩者去詞。』『然則尚其意而已矣。』曰：『善詩者去意。』『然則去詞去意，則詩安在乎？』曰：『去詞去意而詩有在矣。』『然詩果焉在？』曰：『嘗食夫飴與茶乎？人孰不飴之嗜也？初而甘，卒而酸；至於茶也，人病其苦也，然苦未既，而不勝其甘。詩亦如是而已矣。昔者暴公譖蘇公，而蘇公刺之，今求其詩，無刺之之詞，亦不見刺之之意也。乃曰：「二人從行，誰爲此禍？」使暴公聞之，未嘗指我也，然非我其誰哉？外不敢怒，而其中愧死矣。《三百篇》之後，此味絕矣。惟晚唐諸子差近之。《寄邊衣》曰：『寄到玉關應萬里，戍人猶在玉關西。』《弔戰場》曰：『可憐無定河邊骨，猶是春閨夢裏人。』《折楊柳》曰：『羌笛何須怨楊柳，春風不度玉門關。』三百篇之遺味，黯然猶存也。近世惟半山老人得之。予不足以知之，予敢言之哉？」〔註60〕

楊萬里曾從江西派轉而學晚唐詩，認爲惟有晚唐詩尚存「三百篇之遺味」，即言簡意深、委婉含蓄的美學風格。錢鍾書先生認爲「除掉李商隱、溫庭筠、皮日休、陸龜蒙等以外，晚唐詩人一般都少用典，而絕句又是五七言詩裏最不宜『繁縟』的體裁，就像溫、李、皮、陸等人的絕句也比他們的古體律體來得清空；在講究『用事』的王安石的詩裏，絕句也比較明淨。楊萬里顯然想把空靈輕快的晚唐絕句作爲醫救塡飽塞滿的江西體的藥。」〔註61〕葉燮也曾經對比評點過盛唐詩與晚唐詩：「盛唐之詩，春花也。桃李之穠華，牡丹、芍藥之妍豔，其品華美貴重，略無寒瘦儉薄之德，固足美也。晚唐之詩，秋花也。江上之芙蓉，籬邊之叢菊，極幽豔晚香之韻，可不爲美乎？」〔註62〕道出了晚唐詩風的幽微細密、韻味深長。與楊萬里同時代的包恢也有

〔註60〕楊萬里《頤庵詩稿》序，《誠齋集》卷八十三，見王琦珍整理《楊萬里詩文集》（中），江西人民出版社，2006年出版，第1294頁。

〔註61〕錢鍾書《宋詩選注》，北京三聯書店，2002年5月版，第254頁。

〔註62〕葉燮《原詩》，孫之梅、周芳批註，鳳凰出版社，2010年版，第61頁。

過相似的看法：「詩有表裏淺深，人直見其表而淺者，孰爲能見其裏而深者哉！猶之花焉，凡其華采光焰，漏泄呈露，爗然盡發於表，而其裏索然，絕無餘蘊者，淺也。若其意味風韻，含蓄蘊藉，隱然潛寓於裏，而其表淡然，若無外飾者，深也。然淺者歆羨常多，而深者玩嗜反少，何也？知花斯知詩矣。衣錦尚絅，惡其文著；闇然日章，淡而不厭。先儒謂水晶精光外發而莫掩，終不如玉之溫潤中存而不露。至理皆然，何獨曰詩之猶花云乎哉！」〔註63〕詩雖「其表淡然，若無外飾」，卻「意味風韻，含蓄蘊藉，隱然潛寓於裏」。在平淡的語言中，給人以無窮的審美空間，由表及裏、由淺至深、由淡至濃，內在蘊味如水之漣漪蕩漾開來，令人回味無窮，正是詩之美。

此外，楊萬里所說的「去詞去意而詩有在矣」，是對「味」的強調，但也並非是對詞與意的否定，而是認爲詩不要只知用心於詞意，詩與其他文學形式不同，應當追求含蓄蘊籍的效果，有言外之意、弦外之音，令人一品再品，回味悠長，「詩已盡而味方永」，這樣才會有詩歌應該有魅力和美感，「味」是詩眞正的靈魂。

楊萬里還以荼給人的感受「苦未既，而不勝其甘」來比況詩「味」給人的無盡回味，也暗示了作爲讀詩之人、審美主體需要咀嚼玩味才能領略到此中況味，這就需要以「味」作爲詩「味」的體驗方式，因此讀詩就不能只關注表層形式，而是要「誦讀沉酣」以品其深沉之「味」：「七言長韻古詩，如杜少陵《丹青引》、《曹將軍畫馬》、《奉先縣劉少府山水障歌》等篇，皆雄偉宏放，不可捕捉。學詩者於李、杜、蘇、黃詩中求此等類，誦讀沉酣，深得其意味，則落筆自絕矣」〔註64〕這種具有一定深度的「味」不是一種知識，可意會而不可言傳，它只能自己去領悟，無法從他人那裡間接獲得。詩之「味」固然與作詩者的功力密不可分，但它也不是一種客觀存在物，它是詩的沉默之

〔註63〕包恢《書徐致遠無弦稿後》，據四庫全書珍本三集《敝帚稿略》卷五。
〔註64〕楊萬里《詩話》，《誠齋集》卷一一四，見王琦珍整理《楊萬里詩文集》（下），江西人民出版社，2006年出版，第1796頁。

處，只能靠讀者的審美感受和鑒賞，這表明楊萬里注重讀詩、品詩過程中個體的審美感受、直覺體驗、本心體悟與詩的不可言說之「味」相遇瞬間的精神相通。理學家亦講「須是沉潛諷誦、玩味義理、咀嚼滋味」，朱子云：「讀《詩》之法，只是熟讀涵味，自然和氣從胸中流出，其妙處不可得而言……」

此外，楊萬里還談到了「味外之味」和「自得」：

> 「讀書必知味外之味，不知味外之味而曰『我能讀書』者，否也。《國風》之詩曰：『誰謂荼苦，其甘如芥。』吾取以爲讀書之法焉。夫食天下之至苦，而得天下之至甘，其食者同乎人，其得者不同乎人矣。同乎人者，味也，不同乎人者，非味也。」（《習齋〈論語講義〉序》）〔註65〕

> 「讀書不厭勤，勤甚倦且昏。不如卷書坐，人書兩忘言。興來忽開卷，徑到百聖源。說悟本無悟，談玄初未玄。當其會心處，只有一欣然。此樂誰爲者，非我亦非天。自笑終未是，撥書枕頭眠。」〔註66〕

> 「言之非心也，以言有所不能言也。非惟彼心之言不能言於吾也，吾自求之，吾自得之。」〔註67〕

> 「乾坤易簡之理，吾自得之。」〔註68〕

讀書、要以得其「味」、「味外之味」爲追求，知「味外之味」則是需要透過語言文字表層而「會心」「妙悟」「自得」。況周頤在《蕙風詞話》中也講過：「讀詞之法，取前人名句意境絕佳者，將此意境，締構於吾想望中。然後澄思渺慮，以吾身入乎其中而涵詠玩索之。吾性靈與相浹而俱化，乃眞實爲吾有，而外物不能奪……」〔註69〕楊萬

〔註65〕楊萬里《誠齋集》卷七十七，見王琦珍《楊萬里詩文集》（中），江西人民出版社，2006年出版，第1230頁。

〔註66〕楊萬里《讀書》，《誠齋集》卷七，同上，見王琦珍《楊萬里詩文集》（上），江西人民出版社，2006年出版，125頁。

〔註67〕楊萬里《心學論・孟子論上》，《誠齋集》卷八十六，見王琦珍《楊萬里詩文集》（中）江西人民出版社，2006年出版，第1341頁。

〔註68〕楊萬里《誠齋易傳》卷十七，上海古籍出版社，1990年版。

〔註69〕況周頤《蕙風詞話》，人民文學出版社，1982年版。

里此處所講的「誦讀沉酣」「悟」「味」又與理學家所講的「涵泳」頗有相通之處：《宋史・道學傳・程頤傳》中說：「故學《春秋》者，必優游涵泳，默識心通，然後能造其微也。後王知《春秋》之義，則雖德非禹、湯，尚可以法三代之治。」〔註70〕意思是說品味經典要達到心靈與對象的融合。朱熹說：「讀《易》者，當盡去其膠固支離之見，以潔淨其心，玩精微之理，沉潛涵泳，得其根源，乃可漸觀爻象。」〔註71〕「學者讀書，須要斂身正坐，緩視微吟，虛心涵泳。」〔註72〕：「看詩不須著意去裏面分解，但是平平地涵泳自好。」也認為讀書要「沉潛涵泳」，以「潔淨其心」即虛靜、澄澈的心胸為前提，讀詩不需要刻意地進行理性和邏輯分析；朱子品評《詩・大雅・棫樸》：「『倬彼雲漢』則『為章于天』矣，『周王壽考』則『何不作人』乎。此等語言自有個血脈流通處，但涵泳久之，自然見得條暢浹洽，不必多引外來道理言語，卻壅滯卻詩人話底意思也。周王既是壽考，豈不作成人材，此事已自分明，更著個『倬彼雲漢，為章于天』喚起來，便愈見活潑潑地，此六義所謂『興』也。」（《答何叔京》）將涵泳的方法從讀經擴展到讀詩，面對詩這樣「血脈流通」、「活潑潑」的整體，「不必多引外來道理言語」，儘量排除先入為主之見和理性之知，且要「涵泳久之」，才能得詩之意蘊。「涵泳」概念也在詩學中被廣泛使用。關於「涵泳」由理學概念轉化為詩學概念並在宋代詩學中興盛，李青春先生的《宋學與宋代文學觀念》一書第四章中指出：

> 「從接受角度來看，『涵泳』與宋代詩學追求『平淡』、『自然』、『外枯中膏』的詩歌風格有直接關係，這種審美理想在於要求作品看上去樸實無華，實際上卻內涵深遠、意味綿長。對作品既然有此等要求，相應地在讀詩過程中，也要求接受者善於『在平淡中見出奇崛，於枯槁中見出膏腴』。這就要求接受主體沉潛於詩作中去體察，亦即宋人所

〔註70〕《宋史》卷四百二十七，中華書局，2011年版。
〔註71〕《宋史・儒林傳八・何基傳》卷四百三十八，中華書局，2011年版。
〔註72〕魏慶之《詩人玉屑》卷十七，中華書局，2007年版。

常用之『涵泳』，惟有『涵泳』方能捕捉到那文字與意象之外的『不盡之意』。……作爲詩學範疇的『涵泳』與同爲詩學範疇的『思』也是息息相通的。如司馬光說『古人爲詩，貴於意在言外，使人思而得之故言之者無罪，聞之者足以戒也』，這裡的『思』顯然與詩學中做欣賞義的『涵泳』毫無二致」。〔註 73〕

理學家（特別是朱子）所講的「涵泳」與詩學中作爲審美活動的「味」、「悟」、楊萬里所講的「誦讀沉酣」的相通之處在於：它們都需要澄明空靜的心態，「涵泳」與「味」的對象都不是文字語言和形象，而是要透過這些表象去全身心投入，調動自身之「性靈」以把握對象微妙細緻的意蘊，以求心靈與涵泳的對象相融；都需要排除認識、實踐活動的思維，同時又是無可避免地需要理性和其他心理機能如注意、想像、聯想、價值判斷的參與；「涵泳」與「誦讀沉酣」、「味」等類似活動所產生的結果都是經過了讀者再創造的、嶄新的藝術或思想空間，這一空間在理學家那裡是充滿生機的道德——審美境界，在楊萬里的詩學思想裏是「味外之味」，在後人詩論裏則是「意境」。

二、「詩味」說的歷史脈絡與理論依據

古代典籍、詩論中部分關於「味」的文字很多，現列舉部分如下：

1. 早期文獻中的「味」：

「公（齊侯）曰：『和與同異乎？』對曰：『異』。和如羹焉，水、火、醯、醢、鹽、梅，以烹魚肉，燀之以薪，宰夫和之，齊之以味，濟其不及，以泄其過。君子食之，以平其心。君臣亦然……先王之濟五味、和五聲也，以平其心，成其政也。聲亦如味，一氣，二體，三類，四物，五聲，六律，七音，八風，九歌，以相成也；清濁、小大、短長、疾徐、哀樂、剛柔、遲速、高下，出入、周疏，以

〔註 73〕李春青《宋學與宋代文學觀念》，北京師範大學出版社，2001 年出版，見第四章內容。

相濟也。君子聽之，以平其心。心平，德和。」〔註74〕

「是故樂之隆，非極音也。食饗之禮，非致味也。清廟之瑟，朱弦而疏越，一倡而三歎，有遺音者矣；大饗之禮，尚玄酒而俎腥魚，大羹不和，有遺味者矣。」〔註75〕

這兩段引文是將「味」與音樂類比或對比，特別是第一段，引文是《左傳》中的一段關於「和」與「同」的討論，晏子本意當然不在談論審美，但將味與聲聯繫起來，以符合了「中和」標準的「味」來談論「美的音樂」(「聲亦如味」)，主張相成相濟、和與同異，對中國美學與詩學中的以「味」論藝思路產生了深遠的影響。儘管此時「味」的意思仍然是本義，但是它被有意無意地與藝術鑒賞聯繫起來，至少表明人們已經發現美的味道與美的音樂可以具有某種相似的審美特徵，或者說可以給人以相似的審美感受。當然，這也是因爲，對美的味道的感知和對美的音樂的品鑒本來就是人自身的物質和精神這兩種屬性的作用，「味」已經是開始有了進入人的感性世界的可能性。而且「味」與音樂發生聯繫，就意味著它與「文學」的聯繫又進了一步，因爲從藝術發展的源流上來說，最初的文學與音樂常常是一體的，像《詩經》和漢樂府都是亦歌亦詩的藝術。

以「味」論藝的傳統源於中國古人的思維方式：習慣通過認識自身去認識世界，通過認識具象世界和自身的活動來認識抽象世界。當他們對自身的感官經驗和周圍的生活世界有所發現和瞭解時，並不會從此停止在這個層面，而是會在有意無意中將它上升到更高的精神層面：從自身視覺的、觸覺的、甚至味覺等感官活動和感性經驗出發，在類比和聯想中發現了它們與藝術、審美的相通之處，於是借來象徵或比況抽象概念和審美範疇以表達智慧與藝術給人帶來的美感和愉悅感，哲學、美學或詩學發展史上很多重要範疇都是這樣生成的，這

〔註74〕《左傳・昭公二十年》李夢生注釋《左傳今注》，鳳凰出版社，2008年版，第617頁。

〔註75〕〔清〕王先謙撰，沈嘯寰、王星賢點校《禮記集解》，中華書局，1989年版，第982頁。

可以說是一種從「情」到「理」的、「將心比心」「心同此理」的隱喻方式。例如「韻味」之「韻」字，本義是古代的一種調音工具或和諧悅耳的聲音，後來引申爲韻律、節奏、人的風神、氣質，又漸漸延伸到了文學、審美領域，有了像「風韻」、「韻致」、「氣韻」這樣的說法；再如「趣味」之「趣」，它的本字是「趨」，是快步走的意思，後來引申出「趨向」，再同行動上的「趨向」上升爲精神上的取向——旨趣、志趣等等，然後進入審美領域，而且常與其他概念結合，例如「趣味」、「理趣」、「風趣」等等；〔註 76〕「味」字的本義則是作爲動詞的「品嘗」和作爲名詞的「滋味」，後來由此引申出其他涵義：從「食物」「進食」「咀嚼」到生活的苦樂感受等等，被寫進文章最初也大多是在「聲」「色」的範圍內被提及，例如「目好之五色，耳好之五聲，口好之五味。」〔註 77〕；「五色令人目盲；五音令人耳聾；五味令人口爽；馳騁畋獵，令人心發狂；難得之貨，令人行妨。」〔註 78〕也有與精神領域發生聯繫的，例如「道之出口，淡乎其無味，視之不足見，聽之不足聞，用之不足既。」〔註 79〕此處的「味」是已經有了向隱喻意義轉化的意味。但這些都還只是「喻」，眞正將味覺感受與審美問題聯繫起來的，是孟子和莊子。孟子以「口之於味，有同耆（嗜）也」來說明共同美感的存在：

「口之於味，有同耆也，易牙先得我口之所耆者也。如使口之於味，其性與人殊，若犬馬之於我不同類也，則天下何耆皆從易牙之於味也？至於味，天下期於易牙，是天下之口相似也。惟耳亦然。至於聲，天下期於師曠，是

〔註 76〕宗炳於《畫山水序》「萬趣融其神思」；劉勰《文心雕龍·體性》篇中有「風趣剛柔」，《定勢》篇中有「自然之趣」；王昌齡《詩格》中「詩有三得，一曰得趣，二曰得理，三曰得勢。」司空圖《與王駕評詩書》中有「趣味澄澈，若清風之出岫。」

〔註 77〕《荀子·勸學》，王先謙《荀子集解》，中華書局，1988 年版。

〔註 78〕《老子》第十二章，陳鼓應《老子今注今譯》，商務印書館，2003 年版。《老子》第三十五章，同上。

〔註 79〕《老子》第三十五章，同上。

天下之耳相似也。惟目亦然。至於子都，天下莫不知其姣也。不知子都之姣者，無目者也。故曰：口之於味也，有同耆焉；耳之於聲也，有同聽焉；目之於色也，有同美焉。」〔註 80〕

莊子則以味覺偏愛說明不同個體的美感差異：「民食芻豢，麋鹿食薦，蝍蛆甘帶，鴟鴉耆鼠，四者孰知正味？猨猵狙以為雌，麋與鹿交，鰌與魚遊。毛嬙麗姬。人之所美也；魚見之深入，鳥見之高飛，麋鹿見之決驟。四者孰知天下之正色哉？」（《莊子・齊物論》）。孟莊二人立意觀點不同，卻都已將味覺與視、聽同樣視為審美感官的一種。

2. 作為文學鑒賞和藝術審美範疇的「味」：

「文必麗以好，言必辯以巧，言瞭於耳，則事味於心。」（《論衡・自紀》）

「乾坤易簡。故雅樂不煩；道德平淡，故無聲無味，不煩則陰陽自通，無味則百物自樂。」（阮籍《樂論》）

「或清虛以婉約，每除煩而去濫，闕大羹之遺味，同朱弦之清汜，雖一唱而三歎，固既雅而不豔。」（陸機《文賦》）

「聖人含道暎物，賢者澄懷味象。」（宗炳《畫山水序》）

陸機已經把「味」以比喻的方式引進文藝理論，提出文學要有遺音餘味，把「味」和含蓄的審美風格、直覺的思維方式聯繫了起來。宗炳認為在面對自然的時候，主體應該澄清胸懷，滌除俗念，「心齋」「坐忘」，陶冶出純淨的審美心胸，在超功利的審美心境中，品味、體驗、感悟審美對象所傳達的美學理想和藝術精神。當然，除了審美心境，審美主體還要有細膩深刻的審美感受力，才能品出審美對象作為「有意味的形式」之獨特的審美韻味。

「往者雖舊，餘味日新。」（《文心雕龍・宗經》）

〔註 80〕《孟子・告子》上，見朱熹《四書集注》，嶽麓書社，2004 年版，第 364 頁。

「研味李老，則知文質附乎性情。」（《文心雕龍・情采》）

「夫隱之爲體，義主文外，秘響旁通，伏采潛發，譬爻象之變互體，川瀆之韞珠玉也。故互體變爻，而化成四象；珠玉潛水，而瀾表方圓。始正而末奇，內明而外潤，使玩之者無窮，味之者不厭矣。」（《文心雕龍・隱秀》）

「張衡《怨篇》，詩典可味」（《文心雕龍・明詩》）

「及班固述漢，因循前業，觀司馬遷之辭，思實過半。其十志該富，贊序弘麗，儒雅彬彬，信有遺味。」（《文心雕龍・史傳》）

「是以聲畫妍蚩，寄在吟詠；吟詠滋味，流於字句；氣力窮於和韻。」（《文心雕龍・聲律》）

「是以四序紛回，而入興貴閒；物色雖繁，而析辭尚簡；使味飄飄而輕舉，情曄曄而更新。」（《文心雕龍・物色》）

「視之則錦繪，聽之則絲簧，味之則甘腴，佩之則芬芳。」（《文心雕龍・總術》）

「五言居文詞之要，是眾作之有滋味者也……」（鍾嶸《詩品序》）

「使味之者無極，聞之者動心，是詩之至也」。（鍾嶸《詩品序》）

魏晉時期，「味」開始被較廣泛地運用於對自然山水的欣賞和文學藝術領域，指向眞正意義上的文學鑒賞和感受，成爲獨立的、純粹的美學概念，有了「體驗」、「領略」、「鑒賞」和「鑒賞力」、「判斷力」、「韻味」等各種隱喻意義上的使用。類似的例子並不少見。一方面因爲這類概念本身就存在從生理感官活動上升爲審美範疇進入精神活動領域的天然條件和生長空間，另一面從主體來說，感官的快感與精神的愉悅能給主體一些相似的感受，正如上面材料中孟子所說「口之於味也，有同嗜焉；耳之於聲也，有同聽焉……」當然，即使有相通相似處，精神的愉悅感和審美體驗的快感肯定是遠遠超過純粹生理快感的，否則就不會有「子在齊聞《韶》，三月不知肉味。」

劉勰《文心雕龍》多次提到「味」，此時「味」已經眞正地成爲美學、詩學範疇。或作爲動詞「品味」、鑒賞等審美體驗活動，或作爲名詞表示「美感」、感染力、審美風格，除了上面的引文，還有「餘味」、「滋味」、「遺味」、「辭味」、「風味」、「寡味」等等。「味」被廣泛地和審美感受聯繫起來，只是這些都是在論述其他問題時附帶提及，尚未成爲其理論體系中的核心概念。眞正意義上以「味」爲中心論詩的應當是從鍾嶸開始，在他那裡，不再僅僅是以「味」喻詩、借「味」論詩。鍾嶸在論五言詩中提出「風力」和「丹采」並重的有「滋味」的詩歌審美標準，有滋味的詩才能使「味之者無極，聞之者動心」。「滋味」是一種內涵豐富、不可言說的微妙感受，被賦予了某種普遍意義，成爲一種包括了語言的形象性、創作主體的情性、作品風骨和語言力度、自然的文風等方面的理論結構，同時以「滋味」理論來批評當時的不良詩風。

唐代以後，「味」開始被廣泛地用於詩論，眞正將以「味」論詩推進到一個新的階段、賦予「味」以某種形上之美意味的，是晚唐的司空圖：「辨於味，而後可以言詩」〔註 81〕並提出「味外之旨、韻外之致，象外之象、景外之景」：「戴容州云：詩家之景，如藍田日暖，良玉生煙，可望而不可置於眉睫之前也」〔註 82〕「近而不浮，遠而不盡，然後可以言韻外之致耳」〔註 83〕須「辨於味」，即具備一定的審美能力方可言詩，這是對主體的審美感受力和判斷力的要求，有了這種能力，才可以品出作品的「味外之味」。作品要「超以象外，得其環中」、「不著一字，盡得風流」，「近而不浮，遠而不盡」，能夠讓人從有限的景和象延伸到無限的時空，才有味外之味。只鹹

〔註 81〕司空圖《與李生論詩書》，《四部叢刊》本《司空表聖文集》卷二。
〔註 82〕司空圖《與極浦書》，《四部叢刊》本《司空表聖文集》卷三。
〔註 83〕司空圖《與李生論詩書》《四部叢刊》本《司空表聖文集》卷二。

酸之味不是至味，有味外味才是詩道之極，後來嚴羽說的「透徹玲瓏，不可湊泊」、「言已盡而意無窮」與之異曲同工。「近而不浮」，足以讓人產生興趣關注；「遠而不盡」，才會給人留下意猶未盡的審美愉悅。司空圖把「味」這種審美體驗活動明確地和審美想像聯繫在了一起。

司空圖之後，宋代詩學中，「味」的出現漸漸多了，被越來越多地和其他詩學範疇聯繫起來：

「發纖穠於簡古，寄至味於淡泊。」〔註 84〕

「味摩詰之詩，詩中有畫；觀摩詰之畫，畫中有詩。」〔註 85〕

「其文清和妙麗如晉、宋間人。而詩尤可愛，咀嚼有味，雜以江左、唐人之風。」〔註 86〕

「大抵句中若無意味，譬之山無煙雲，春無草樹，豈復可觀。阮嗣宗詩，專以意勝；陶淵明詩，專以味勝……淵明『狗吠深巷中，雞鳴桑樹顛』，『採菊東籬下，悠然見南山』，此景物雖在目前，而非至閒至靜之中，則不能到，此味不可及也，淵明之詩，妙在有味耳。」〔註 87〕

「荊公暮年作小詩，雅麗精絕，脱去流俗，每諷味之，便覺沆瀣生牙頰間。」〔註 88〕

「讀《詩》之法，只是熟讀涵味，自然和氣從胸中流出，其妙處不可得而言。不待安排措置，務自立說，只恁平讀著，意思自足。須是打疊得這心光蕩蕩地，不立一個

〔註 84〕蘇軾《書黃子思詩集後》《蘇東坡集》後集卷九，商務印書館，1958 年版。

〔註 85〕蘇軾《書摩詰藍田煙雨圖》，《東坡題跋》下卷，乾隆又賞齋刊本。

〔註 86〕蘇軾《邵茂誠詩集敘》，吳文治主編《宋詩話全編・蘇軾詩話》，江蘇古籍出版社，1998 年版，第 709 頁。

〔註 87〕張戒《歲寒堂詩話》，見蔣述卓《宋代文藝理論集成》，中國社會科學出版社，2000 年出版，第 726 頁。

〔註 88〕魏慶之《詩人玉屑》，中華書局，2007 年版。

字，只管虛心讀他，少間推來推去，自然推出那個道理……」〔註 89〕

「學詩者不在語言文字，當想其氣味，則詩之意得矣。」〔註 90〕

「予嘗熟味退之詩，眞出自然，其用事深密，高出老杜之上。」〔註 91〕

宋代詩論中，「味」以「餘味」、「至味」、「眞味」、「風味」等不同的形態存在著。朱子的「涵味」頗有理學家的思維特徵，是沉浸在詩的內部、充滿生命力的整體世界，重在自得於心。又云「看詩不須著意去裏面分解，但是平平地涵泳自好」，在玩味義理、咀嚼滋味的過程中自得其意味。宋代以後，「詩味」說基本只是在對前人如司空圖等人的理論進行闡發，或者是在動詞「味」的意義上來言說，並沒有特別新鮮的言說方式：

「唐司空圖教人學詩，須識味外味。坡公賞興舉以爲名言。……人之於飲食爲有滋味，若無滋味之物，誰復飲食之。爲古人盡精力於此；要見語少意多，句窮篇盡，目中恍然別有一境界意思，而其妙者意外生意，境外見意，風味之美悠然，甘辛酸鹹之外，使千載雋永，常在頰舌。今人作詩……均爲無味。……若學陶、王、韋、柳等詩，則當於平淡中求眞味。初看未見，愈久不忘。」〔註 92〕

「……詩家謂之言外句，含咀之久，不傳之妙隱然眉睫間，唯具眼者乃能賞之。古今之人，莫不飲食，鮮能知味……」〔註 93〕

〔註 89〕黎靖德編《朱子語類》，王星賢校點，中華書局，1986 年版，第 2086 頁。

〔註 90〕楊時《龜山先生語錄》，引自《中國歷代詩話選》，王大鵬等編選，嶽麓出版社，1985 年版，第 238 頁。

〔註 91〕吳文治主編《宋詩話全編‧惠洪詩話》，江蘇古籍出版社，1998 年版，第 2424 頁。

〔註 92〕揭傒斯《詩法正論》，見張健《元代詩法校考》，北京大學出版社，2001 年版，第 321 頁。

〔註 93〕元好問《自題樂府引》，四部叢刊本《遺山先生文集》卷三十六。

「作詩之妙，全在意境融徹，出音聲之外，乃得眞味。」〔註94〕

「少陵七言律，蘊藉最深。有餘地，有餘情。情中有景，景外含情。一詠三諷，味之不盡。」〔註95〕

「詩者以聲爲用者也，其微妙在抑揚抗墜之間。讀者靜氣按節，密詠恬吟，覺前人聲中難寫、響外別傳之妙，一齊俱出。朱子云：『諷詠以昌之，涵濡以體之。』眞得讀詩趣味。」〔註96〕

「七言絕句，以語近情遙，含吐不露爲主。隻眼前景口頭語，而有弦外音味外味，使人神遠。」

「陸鴻漸品嘗天下泉味，以楊子中泠爲天下第一。水味則淡，非果淡，乃天下至詩，又非飲食之味之可比也。但知飲食之味者已鮮，知泉味者又極鮮矣。」〔註97〕

無論是以名詞的「味」來論詩之本體、至境，還是以動詞的「味」來論詩之優劣，「味」都是外物作用於人的感官而產生的，它不是物質客觀存在的某種直觀和外在的屬性，是強烈依附於人的主觀感受的：

「中國人不但以表現性的方式來創造藝術，也以表現性的方式來鑒賞和評價藝術，而最能代表這種主觀性藝術審美立場的概念，莫過於『味』」。〔註98〕

「人的理性活動是爲了認識一道菜的好壞嗎？在已經形成幾何學式的味道原理，確定了構成食物的每個成分的

〔註94〕朱承爵《存餘堂詩話》，何文煥輯《歷代詩話》，中華書局，1981年版，第792頁。

〔註95〕陸時雍《詩境總論》，丁福保輯《歷代詩話續編》，中華書局，1983年版，第1416頁。

〔註96〕沈德潛《說詩晬語》，丁福保輯《清詩話》（下），上海古籍出版社，1978年版

〔註97〕〔清〕張蕭亭《師友詩傳錄》，丁福保輯《清詩話》（上），上海古籍出版社，1978年版，第144頁。

〔註98〕李壯鷹《滋味探源》，北京師範大學學報，1997年第2期。

性質之後，爲了斷定那究竟是不是一道美味，每個人都要去討論這食物構成成份的搭配嗎？不必如此，我們身上有一種感官就是爲了識別廚師是否遵循了廚藝規則而設計的。我們只要親口嘗嘗這道菜，並且不必瞭解它的調製規則，就知道它是不是美味。這在某些方面同心靈的作品或令我們愉快和感動而創作的繪畫是一樣的。」〔註 99〕（杜博斯《詩歌與繪畫的反思性批判》）

當然，承認「味」依附於人的主觀感受，並不是意味著要否認那些與自己興趣口味相悖的藝術存在的價值，也不是意味著每個人都可以因此制定一套自己的審美標準，這是另外一個層面上的問題。「味」作爲感覺體驗的核心是「直覺」和本能，是經驗性、感受性的，因而是非理性的，也可以說是不自由的，人在「味」方面的選擇和喜好，只能眞實地忠於自己內在的生命感悟，無法超越自身的直覺、本能。如同舌頭對滋味的反應一樣，無關理性思索和間接的知識、經驗，無關形而上、無法量化，這種直覺性也是「味」可以進入審美領域最重要的原因。畢竟，要品出藝術作品的情味、韻味、趣味，更多的是需要直覺和領悟，而不是分析和推理。中國人的思維方式也是重直覺感悟的，特別是審美，注重審美主客體之間通過交融和對話達到物我交融的境界。中國美學和詩學中，無論鑒賞論還是創作論都可以看到對直覺的重視，例如鍾嶸的「直尋」說、王夫之的「現量」說等等。

作爲純粹感官活動的味覺還需要觸覺等其他感官的配合，亞里士多德就認爲，「視覺、聽覺和嗅覺屬於『遠感機能』。需要經過介質（光、空氣等）才能感受到對象，觸覺和味覺相比之下屬於『近感機能』，自身可以直接感受到對象，味覺是類似於觸覺的變體，所以也具有觸摸的義項在內。」〔註 100〕作爲審美活動的「味」也是一樣，以直覺爲核心的同時，還需要心理、意識等活動的參與，各感官之間

〔註 99〕范玉吉《審美趣味的變遷》，北京大學出版社，2006 年出版，第 38 頁。

〔註 100〕亞里士多德《靈魂論及其他》，吳壽彭譯，商務印書館，1999 年出版，第 116 頁。

的滲透交融與「通感」作用才能產生連續而「回味悠長」的審美感受和審美記憶。(「美」在成爲一個抽象概念之前本身也與味覺有著密切聯繫〔註101〕)所以，這裡要強調的是，「味」作爲審美活動重直覺感悟並不等於要走向審美相對主義，它並不是靠直覺獨立完成的，雖然直覺和人的生命本體的感受是理性邏輯無法替代的，但任何感性直覺活動都有其無法擺脫前理解、前結構，沒有任何理性和意識活動參與的感性活動不存在，也不可能存在。「味」也是一樣，除了直覺，它也需要一種理性的配合，這種理性是個體的審美理想、價值取向、藝術品味和常識等因素在日常生活中的積澱，在遇到審美對象那一瞬間迅速被喚醒作出反應。就像要能夠欣賞一首詩，具備一般的語法韻律節奏常識和文化背景也是前提——當然，僅僅是積累很多這種經驗和知識，而沒有領悟和直覺的能力，也不能體驗到美。因此，「味」的瞬間需要理性，卻不是深思熟慮的理性，那種作爲審美體驗必不可少的理性已經積澱成爲感性的一部分，有這樣一種感性之理性，才能對審美對象產生「瞭解之同情」。

從「言不盡意」、「立象盡意」，到作爲審美主體的人「澄懷」以「味」象，是「味」作爲一種審美活動的必要性和存在意義，只有在「味」的過程中，「披文入情，沿波討源」，那些通過「象」來傳達的「言」與「意」之幽微含蓄的「韻味」和「韻外之致」才會向我們敞開。作爲審美範疇的、動詞的「味」是審美主體在因審美對象而產生的藝術情境和詩性空間中，通過審美想像和審美領悟去捕捉審美對象的內在意蘊和藝術精神的審美活動；「而在這個過程中，在視覺、聽覺等感官活動和個體審美情感共同作用下產生的複合的、身與心互動

〔註101〕《說文解字》中「美」的注解是：「甘也，從羊大，羊在六畜主給膳也。羊美與善同意。」段玉裁注：「甘者，五味之一，而五味之美皆曰甘，……羊大則肥美……」。日本的學者笠原仲二甚至認爲，「中國人最原初的美意識或美觀念是始於味覺美」。(笠原仲二著，魏常海譯《古代中國人的美意識》，北京大學出版社，1987年出版，第16頁。

的審美體驗又常被用名詞的『味』來指代」，〔註 102〕審美體驗所感受到的「味」是審美主體「味」的能力與審美對象共同作用的結果。在動詞的「味」的對象變遷爲審美對象的過程中，作爲名詞的「味」也從耳目口舌等感官層面的快感上升爲純粹的審美體驗：

> 「從味（體味）到味（滋味）是一個圓圈，從味（滋味）到味（體味）又是一個圓圈，兩個圓圈不僅首尾相接，而且還存在某些等距離的對應點（比如意象、氣等範疇）。這些對應並不是簡單的重疊，它們各自具有不同的中介範疇，各自表達了不同的運動層次。因此兩個『圓圈』的關係是螺旋推進的。這種『圓圈』的螺旋推進形成中國古代美學範疇運動的總體導向，形成許多成雙成對的範疇（諸如形與神、虛與實，等等）」。〔註 103〕

「味」經歷了不同時期的獨特樣態，在審美文化史和詩學史的不同時期與不同審美範疇的「互文」，構成了自身系統化的發展軌跡和意義結構，這個概念直到今天依然鮮活地存在於我們的審美意識中。

「味」這種以感悟直覺爲核心、難以用清晰邏輯的語言來傳達的審美體驗在中國文化傳統和中國人的思維方式中，不存在任何理解上的問題。而在西方美學中，「味」或者「趣味」之類的術語進入審美鑒賞領域就晚得多了，當然他們也有自己的藝術鑒賞術語，只是沒有將味覺與之聯繫起來而已。這與西方文化、思維習慣中重理性和邏輯的傳統有一定的關係，很長一段時期內，感性經驗所獲得的認識並不被信任，感官活動所獲得的快樂不被承認，只有理性所獲得的知識才被認爲是眞實可靠的。柏拉圖就認爲，美是理念，無關經驗世界、感官活動。神賜聽覺、好聽的音樂、視覺、好看的事物給人類，其目的不在於賜於人類非理性快樂，是要「用它矯正靈魂內在運動的無序，幫助我們進入和諧一致的狀態。」〔註 104〕雖然西方早期的哲學家就

〔註 102〕皮朝綱《中國美學沉思錄》，四川民族出版社，1997 年，第 72 頁。
〔註 103〕皮朝綱《中國美學沉思錄》，四川民族出版社，1997 年，第 72 頁。
〔註 104〕柏拉圖《帝邁歐篇》，上海人民出版社，2005 年版。

有關於「美」的討論和思考，但是他們認爲美與視覺和聽覺有關，無關味覺，甚至有的哲學家認爲味覺帶來的快感有享樂與放縱的意味，這與他們的倫理精神和理性精神相悖，在亞里士多德看來，「節制是同肉體快樂有關的，但它也不是同所有的肉體快樂都有關，……節制和放縱是同人與動物都具有的、所以顯得很奴性和獸性的快樂相關的，這些快樂就是味覺和觸覺……放縱受到譴責也是正確的，因爲這種感覺不是我們作爲人獨有的感覺，而是我們作爲動物所具有的感覺。沉溺於這種快樂、最喜歡這些快樂而不是別的快樂，是獸性的表現。」〔註 105〕黑格爾的觀點是：「藝術的感性事物只涉及視聽兩個認識性的感覺，至於嗅覺、味覺和觸覺則完全與藝術欣賞無關。因爲嗅覺、味覺和觸覺只涉及單純的物質和它的可直接用感官接觸的性質，例如嗅覺只涉及空氣中飛揚的物質，味覺只涉及溶解的物質，觸覺只涉及冷熱平滑等性質。因此，這三種感覺與藝術品無關，這三種感覺的快感並不起於藝術的美。」〔註 106〕因爲，「藝術作品中的感性事物本身就同時是一種觀念性的東西……在藝術裏，這些感性的形狀和聲音之所以呈現出來，並不只是爲著它們本身或是它們直接現於感官的那種模樣、形狀，而是爲著要用那種模樣去滿足更高的心靈的旨趣。」〔註 107〕「趣味」很晚才在西方美學中成爲普通使用的審美判斷術語，大約在十七世紀末十八世紀初，〔註 108〕應該說是中西方不同的文化邏輯所造成的。

三、楊萬里「詩味」說的意義

在中國古代文學理論發展過程中，「味」被不同程度地和「隱」、

〔註 105〕亞里士多德《尼可馬各倫理學》廖申白譯，商務印書館，2003 年出版，第 89～91 頁。

〔註 106〕黑格爾《美學》，第一卷，商務印書館，第 48～49 頁。

〔註 107〕黑格爾《美學》，第一卷，商務印書館，第 48～49 頁。

〔註 108〕參見范玉吉《審美趣味的變遷》，北京大學出版社，2006 年出版，第 32～38 頁。

「韻」、「意」、「境」等審美概念聯繫在一起，又因角度不同、視野不同、範圍不同、對象不同而使「味」的內涵有或多或少地差異和變遷，但它們都是詩之至境的重要組成要素。楊萬里的「詩味」理論有以下三重含義：

第一，「味」是一種婉轉含蓄、情韻幽致的美學風格，以他所推崇的晚唐詩爲代表，這是在詩歌風格的層面上來說；

第二，詩有「味外之味」，因而讀詩、品詩需要咀嚼玩味、要涵泳、自得才能領略到此中不可言傳之況味，這是在鑒賞論的層面上來說的；

第三，也是最重要的一點，楊萬里直承鍾嶸、司空圖，以「味」爲詩的本體和靈魂：所謂「去詞去意而詩有在矣」、「詩已盡而味方永」，這是從詩歌本體論的意義上來說。楊萬里《江西宗派詩序》中提出，不能「舍風味而論形似」。在「以意爲主」、「以文爲詩」的宋代詩學語境中，楊萬里對詩「味」的強調和重視有著特別重要的意義。「味」是一種詞與意之外的、使得「詩非比文」、「詩又其專門者」的核心因素，這就給了「味」一種使詩成爲詩的、本體的地位。楊萬里對於詩的言語形式之外的「味」的肯定和重視，並賦予其本體的意味，這是對詩的獨立價値和「自性」的肯定。因爲，強調味，就是強調詩之所以爲詩的本質，它與其他文體不同，它所追求的終極理想是創造審美境界，給人以審美感受。這是從他自己的創作實踐中得出的，是他從早年學江西詩派到自成一家之後，對詩的本質和靈魂的認識。既然詩的靈魂就存在於「味」中，所以作詩、品詩都應該以「味」爲旨歸。「趣味是藝術的目的，藝術無論是否服務於某些使用目的，也無論是好是壞，藝術品都要求被人們審美地感受。」〔註 109〕所以要以「味」來獲得和感受詩「味」，「味」是詩之本體，亦是獲得詩之「味」的、最符合詩歌欣賞活動之本質的方式：

〔註 109〕〔美〕E 潘諾夫斯基著，傅志強譯《視覺藝術的含義》，遼寧人民出版社，1987 年出版，第 13 頁。

「藝術可能被看成是其道德眞理的一幅寓意畫。它被看作是在其感性形式下的隱含著的某種倫理意義的一個諷喻，一種借喻的表達。但是，在對藝術的道德解釋和理論解釋這兩種情況下，藝術都絕不具有任何它自己的獨立價值。」〔註110〕

楊萬里以「味」論詩的三重意義，都是在純粹的審美性、詩性的意義上來論詩，詩要以詩性、審美性爲靈魂，並且只能審美地被感受、被品味，只有這樣，詩的靈魂才能在創作者和鑒賞者的共同作用下被呈現。

第三節　「性靈」觀

本節論述楊萬里「性靈觀」的內涵及淵源。現存資料中，楊萬里談論「性靈」的記載很少，而他卻被很多研究者奉爲性靈思想的先驅。「性靈」二字溝通著人類的理性世界與感性世界、詩與思、哲學與審美，後人在評價和總結其詩學精神時冠之「性靈」二字，是對楊萬里的詩學精神與詩歌創作的充分肯定。

吳兆路《中國性靈文學思想》一書在追溯中國性靈文學思想流變過程中，將楊萬里奉爲「性靈文學」的先驅，還有不少學者也將楊萬里歸爲「性靈」思想的代表或重要人物：

「近人言性靈說者，每以楊萬里、袁宏道、袁枚三人爲言，這三人誠足爲性靈說的代表。」〔註111〕

「楊萬里所謂『性靈』，與後來甚爲推重楊萬里的袁枚之所謂『性靈』，是有所區別的。……袁枚之所謂『性靈』，實即性情之別名，而楊萬里所說的『性靈』則正是『風趣』」。〔註112〕

〔註110〕〔德〕恩斯特・卡西爾著，甘陽譯《人論》，上海譯文出版社，2004年出版，第191頁（第九章《藝術》）。
〔註111〕郭紹虞《郭紹虞說文論》，上海古籍出版社，2000年版，第175頁。
〔註112〕韓經太《宋代詩學史論》，吉林教育出版社，1995年版，第141頁。

「性靈之說，實由誠齋生發而來。」〔註 113〕

袁枚在《隨園詩話》中說：

「楊誠齋曰：『從來天分低拙之人，好談格調，而不解風趣。何也？格調是空架子，有腔口易描；風趣專寫性靈，非天才不辦。』余深愛其言。須知有性情，便有格律，格律不在性情外。」〔註 114〕

「詩有音節清脆，如雪竹冰絲，非人間凡響；皆由天性使然，非關學問，在唐則青蓮一人……宋有楊誠齋。」〔註 115〕

「誠齋，一代作手，談何容易！……其天才清妙，絕類太白，瑕瑜不掩，正是此公眞處。」〔註 116〕

「性」即情性，「靈」即靈感、靈機，中國古典詩學中與「靈感」相關的詩學概念有很多，例如神韻、妙悟、感興、靈氣、神思等等。詩之創作主「性靈」，是詩歌自身的要求。「性靈」思想的美學精神本質是崇尚眞實、自然、個性，如果從其精神來追溯，「性靈」觀的淵源與萌芽可以追溯到先秦時代的道家，特別是莊子。在中國美學史上，唯美任情的藝術和美學精神大多和道家哲學特別是莊學精神有或多或少的關係：

「南郭子綦隱機而坐，仰天而嘘，荅焉似喪其耦。顏成子游立侍乎前，曰：『何居乎？形固可使如槁木，而心固可使如死灰乎？今之隱機者，非昔之隱機者也？』子綦曰：『偃，不亦善乎，而問之也！今者吾喪我，汝知之乎？女聞人籟，而未聞地籟，女聞地籟而未聞天籟夫！』……

子游曰：『地籟則眾竅是已，人籟則比竹是已，敢問天

〔註 113〕〔日〕鈴木虎雄《中國詩論史》許總譯，廣西人民出版社，1981 年版，第 187 頁。

〔註 114〕袁枚《隨園詩話》，顧學頡校點，人民文學出版社，1982 年版，第 2 頁。

〔註 115〕袁枚《隨園詩話》，顧學頡校點，人民文學出版社，1982 年版，卷九。

〔註 116〕袁枚《隨園詩話》，顧學頡校點，人民文學出版社，1982 年版，卷八。

籟。』子綦曰：『夫吹萬不同，而使其自已也，咸其自取，怒者其誰邪？』」（《莊子．齊物論》）

「眞者，精誠之至也。不精不誠，不能動人。」（《莊子．漁父》）

「山林與，皋壤與，使我欣欣然而樂與！」（《莊子．知北遊》）

「獨與天地精神往來，而不敖倪於萬物。」（《莊子．天下》）

嚴格地來說，中國古典詩論中最早提到「性靈」一詞的，是《文心雕龍》：

「仰觀吐曜，俯察含章，高卑定位，故兩儀既生矣。惟人參之，性靈所鍾，是謂三才。爲五行之秀，實天地之心。心生而言立，言立而文明，自然之道也。」（《原道》）

「夫宇宙綿邈，黎獻紛雜，拔萃出類，智朮而已；歲月飄忽，性靈不居，騰聲飛實，制作而已。夫有肖貌天地，稟性五才，擬耳目於日月，方聲氣乎風雷，其超出萬物，亦已靈矣。」（《序志》）

南北朝及以後，「性靈」常被詩論者提到：

「《詠懷》之作，可以陶性靈，發幽思。言在耳目之內，情寄八荒之表。」（鍾嶸《詩品》）

「至於陶冶性靈，從容諷諫，入其滋味，亦樂事也……」（《顏氏家訓．文章》）

「四始六義，實動性靈。」（顏之推《謝趙王示新詩啓》）

「竊聞平陽擊石，山谷爲之調；大禹吹�，風雲爲之動，與夫含吐性靈，抑揚詞氣，曲變陽春，光回白日，豈得同年而語哉！」（庾信《趙國公集序》）

「東道有佳作，南朝無此人。性靈出萬象，風骨超常倫。」（高適《答侯少府》）

「陶冶性靈存底物，新詩改罷自長吟。」（杜甫《解悶

十二首》其七）

「宋、齊之間，教失根本，士以簡慢歙習舒徐相尚，文章以風容色澤放曠精清爲高。蓋吟寫性靈，流連光景之文也……」（元稹《唐故工部員外郎杜君墓係銘並序》）

在楊萬里、公安派、性靈派之前，詩文陶冶性靈的看法已經存在並爲很多詩人、詩論者所承認，但是「性靈」並沒有被認定爲詩文的唯一根源，「性靈」的含義和言說語境也各有不同。例如劉勰的「性靈」就是指人的靈智聰慧的秉性、生命之靈氣，人是五行所生出的靈秀，是天地的心靈，有心靈，才有了語言，然後才有了「文」，人是「性靈所鍾」，「心」是文學創作之源，「文」應當是人之「性靈」的外化，文學要表現「性靈」。劉勰一方面道出天地萬物惟有人爲性靈所鍾，可參贊天地化育之功；一方面又感傷「歲月飄忽，性靈不居」，而人能夠超越這歲月與無常的只有努力保持「性靈」，將生命過程中由「興」而產生的情、所悟到的理和樹立的志向「精理成文，秀氣成采」，立德立言。鍾嶸所說的「性靈」指向的是「情性」。顏之推、元稹、杜甫等人所講的「性靈」基本上也是此意，高適所說的「性靈」又不同於一般的「性情」，更接近於一種靈妙的「悟性」、玄心洞識、穎悟妙賞。

楊萬里是在與「格調」對立的層面上談「性靈」。縱觀現存的楊萬里詩學思想資料可以發現，除了上面提到的袁枚在《隨園詩話》中引用的那段話，楊萬里幾乎沒有更多地談論過「性靈」，但他卻被很多學者認定爲性靈思想的代表人物之一，無論楊萬里與公安派的「性靈」思想有無直接關係，後人在評價和總結其詩學精神時冠之以「性靈」二字，是對他的一個很高的肯定。這些評價同時也表明，即使是在重「意」、「理」的宋代詩學中，「性靈」思想仍然得到了昇華。「性靈」二字溝通著人類的理性世界與感性世界、詩與思、哲學與審美，這至少表明誠齋詩學在理學詩論爲主流的語境中做出了解決「情」與「理」衝突的努力與嘗試，這在理學與詩學精神衝突的宋代詩學語境中有著極爲重要的意義。

楊萬里詩學思想與詩歌創作中的「性靈」觀從根本上來說，仍然是以「感興」的創作發生論和「吟詠情性」的詩歌本質論爲出發點的。如果把「性靈」二字理解爲楊萬里詩學思想和詩歌風貌的總結，其「性靈」觀的外延是：自由靈動的創作理念、活潑風趣的詩歌語言以及鮮活自然的詩歌整體風貌，所有這些都是要求去陳規、去方法、去「格調」的。詩要「專寫性靈」，發自「本心」，眞實表達「心靈」，不拘於格套。這是對自由、眞實的審美體驗的自覺追求。具體表現爲：1.重「感興」、尙自然、眞美、「風趣」；2.取材不拘一格的詩歌創作與靈動活潑的詩意世界，與後來公安派、性靈派所推崇的「獨抒性靈，不拘一格」十分相似；3.以詩歌創作爲「超越」之途。在楊萬里這裡，「性靈」是蘊含在「感興」「風趣」等詩學思想和具體創作實踐中的，正如林語堂先生所說：

> 「性靈賴素時之培養。一人有一人之個性，以此個性無拘無礙自由自在表之文學，便叫性靈……在文學上主張發揮個性，向來稱之爲性靈，性靈即個性也。大抵主張自抒胸臆，發揮已見，有眞喜，有眞惡，有奇嗜，有奇忌，悉數出之，即使瑕瑜並見，亦所不顧，即使爲世俗所笑，亦所不顧，即使觸犯先哲，亦所不顧，惟斷斷不肯出賣靈魂……性靈派所喜文字……取其自己見到之景，自己心頭之情，自己領會之事，信筆直書，便是文字，捨此皆非文學。是故言性靈必先打倒格套。……一戒剽竊陳言，一戒網羅舊集，一戒支離補湊……思想之進步終賴性靈文人有此氣魄，抒發胸襟，爲之別開生面也，否則陳陳相因，千篇一律，而一國思想陷於抄襲模仿停滯，而終至於死亡。古來文學有聖賢而無我，故死，性靈文學有我而無聖賢，故生。」〔註117〕

〔註117〕林語堂《林語堂批評文集》沈永寶編，珠海出版社，1998年版，第184～186頁。

楊萬里的「性靈」詩學思想和詩歌風貌形成的原因很多。其人格中有「任情自適」、疏狂豪放的一面：暢遊山水、寄意於山水的風雅之懷、眞摯之情與閒適之趣，以天地爲至美、逍遙自得的人生態度和自由的人生理想、冥會自然的思維方式，這些都是他詩思靈妙的重要保障。在純粹的個體精神生活中，詩文並不負載太多政治或社會意義，只是一種精神歸宿和寄託；「性靈」觀也是對傳統詩學中「吟詠情性」一脈的繼續和深化；此外，也與他儒學思想中的心學傾向有著一定的關聯。

明代公安派的袁宏道則是將流自性靈之詩與出自模擬之詩對舉：

> 「世之稱詩者，必曰唐；稱唐詩者，必曰初曰盛。唯中郎不然，曰：以出自性靈者爲眞詩爾，夫性靈竅於心，寓於境。境所偶觸，心能攝之；心所欲吐，腕能運之。……以心攝境，以腕運心，則性靈無不畢達，是之謂眞詩。……夫唐人千歲而新，今人脫手而舊，豈非流自性靈與出自模擬者所從來異乎！……流自性靈者，不期新而新；出自模擬者，力求脫舊而轉得舊。由斯以觀，詩期於自性靈出爾，又何必唐，何必初與盛之爲沾沾哉？」（江盈科《敝篋集序》引袁宏道語，《袁宏道集箋校》附錄三）

> 「大都獨抒性靈，不拘格套，非從自己胸臆流出，不肯下筆。有時情與境會，頃刻千言，如水東注，令人奪魄。其間有佳處，亦有疵處；佳處自不必言，即疵處亦多本色獨造語。然予極喜其疵處，而所謂佳者，尚不能不以粉飾蹈襲爲恨，以爲未能盡脫近代文人習氣之故也。」〔註 118〕

> 「蘇子瞻酷嗜陶令詩，貴其淡而適也。凡物釀之得甘，炙之得苦，惟淡也不可造；不可造，是文之眞性靈也。」〔註 119〕

〔註 118〕袁宏道《敘小修詩》北京大學哲學系美學教研室《中國美學史資料選編》（下），中華書局，1980 年出版，第 155 頁。

〔註 119〕《敘咼氏家繩集》，袁宏道著，錢伯城校箋：《袁宏道集校箋》（中），第 1103 頁。

清代「性靈派」的袁枚也是在反對復古模擬的意義上談「性靈」：

> 「天涯有客號吟癡，誤把抄書當作詩。抄到鍾嶸《詩品》日，該他知道性靈時。」（袁枚《仿元遺山論詩》）
>
> 「且夫詩者由情生者也。有必不可解之情，而後有必不可朽之詩。」〔註 120〕
>
> 「凡詩之傳者，都是性靈，不關堆垛。」「情從心出，非有一種芬芳悱惻之懷，便不能哀感頑豔。」〔註 121〕

楊萬里、公安派與性靈派都以「性靈」爲詩心——「師心不師道」，都否定模仿、格套，而且又都強調「感興」，追尋物我的契合相融、心與山水的交相感應、自然靈氣與人之性靈的「興會」……此時，性靈自由流淌，不必步古人之後塵，不必苛求格調，我手寫我心，使眞實性靈自然流露於詩中，這樣的詩才是眞詩，這也是詩的眞正價值所在。通過對比可以發現，明代的公安派和清代的性靈派與楊萬里的「性靈觀」確實有著一定的淵源。錢鍾書先生在《談藝錄》中論及「性靈」時說：「直寫性靈，初非易事。性之不靈，何貴直寫。即其由虛生白，神光頓朗，心葩忽發，而由心至口，出口入手，其果能不煩絲毫繩削而自合乎。……今日之性靈，適昔日學問之化而相忘，習慣以成自然者也。神來興發，意得手隨，洋洋只知寫吾胸中之所有，沛然覺肺肝所流出，人己古新之界，蓋超越而兩忘之。故不僅髮膚心性爲『我』，即身外之物、意中之人，凡足以應我需、牽我情、供我用者，亦莫非我有。」〔註 122〕這段話將「性靈」與「感興」、靈感之間的關聯論述的十分充分。特別是最後一句，與本章第一節中楊萬里論「感興」時所說的：「詩皆感物而發，觸興而作，使古今百家萬象景物皆不能役我而役於我」有異曲同工之妙。

如果說「感興」是對自然、造化的重視，是自然給予了楊萬里詩

〔註 120〕袁枚《答蕺園論詩書》，《袁枚全集》第二冊，江蘇古籍出版社，1993 年 9 月，第 527 頁。

〔註 121〕袁枚《隨園詩話》卷六・四三，《袁枚全集》第三冊，第 177 頁。

〔註 122〕錢鍾書《談藝錄》，中華書局，1984 年版，第 205～206 頁。

思詩情詩興和精神愉悅：「一江風月兩溪雲，總與誠齋是故人」（《跋常寧縣丞葛齊松子固衡永道中行紀詩卷》）；那麼「性靈」則是對心靈、個性的強調，「性靈」給予他有情之詩心，這是與自然精神契合的可能；楊萬里「內師心源，外師造化」的詩學思維使得他筆下的自然萬象靈動可愛，生機勃勃：

「清風索我吟，明月勸我飲。醉倒落花前，天地即衾枕。」（《又自贊》）

「午夢西湖泛煙水，畫船撐入荷花底。雨聲一陣打疏蓬，驚開睡眼初蒙松。

乃是池荷跳急雨，散了眞珠又還聚。幸然聚作水銀泓，瀉入清波無覓處。」（《小池荷葉雨聲》）

「雀聲只喜曉晴新，不管畦蔬雨未勻。日與山光弄秋色，風將竹影掃窗塵。多時浙右無消息，匆有書來問老人。知我近來頭白盡，寒暄語外更情親。」（《雨晴得毗陵故舊書》）。

「櫻桃一雨半凋零，更與黃鸝翠羽爭。計會小風留紫脆，殷勤落日弄紅明。

摘來珠顆光如濕，走下金盤不待傾。天上薦新舊分賜，兒童猶解憶寅清。」（《櫻桃》）

「山雨無休歇，江雲政鬱蔥。如何急灘水，更著打頭風。草作傷心碧，花能可意紅。一年春好處，卻在道途中。」（《北風》）

「青天白日十分晴，轎上蕭蕭忽雨聲。卻是松梢霜水落，雨聲那得此聲清？」（《明發房溪》其一）

「有花無葉也孤寒，有葉無花草一般。最是桃花饒態度，醉紅嬌綠惱人看。」（《東園探桃李》二首其一）

「細草搖頭忽報儂，披襟攔得一西風。荷花入暮猶愁熱，低面深藏碧傘中。」（《暮熱遊荷池五首》其三）

「春跡無痕可得尋，不將詩眼看春心。鶯邊楊柳鷗邊

草，一日青來一日深。」(《過楊二渡》三首其一)

「落日無情最有情，遍催萬樹暮蟬鳴。」(《初秋行圃》)

袁枚謂誠齋詩：「天才清妙，絕類太白，瑕瑜不掩，正是此公眞處。」〔註 123〕這類詩的共同之處在於，自然的詩化、人格化，呈現出各種活潑潑的情態。這可能就是楊萬里所謂的「風趣」。詩是個體眞性情、獨特精神的藝術表達，「見乎表者作乎裏，形於事者發乎心，是心作焉。」〔註 124〕他自己說：「書詩莫吟。讀書兩眼枯見骨，吟詩箇字嘔出心。人言讀書樂，人言吟詩好。口吻長作秋蟲聲，只令君瘦令君老。君瘦君老且勿論，傍人聽之亦煩惱。何如閉目坐齋房，下簾掃地自焚香。聽風聽雨都有味，健來即行倦來睡。」(《書莫讀》)正因爲「聽風聽雨都有味」，才能夠使最平凡的事物經過性靈之點化而產生妙趣橫生的審美意蘊。

楊萬里的「感興」說、「詩味」說、「性靈」觀及其詩歌創作實踐在本源上是渾然一體的：都是對自然、眞美的推崇，以「生命」、「自然」和「本心」爲藝術原動力。這對於消解當時理學詩論的重意、重理、重才學等理性主義精神以及去除江西詩法的弊端和詩壇上一些模仿前人的陳腐之氣有著十分重要的意義。楊萬里詩學主張側重個體生命情感的表達和滿足，同時又充滿生活與世俗的氣息，有重要的人本主義價值和人文精神，蘊含著傳統詩學中的抒情傳統、重「誠」尚「眞」和「修辭立其誠」的哲學理念以及傳統審美文化的精神旨趣。

〔註 123〕袁枚《隨園詩話》，人民文學出版社，1982 年出版，第 272 頁。

〔註 124〕楊萬里《庸言》第十，《誠齋集》卷九十二，見王琦珍整理《楊萬里詩文集》(中)，江西人民出版社，2006 年出版，第 1465 頁。

第三章　理學與楊萬里詩學

本章論述楊萬里的「詩者，矯天下之具」的詩歌功能論、「溫柔敦厚」的詩歌風格論、詩性詩法論及其與理學精神的關聯。

第一節　詩歌功能論與作家修養論

本節的主要內容是楊萬里的文學與詩歌功能論及作家修養論，他以「載道」、「明道」爲文章功能，以「矯天下之具」爲詩歌社會功能；在作家修養方面，和傳統的文品——人品論一樣，楊萬里認爲有獨立的主體精神和自由的道德人格，内心之德性自然投射在文學中，才有可能寫出可以「矯天下」之詩文。

一、詩歌功能論

楊萬里所在的南宋時期眾理學流派不論是心性之學、義理之學，亦或事功之學，還有當時的文學家，在文章觀念上都有一定的政治訴求和現實關懷。雖然楊萬里也厭惡周圍政治環境，嚮往自由自在的人生境界，他的詩歌創作中有追求「感興」「性靈」的一面，但作爲一個有經世精神的儒家文人，楊萬里鄙視不切實切的浮靡文風，注重文章與道德人格和社會現實的關係，鄙視以詩求名，爲名作詩的行爲：「可笑詩人死愛名，吻間長作候蟲聲。煉成九轉丹砂著，贏得千莖白雪生。政使古今傳不朽，不知身世竟何成。」〔註1〕楊萬里在《問本朝歐蘇二公文章》中說：

「抗裂膚之寒，則錦繡盈篋，不如一裘之溫；乘汩天之浪，則蘭桂爲舟，不如一弧之固。此言天下之事，虛華而不如實用也。嗟乎！爲文章而無益於實用，是特輕浮小兒販名一技耳，何貴於文章哉？甚矣！文章之弊也。世之才人文匠，未有不溺於浮華者，彼其泚筆點畫，鐫肝鏤心，孰不齒嚼冰霜，眼染雲煙，思所以平步作者之壇，潛達造化之柄哉。是故，誇其健則必欲如風檣陣馬，鬥其豔則必欲如趙舞燕歌，逞其奇則必欲如峻峰激流，競其美則必欲如金輿玉輦。甚至剖一字之奇、煉一言之巧，必欲聱牙屈曲、鏗鍧琮錚，使人戛戛難讀，然後愜其意。甚者，目視飛鴻，氣如虹蜺，自謂可以虎踞詞林，鳳翥文圃，價壓機、雲，而香薰賈、馬，牙官屈、宋而奴隸《離騷》矣。嗚呼！美則美矣，施之於用，何所補耶？是獨未知聖賢君子之文章也。昔者孔子未嘗有意於爲文，以聖道之蠹蝕，於是而有六經；孟子未嘗有意於文也，以仁義之視爲榛蕪，於是而有七篇。使聖道明而仁義行，別孔孟豈有是哉？下至漢之賈誼、董仲舒、劉向、揚雄，唐之韓昌黎、陸宣公，是數子，雖不足以望孔孟，然亦非摛繪其文，爲浮華者也。今取而讀之，若《治安》之策，若三篇之文，若《新語》、《說苑》之作，若《太玄（元）》、《法言》之書，若《原道》之論，若奏議之集，無非道德性命之理，君臣父子之教，禮樂政治之法。其意純而深，其文典而雅，充乎其如五穀之飽人也，溫乎其如布帛之暖體也。是其文之有實而可用爲。」〔註2〕

〔註1〕楊萬里《和姜邦傑春坊再贈七字》，《誠齋集》卷二十三。見王琦珍整理《楊萬里詩文集》（上），江西人民出版社，2006 年出版，第 405 頁。

〔註2〕楊萬里《問本朝歐蘇二公文章》，《誠齋策問》胡思敬《豫章叢書》集部（6），江西教育出版社，2004 年 11 月出版，第 315 頁。

楊萬里批評「鐫肝鏤心」、「溺於浮華」、只用心於雕琢詞句而無視文道與實用之輩根本不懂聖賢君子文章，在文章觀念上他與古文家的「文以載道」、「文以明道」一脈相承。從社會環境來看，「使聖道明而仁義行，別孔孟豈有是哉？」楊萬里認爲正是因爲禮崩樂壞，聖道不明所以才要有「文」來明「道」。從文章作用來看，要「充乎其如五穀之飽人也，溫乎其如布帛之暖體也」——實用成爲楊萬里評價文章好壞的基本立場和標準，他自己有大量的奏議策論文章，有強烈的現實關懷與批判精神，從不無病呻吟或歌功頌德，他說「昔者典謨之書無豐年，而麟經有豐年；鄒魯無文士，而錦城多文士；夫子宰中都無治聲，而卓、魯有治聲。豈列國兄於堯舜，洙泗弟於巴蜀，而二子賢於將聖耶？」〔註 3〕認爲越是禮崩樂壞的時代越容易盛產歌功頌德之文章。

楊萬里認爲，孔子未嘗有意於爲文，「以聖道之囊蝕，於是而有六經」；孟子未嘗有意於爲文，「以仁義之榛蕪，於是而有七篇」，又以宋代歐、蘇二位大家舉例論述：「六一先生之文，今天下人人讀之，學者人人師之，愚不復具陳，姑舉其一條以見其他。且如《本論》之文序，其所以麾異端之道，必推原其病之所自來。欲先以禮義堤障人心，雍容閒雅，不迫不怒，使釋氏之教，可不勞寸兵尺鐵而囚聲永遁，譬如端莊君子，冠冕佩玉，垂紳正笏，坐於廟堂之上，呼小人於庭下，而徐責其罪，雖無橫劍膠柱，急叱大罵之威，而彼將汗顏赧頤，羞死不暇。嗚呼，作文而有用如此，是眞文章矣。……東坡先生之文，今天下人人讀之，學者人人師之，愚不復具陳。姑撮其一端以見其餘。且如上神宗皇帝之書，獻其三事之說，廣譬而博喻，旁論而曲證。其言詳緩明白，直欲納其君於堯舜禹湯之域。初無矯詐激詭之態，以觸逆鱗之怒而釣直名也。譬如耆術參桂，性和而不暴，溫而不烈，優游浸漬，已人之疾於不識不知之中，而不見驟愈之效。嗚呼，作文而有

〔註 3〕楊萬里《問太平歌頌》，《誠齋策問》胡思敬《豫章叢書》集部（6），江西教育出版社，2004 年 11 月出版，第 311 頁。

用如此，是眞文章矣。」〔註4〕認爲像歐蘇一般溫柔敦厚且「載道」之文，方爲「眞文章」。身爲儒家文人，楊萬里一方面以「正君心」爲己任，一方面十分注重完善自身道德人格修養、涵養心性，同時努力以文學的實用功能來「覺民行道」以影響社會價值觀念和政治，使「天下歸仁」。楊萬里作爲入仕爲官且深受理學思想影響的文人士大夫，在《〈詩〉論》中論及《詩經》的本意和功能時，提出「詩也者，矯天下之具也」的觀點，秉承了儒家傳統的「詩教」觀念：

「天下之善不善，聖人視之甚徐而甚迫。甚徐而甚迫者，導其善者以之於道，矯其不善者以復於道也。宜徐而迫，天下之善始惑；宜迫而徐，天下之不善始逋。蓋逋因於莫之矯，而惑起於莫之導。善而莫之導，是謂窒善；不善而莫之矯，是謂之開不善。聖人反是：徐其所不宜迫，而迫其所不宜徐。經之自《易》而《書》，非不備也，然皆所以徐天下者也。啓其扃，聽其入；坦其軌，縱其馳。入也、馳也、否也：聖人油然不之責也。天下皆善乎？天下不能皆善。則不善亦可導乎？聖人之徐，於是變而爲迫，非樂於迫也，欲不變而不得也。迫之者，矯之也，是故有《詩》焉。詩也者，矯天下之具也。而或者曰：『聖人之道，《禮》嚴而《詩》寬。』嗟乎！孰知《禮》之嚴爲嚴之寬、《詩》之寬爲寬之嚴也歟？蓋聖人將有以矯天下，必先有以鉤天下之至情；得其至情，而隨以矯，夫安得不從？蓋天下之至情，矯生於愧，愧生於議，議生於眾。愧，非議則安；議，非眾則私。安，則不愧其愧，私，則反議其議。聖人不使天下不愧其愧、反議其議也，於是舉眾以議之，舉議以愧之，則天下之不善者不得不愧。愧斯矯，矯斯復，復斯善矣。此《詩》之教也。」〔註5〕

「詩人之言，至發其君宮闈不修之隱慝，而亦不舍匹

〔註4〕楊萬里《問本朝歐蘇二公文章》，《誠齋策問》胡思敬《豫章叢書》集部（6），江西教育出版社，2004年11月出版，第315頁。

〔註5〕楊萬里《誠齋集》卷八十四《〈詩〉論》，見王琦珍整理《楊萬里詩文集》（中），江西人民出版社，2006年出版，第1317～1318頁。

夫匹婦復關、溱洧之過。歌詠文武之遺風餘澤，而歎息東周列國之亂。哀窮屈而憎貪讒，深陳而悉數，作非一人，詞非一口，則議之者豈寡耶？夫人之爲不善，非不自知也，而自赦也。自赦而後自肆。自赦而天下不赦也，則其肆必收。聖人引天下之眾，以議天下之善不善，此《詩》之所以作也。故《詩》也者，收天下之肆者也。」〔註6〕

「正心修身之學，開物成務之才。形諸藝文，蓋金聲玉振之餘響……」〔註7〕

這裡的《詩》是特指詩三百，並非普遍意義上詩歌。在《〈詩〉論》開篇，楊萬里以社會風氣或個人德行的「善」與「不善」來論「導」與「矯」：對於善者，引導便可歸於正道；對於「不善」者，只能「矯其不善者以復於道」，若視而不見，就是「開不善」，所以聖人認爲矯「不善」之事「甚迫」。

第一章中已經提到過，楊萬里的道統意識十分明確：「大路之謂道，小徑之謂術。正途之謂道，邪徑之謂術。天下共由而無誤之謂道，一夫取疾而終迷之謂術。……故夫堯、舜、禹、湯、文武周公、孔子、孟子、顏子之道，道也。老、佛、管、商、申、韓之道，非道也，術也。」〔註8〕關於道之體仁之端，楊萬里認爲：「惻言愛，隱言痛也。覺其痛之謂隱，愛其痛之謂惻。痛於彼，惻於此，而仁不可勝用矣……」「仁者，覺也。覺何以爲仁？楊子曰：覺則愛心生，不覺則愛心息，覺一身之痛癢者，愛及乎一身，故孝子髮不毀；覺萬民之痛癢者，愛及乎萬民，故文王視民如傷；覺萬物之痛癢者，愛及乎萬物……」〔註9〕「覺」

〔註6〕楊萬里《誠齋集》卷八十四《〈詩〉論》，見王琦珍整理《楊萬里詩文集》（中），江西人民出版社，2006年出版，第1318～1319頁。

〔註7〕楊萬里《答常州守陳時中交代啓》，《誠齋集》卷五十二，見王琦珍整理《楊萬里詩文集》（中），江西人民出版社，2006年出版，第899頁。

〔註8〕楊萬里《庸言》十一，《誠齋集》卷九十三，見王琦珍整理《楊萬里詩文集》（中），江西人民出版社，2006年出版，第1467頁。

〔註9〕楊萬里《庸言》二、四，《誠齋集》卷九十二，見王琦珍整理《楊萬里詩文集》（中），江西人民出版社，2006年出版，第1448、1451頁。

是「仁」之端。

《詩》本來是承載著古人的喜怒哀樂，如何將其納入儒家仁義禮樂之「道」的範圍內呢？楊萬里認爲，「聖人將有以矯天下，必先有以鉤天下之至情」，聖人通過喚醒人內心深處的「至情」，使其「覺」而生愛心，發現心中之「仁」，從而實現對人心人情的「矯正」和引導；使「不善」者不得不愧其「不善」，進而矯正其心，亦「覺」心中之仁。人會有不善之舉，並非是自己心中不知，而是放任自己去行不善之事。這種「肆」，是聖人所憂慮的。《詩》可以「矯」人心或社會之「不善」也是因爲以「至情」爲出發點，從內容上來說，表達的是合於仁心、良知之「至情」，因此《詩》可以使天下人之放縱、偏邪以歸於正。「矯天下之具」作爲《詩》的重要功能，去人心之中「不善」，而引導其歸於善，這是《詩》與《禮》《樂》等經典共通的地方。從整個社會來說：「聖人引天下之眾以議天下之善不善，此詩之所以作也」，持社會之公斷爲道德人格立法，道出了文學參與社會價值評判的功能。

楊萬里以「詩教」來解讀詩經，這是將其作爲《詩經》的社會功能，而並非是他關於詩歌本質的理論。道德教化功能得以實現的理論依據與理學心性論中的道德自覺精神相通，所謂「矯天下之具」，是認爲《詩經》的本意和功能是以道德力量喚醒世人和整個社會的道德良知自覺。拋開被添加、僵化或附會了的工具色彩與功利意味，無論是儒家的「詩教」傳統，還是楊萬里提出的「詩者，矯天下之具」，從對個人成德的角度來說，它們本來與理學、心學等心性哲學中的工夫論和「內在超越」一樣，也是一種心性與德性實踐，所謂「自明誠之謂教」，以「詩」爲「教」，以「詩」爲「師」，就是通過「詩」使人的自身之性理覺醒、顯現、去蔽而明，「詩」和「經」、「理」、「道」等一同參與人的心性世界與實踐體系。

儒家文學功能論中的「詩教」傳統可以追溯到先秦：《周易・繫辭上》中有「鼓天下之動者存乎辭」之說，孔子有「興觀群怨」、「興於詩、立於禮、成於樂」之說。

「詩」「樂」「舞」產生之初的主要功能是體現在宗教方面，隨著人類從原始蒙昧狀態進入文明社會，這些藝術形態在承載宗教意義的同時，在自身不斷豐富、成熟的同時，更多的開始與「教」相聯繫，被附加了社會功能與倫理意味。而「詩」與「教」、「樂」與「教」可以相通的根據在於人心、人性。《禮記．樂記》中說：

> 「凡音者，生於人心者也；樂者，通倫理者也。是故知聲而不知音者，禽獸是也；知音而不知樂者，眾庶是也。唯君子爲能知樂。是故審聲以知音，審音以知樂，審樂以知政，而治道備矣！是故不知聲者不可與言音，不知音者不可與言樂，知樂則幾於禮矣！禮樂皆得謂之有德。……樂也者，聖人之所樂也，而可以善民心。其感人深，其移風易俗，故先王著其教焉。夫民有血氣心知之性，而無哀樂喜怒之常，應感起物而動，然後心術形焉。是故志微噍殺之音作而民思憂，嘽諧慢易繁文簡節之音作而民康樂，粗厲猛起奮末廣賁之音作而民剛毅，廉直勁正莊誠之音作而民肅敬，寬裕肉好順成和動之音作而民慈愛，流辟邪散狄成滌濫之音作而民淫亂。……而文以琴瑟，動以干戚，飾以羽旄，從以簫管，奮至德之光，動四氣之和，以著萬物之理。是故清明象天，廣大象地，終始象四時，周還象風雨，五色成文而不亂，八風從律而不奸，百度得數而有常。小大相成，終始相生，倡和清濁，迭相爲經。故樂行而倫清，耳目聰明，血氣和平，移風易俗，天下皆寧。」

「凡音者，生於人心者也。」這不同於以往認爲樂是上天賜予或神創造的觀念，認爲外界事物的變化使人的感情產生各種變化，音樂則是這些感情變化的表現。這種感於外物而發的聲音，按照宮、商、角、徵、羽排列變化，形成高低抑揚、有節奏的音調，按照一定的音調歌唱、演奏，就是樂。樂是由「感」而生，可以淨化心靈、陶冶心性；同時，「樂」的精神與「至德之光」「四氣之和」「萬物之理」相通，有道德倫理屬性：有孝悌忠信、仁義禮智，於個體而言，可以通過音樂來影響人的德行與操守，可以正言行，人不經過禮樂教化便無法成為一個品德高尚的人，修習禮樂非常重要；從整個社會而言，樂可以美教化、移風俗、弘揚美善、善民心、天下平。

《禮記・經解》中說：「孔子曰：『入其國，其教可知也。其為人也溫柔敦厚，《詩》教也；疏通知遠，《書》教也；廣博易良，《樂》教也；絜靜精微，《易》教也；恭儉莊敬，《禮》教也；屬辭比事，《春秋》教也。故《詩》之失愚，《書》之失誣，《樂》之失奢，《易》之失賊，《禮》之失煩，《春秋》之失亂。其為人也溫柔敦厚而不愚，則深於詩者也……』」《詩》的薰陶可以使人有淳良的善意、誠樸寬厚的人格底蘊、溫厚和平的性情、從容深厚的風俗。六經之教中，《詩》居其首。「詩教」思想既具有人文關懷又有社會政治價值，在中國詩學史、文學史乃至美學史、文化史上都產生了深遠的影響。單從詩歌方面來說，其本身的人文精神也被詩人們自覺內化為一種詩學原則，成為後世很多詩人和詩論者奉行的創作標準和批評原則，並發展成為詩學中的一個重要範疇。「情發於聲，聲成文謂之音，治世之音安以樂，其政和；亂世之音怨以怒，其政乖；亡國之音哀以思，其民困。故正得失，動天地，感鬼神，莫近於詩。先王以是經夫婦，成孝敬，厚人倫，美教化，移風俗」。（《毛詩序》）因為詩歌有強烈的藝術感染力，又有獨特的認識論價值，先王才用來完善道德，實施教化。《漢書》和《論衡》中也有對文學、藝術教化功能的闡發：

> 「《六經》之道同歸，而《禮》、《樂》之用為急。治身者斯須忘禮，則暴嫚入之矣；為國者一朝失禮，則荒亂及之矣。人函天、地、陰、陽之氣，有喜、怒、哀、樂之情。天稟其性而不能節也，聖人能為之節而不能絕也，故象天、地而制禮、樂，所以通神明，立人倫，正情性，節萬事者也。……樂者，聖人之所樂也，而可以善民心。其感人深，移風易俗，故先王著其教焉。夫民有血、氣、心、知之性，而無哀、樂、喜、怒之常，應感而動，然後心術形焉。是以纖微憔瘁之音作，而民思憂；闡諧嫚易之音作，而民康

樂；粗厲猛奮之音作，而民剛毅；廉直正誠之音作，而民肅敬；寬裕和順之音作，而民慈愛；流辟邪散之音作，而民淫亂。先王恥其亂也，故制雅頌之聲，本之情性，稽之度數，制之禮儀，合生氣之和，異五常之行，使之陽而不散，陰而不集，剛氣不怒，柔氣不懾，四暢交於中，而發作於外，皆安其位而不相奪，足以感動人之善心也，不使邪氣得接焉，是先王立樂之方也。」（《漢書・禮樂志》）

這裡是將天地之「氣」、人之「情」與音樂相溝通。人因爲秉承天地陰陽之氣而有喜怒哀樂之情，這些「情」，有的是需要節制和匡正的，而「樂」是天地之和，可以「通神明」「正情性」，不同的音樂對百姓有著不同的作用，好的音樂可以使人之「情」符合天地之性，這也是先王立樂的初衷。

王充認爲，「聖賢之興文也，起事不空爲，因因不妄作。作有益於化，化有補於正。」（《論衡・對作》）又說「天文人文，豈徒調墨弄筆，爲美麗之觀哉？載人之行，傳人之名也。善人願載，思勉爲善；邪人惡載，力自禁裁。然則文人之筆，勸善懲惡也。謚法所以章善，即以著惡也。加一字之謚，人猶勸懲，聞知之者，莫不自勉。況極筆墨之力，定善惡之實，言行畢載，文以千數，傳流於世，成爲丹青，故可尊也。」（《論衡・佚文》）文人寫的文章，哪裏只是玩弄筆墨追求華麗的外表呢？它是記載人們的行爲，傳播人們的名聲的。善良的人希望得到記載，所以努力行善；邪惡的人厭惡記載，所以盡力節制惡行。因此文人之筆的作用在於勸善懲惡。謚法之所以表彰美善，就是以此來暴露醜惡。加一個字的謚號，人們就知道勸善懲惡，聽見的人，沒有誰不自勉。何況用筆墨的力量，去評定善惡的眞實情況，言語行動全部都被記載，這樣文章流傳於世間，成爲不可磨滅的作品，所以値得尊重。

葛洪亦有「文學者，人倫之首，大教之本也」「立言者貴於助教」之說。（《抱朴子》外篇《應嘲》）顏之推在《顏氏家訓・文章篇》中說：「夫文章者，原出《五經》：詔、命、策、檄，生於《書》者也；

序、述、論、議，生於《易》者也；歌、詠、賦、頌，生於《詩》者也；祭、祀、哀、誄，生於《禮》者也；書、奏、箴、銘，生於《春秋》者也。朝廷憲章，軍旅誓誥，敷顯仁義，發明功德，牧民建國，施用多途。至於陶冶性靈，從容諷諫，入其滋味，亦樂事也；行有餘力，則可行之。」〔註 10〕，認爲各類詩文的源頭都在於《五經》：無論是「詔、命、策、檄」、「序、述、論、議」還是「歌、詠、賦、頌」，「祭、祀、哀、誄」與「書、奏、箴、銘」，各類詩文都有自己的用途。朝廷中的典章制度，軍隊裏的誓、誥之詞，都是傳佈顯揚仁義，闡發彰明功德，治理教化百姓、建設國家，文之用途是各種各樣的。至於以文章陶冶情操，或對旁人婉言勸諫，從而產生審美的意味，也是樂事。他要求子孫們要繼承家風，爲文要典雅而有正體，不要盲從社會上的不正之風。

孔穎達認爲詩「足以塞違從正」：「夫詩者，論功頌德之歌，止僻防邪之訓。雖無爲而自發，乃有益於生靈。六情靜於中，百物蕩於外，情緣物動，物隨情遷。若政遇醇和，則歡娛被於朝野，時當慘黷，亦怨刺形於詠歌。作之者所以暢懷舒憤，聞之者足以塞違從正。發諸情性，諧於律呂。故曰：感天地，動鬼神，莫近於詩。此乃詩之爲用，其利大矣。」（《毛詩正義序》）孔氏從「歌」「訓」兩方面爲《詩》定性，「歌」爲《詩》的性質，「訓」是《詩》的功能。「止僻防邪」是《詩》的教化功能，訓導百姓以「塞違從正」，這是《詩》「有益於生靈」之所在。元結《系樂府十二首》序文中也講：「古人歌詠，不盡其情聲者，化金石以盡之，其歡怨甚耶戲。盡歡怨之聲者，可以上感於上，下化於下。」白居易《與元九書》中說：

> 「夫文，尚矣，三才各有文。天之文三光首之；地之文五材首之；人之文《六經》首之。就《六經》言，《詩》又首之。何者？聖人感人心而天下和平。感人心者，莫先乎情，莫始乎言，莫切乎聲，莫深乎義。詩者，根情，苗

〔註 10〕王利器《顏氏家訓集解》，中華書局，1993 年版，第 237 頁。

言，華聲，實義。上自聖賢，下至愚騃，微及豚魚，幽及鬼神。群分而氣同，形異而情一。未有聲入而不應、情交而不感者。聖人知其然，因其言，經之以六義；緣其聲，緯之以五音。音有韻，義有類。韻協則言順，言順則聲易入；類舉則情見，情見則感易交。於是乎孕大含深，貫微洞密，上下通而一氣泰，憂樂合而百志熙。五帝三皇所以直道而行、垂拱而理者，揭此以爲大柄，決此以爲大竇也。故聞『元首明，股肱良』之歌，則知虞道昌矣。聞五子洛汭之歌，則知夏政荒矣。言者無罪，聞者足誡，言者聞者莫不兩盡其心焉。」〔註11〕

三才都有自己的文：天文以三光爲首；地文以五材爲首；人文則以六經爲首。《詩經》又是六經之首，因爲聖人用詩感化人心，使天下和平。能夠感化人心的事物，沒有比情先的，沒有比言早的，沒有比聲近的，沒有比義深的。上自聖賢，下至愚人，沒有誰是受到情感的影響而內心不感應的，聖人就是據此來充分發揮詩的作用的。此外，白居易在《讀張籍古樂府詩》中也表達了詩的感化作用以及詩品與人品的關係：「讀君學仙詩，可諷放佚君。讀君董公詩，可誨貪暴臣。讀君商女詩，可感悍婦仁。讀君勤齊詩，可勸薄夫敦。上可裨教化，舒之濟萬民。下可理情性，卷之善一身。……所以讀君詩，亦知君爲人……」（《讀張籍古樂府詩》）

羅大經《鶴林玉露》中說：「古詩多矣，夫子獨取《三百篇》，存勸誡也。吾輩所作詩，亦須有勸誡之意，庶幾不爲徒作。彼有繪畫雕刻，無益勸誡者，固爲枉費精力矣。乃若吟賞物華，流連光景，過於求適，幾於誨淫教偷，則又不可之甚者矣。」〔註12〕但是這段話和楊萬里的「矯天下之具」一方面在理論上高下之別，一方面又有失偏頗，幾乎否定了抒情寫景詩的價值，有一種以「勸誡」作爲詩的唯一功能的傾向。朱熹也有關於「詩教」的思想：

〔註11〕白居易《與元九書》，《白氏長慶集》卷二十八，四部叢刊本。
〔註12〕羅大經《鶴林玉露》丙編，卷三，中華書局，1983年版。

「然則其所以教者,何也?」曰:「詩者,人心之感物而形於言之餘也。心之所感有邪正,故言之所行有是非。惟聖人在上,則其所感者無不正,而其言皆足以爲教。其或感之之雜,而所發不能無可擇者,則上之人必思所以自反,而因有以勸懲之,是亦所以爲教也。昔周盛世時,上自郊廟朝廷,而下達於鄉黨閭巷,其言粹然無不出於正者。聖人固已協之聲律,而用之鄉人,用之邦國,以化天下。……孔子生於其時,既不得位,無以行帝王勸懲黜陟之政,於是特舉其籍而討論之,去其重複,正其紛亂。而其善不足以爲法,惡之不足以爲戒者,則亦刊而去之;以從簡約,示久遠,使夫學者即是而有以考其得失,善者師之,而惡者改焉。是以其政雖不足行於一時,而其教實被於萬世,是則詩之所以爲教者然也。」(《詩集傳》序)

吳光先生說:「儒家文化的基本精神,就是由其道義學理所體現的道德人文主義精神。換言之,儒家文化之最本質也是最有生命力的東西,並不是像有些人所理解的那種強調『權威與服從』的『儒家倫理』——即外在人際關係的『倫理本位主義』,而是以確立人的道德主體性爲根本特點、以人生意義爲終極關懷的『道德人文主義』。這個『道德人文主義』理論體系有三個理論基點:一是以道德之『仁』爲中心的『五常』(仁、義、禮、智、信)道德觀,二是強調『天地之間人爲貴』的人生價值觀,三是『天下爲公』的集體主義價值觀。」〔註 13〕儒家的「詩教」倫理也是如此,它有著深刻的人文精神與價值關懷,其理論預設是「人皆可爲堯舜」。使自己或他人進德修業、「日省吾身」是「仁」的精神,成己成人都是德性的彰顯。

二、文品——人品:作家修養論

楊萬里認爲,有了獨立的主體精神和自由的道德人格,內心之德性自然投射在文學中,才有可能寫出可以「矯天下」之詩文:

〔註 13〕吳光《21 世紀的儒家文化定位——關於儒學發展前景之我見》,《儒學與廿一世紀》(上),華夏出版社,1996 年出版,第 65 頁。

「斯人也，有斯文也，有斯詩也。」〔註 14〕

「宰士仍名士，詩人更德人。還家桐樹古，攬轡繡衣新。不以髯邊雪，而忘句裏春。登庸衣缽在，得繼大江濱。」(《送韓子雲撿正將漕江東二首》其一)

「詩腸幸自無煙火，句眼何愁著點塵。俗子豈知貧亦好，未須容易向渠陳。」(《次乞米韻》)

又云：「工以器爲主，賈以財爲主，文章以氣爲主。甚矣！文章之作，步驟馳騁，抑揚高下，無非氣使之然也。其氣充者，其文傑以壯；其氣削者，其文局以卑。」〔註 15〕此處的氣不只是「文氣」，更是作文之人的「浩然之氣」，是涵養儒家性命道德之理於內心。文章與個人的道德品性密切相關：「輕浮而驕吝者，必無渾厚之辭；褊刻而峭急者，必多險譎之語。汪洋大肆，絕非膚淺之人；磊落不羈，絕非骫熟之輩也。是故文章不關於所學，而關於所養。人君欲成一代之文，當如三代之教養其氣；君子欲自爲一家之文，當如孟子之涵養其氣。」〔註 16〕楊萬里雖然重視文章和詩歌載道的功能，重視人品與文品的關係，但他並沒有否認文的獨立性或將文與道對立起來，下面這段話中，他以「璞」、「器」、「瑑」三種獨立的事物分別用來比喻天然之「道」、載道之文、文之辭采，肯定了文與道各有自身獨立的價值屬性：「伯仲間深於伊洛明誠之妙學者，必非戲也，過也。抑區區文辭，固學道者之所羞薄……文於道未爲尊，固也。然譬之瑑璞爲器，瑑，固璞之毀也；若器成而不中度，瑑就而不成章，則又毀之毀也。」〔註 17〕對文的獨

〔註 14〕楊萬里《施少才〈蓬户甲稿〉後序》，《誠齋集》卷七十七，見王琦珍整理《楊萬里詩文集》(中)，江西人民出版社，2006 年出版，第 1225 頁。

〔註 15〕楊萬里《問古今文章》，《誠齋策問》胡思敬《豫章叢書》集部（6），江西教育出版社，2004 年版，第 317 頁。

〔註 16〕楊萬里《問古今文章》，《誠齋策問》胡思敬《豫章叢書》集部（6），江西教育出版社，2004 年版，第 317 頁。

〔註 17〕楊萬里《答劉子和書》，《誠齋集》卷六十五，見王琦珍整理《楊萬里詩文集》(中)，江西人民出版社，2006 年出版，第 1045 頁。

立性和文辭的肯定，也與楊萬里哲學觀念有一定關係：「神明在我，德行在我，則言之可也，不言亦可也。體易成德，至於不言而信，則書不盡言也。繫辭盡言也，言不盡意也，立象盡意也。」〔註18〕對於《易傳》立象以盡意方式的認同，也成為其以文證道，以詩矯天下的理論依據。楊萬里曾稱讚一位秀才的文章：「其詞暇，其意迫，安於貧而勇於道，此某之所願學者也。」〔註19〕在這裡，他的評價標準中既有道德標準又有藝術標準，認為文既要言之有物，有道德價值或現實關懷，同時也要講究文辭，注重藝術價值。在評論盧誼伯的古文時，他說：「其初論遠近等詞，數行布置似韓。至中間數語，圓折反復，氣骨殊似半山老人也……」〔註20〕這裡的「氣骨」就有多重意蘊，同時指向了「文」與「道」，並非只是道之「氣」。

「文如其人」一直是中國古代文學思想中的重要觀念，孔子說：「有德者必有言」，漢代揚雄有「心聲心畫」說：「言，心聲也；書，心畫也；聲畫形，君子小人見矣。聲畫者，君子小人之所以動情乎。」（《法言・問神》）人們用以表達的「言」和「書」常常是其心聲的真實流露」。《文心雕龍・體性》中說：「夫情動而言形，理發而文見，蓋沿隱以至顯，因內而符外者也。然才有庸俊，氣有剛柔，學有淺深，習有雅鄭，並情性所爍，陶染所凝，是以筆區雲譎，文苑波詭者矣。故辭理庸俊，莫能翻其才；風趣剛柔，寧或改其氣；事義淺深，未聞乖其學；體式雅鄭，鮮有反其習；各師成心，其異如面」（《文心雕龍・體性》）。韓愈說：「根之茂者其實遂，膏之沃者其光曄，仁義之人，其言藹如也。」〔註21〕

〔註18〕楊萬里《誠齋易傳》，上海古籍出版社，1990年版。

〔註19〕楊萬里《答歐陽清卿秀才書》，《誠齋集》卷六十四，見王琦珍整理《楊萬里詩文集》（中），江西人民出版社，2006年出版，第1025頁。

〔註20〕楊萬里《誠齋集》卷六六《答盧誼伯書》，見王琦珍整理《楊萬里詩文集》（中），江西人民出版社，2006年出版，第1050頁。

〔註21〕韓愈《答李翊書》，《韓昌黎文集校注》卷三，上海古籍出版社，1998年版。

「言爲心聲」「詩如其人」「文如其人」等文品——人品論、「文氣」論在與楊萬里同時代的其他詩論者那裡也得到了較多的闡發：

> 「楊東山嘗謂余曰：『文章各有體，歐陽公所以爲一代文章冠冕者，固以其溫純雅正，藹然爲仁人之言，粹然爲治世之音……」〔註22〕

> 「其胸中之不醇不正，必有不能掩者矣。雖貪者賦廉詩，仕者賦隱逸詩，亦豈能逃識者之眼哉！」〔註23〕

> 「(南軒六詩) 平淡簡遠，德人之言也。」

> 「(楊慈湖詩) 句意清圓，足視其所養。」〔註24〕

陸游在《次韻和楊伯子主薄見贈》中說：「文章最忌百家衣，火龍黼黻世不知。誰能養氣塞天地，吐出自足成虹霓。」又在《方德亨詩集序》中說：「詩豈易言哉，才得之天，而氣者我之所自養。有才矣，氣不足以御之，淫於富貴，移於貧賤，得不償失，榮不蓋愧，詩由此出，而欲追古人之逸駕，詎可得哉？……」〔註25〕在《上辛給事書》中說：「君子之有文也，如日月之明，金石之聲，江海之濤瀾，虎豹之炳蔚，必有是實，乃有是文。夫心之所養，發而爲言，言之所發，比而成文。人之邪正，至觀其文，則盡矣決矣，不可復隱矣。爝火不能爲日月之明，瓦釜不能爲金石之聲，潢污不能爲江海之濤瀾，犬羊平能不虎豹之炳蔚，而或謂庸人能以浮文眩世，烏有此理也哉？使誠有之，則所可眩者，亦庸人耳。某聞前輩以文知人，非必鉅篇大筆，苦心致力之詞也。殘章斷稿，憤譏戲笑，所以娛憂而舒悲者，皆足知之……賢者之所養，動天地，開金石，其胸中之妙，充實洋溢，而後發見於外，氣全力餘，中正閎博，是豈可容一毫之僞於其間哉？」〔註26〕

〔註22〕羅大經《鶴林玉露》丙編，卷二，中華書局，1983年版。

〔註23〕羅大經《鶴林玉露》乙編，卷三，同上。

〔註24〕羅大經《鶴林玉露》甲編，卷三，同上。

〔註25〕中華書局本《陸遊集・渭南文集》卷十四。

〔註26〕中華書局本《陸遊集・渭南文集》卷十三，1976年版。

眞德秀在《日湖文集序》也論述過「文品出於人品」、氣盛則言宜的觀點：「夫文者技之末爾，而以定君子小人之分何邪？蓋嘗思之，靈和之器，不生茨棘之林；儀鳳之音，不出烏鳶之口。……聖人之文，元氣也，聚爲日星之光耀，發爲風塵之奇變，皆自然而然，非用力可至也。……是故致飾語言，不若養其氣；求工筆札，不若勵於學……」〔註27〕魏了翁也認爲：「即辭以知心……蓋辭根於氣，氣命於志，志立於學。氣之厚薄，志之小大，學之粹駁，則辭之險易、正邪從之，如聲音之通政，如蓍蔡之受命，積中而形外，斷斷乎不可掩也。」〔註28〕朱子講「詩道合一」：作詩就是學道者的性情、道德、學問在詩文中自然流露。觀詩即是觀人：「然則詩者豈復有工拙哉？亦視其志之所向者高下如何耳。」〔註29〕「詩者，人心之感物而形於言之餘也，心之所感有邪正，故言之所形有是非。」（《詩集傳》序）陸象山也認爲存養本心、發揚本心，就可以無往而非道，心中充盈，自然發而爲文、爲詩：「棋所以長吾之精神，瑟所以養吾之德性，藝即是道，道即是藝，豈惟二物，於此可見矣。」〔註30〕詩中可觀作詩之人的心性修養：「伯敏嘗有詩云：『紛紛枝葉漫推尋，到底根株只此心。莫笑無弦陶靖節，個中三歎有遺音。』先生首肯之。」〔註31〕

宋代之後，人品文品論也常見於詩論之中。元代的趙孟頫說：「右軍人品甚高，故書入神品。」「此言不特論書，直與學者當頭一棒。」〔註32〕元詩四大家之中的范梈和揭傒斯也有過人品與文品論：「詩之氣象，猶字畫然。長短肥瘦，清濁雅俗，皆在人性中流出。——性情褊隘者，其詞躁；寬裕者，其詞平；端靖者，其詞雅；疏曠者，其詞

〔註27〕《四部叢刊》影明正德本《西山先生眞文忠公文集》卷二十八。

〔註28〕魏了翁《攻愧樓宣獻公文集序》，《四部叢刊》影宋本《鶴山先生大全文集》卷五十六。

〔註29〕朱熹《答楊宋卿書》，《晦庵朱文公先生文集》卷三十九。

〔註30〕《語錄》下，《象山先生全集》卷三十五，四部叢刊初編。

〔註31〕《語錄》下，《象山先生全集》卷三十五，同上。

〔註32〕薛雪《一瓢詩話》（《〈原詩〉〈一瓢詩話〉〈說詩晬語〉》，人民文學出版社，1979年版，第91頁。

逸；雄偉者，其詞壯；蘊藉者，其詞婉。涵養情性，發於氣，形於言，此詩之本源也。」〔註 33〕「吟詠本出情性，古人各有風致。學詩者必先調變性靈，砥礪風義，必優游敦厚，必風流蘊厚，必人品清高，必神情簡逸，則出辭吐氣，自然與古人相似。」認爲若做得好人，必做得好詩。(《詩法正宗》) 與以上二位同時期的傅若金也說：「詩源於德性，發於才情，心聲不同，有如其面。」(《詩法正論》) 清代的薛雪也認爲：「詩文與書法一理，具得胸襟，人品必高。人品既高，其一謦一欬，一揮一灑，必有過人之處，享不磨之名。」〔註 34〕

中國詩學中的「詩教」傳統與「文品——人品」思想是中國文化深處道德理性精神的滲透。楊萬里的文章觀念、「詩者，矯天下之具」的詩歌功能論以及「文如其人」「涵養文氣」的文品——人品觀念，緣於他身爲儒家文人和道學中人的主體精神、責任感以及涵養修身觀念，基於他本人對於理學、中國文化、哲學思想中深厚的德性、倫理精神的深刻認同。

中國文化思想中，藝術和審美的「道德倫理化」是一種常態，長期積澱和滲透著中國文化的內在心理和精神結構：「凡音者，生於心者也；樂者，通倫理者也」(《史記・樂書》)、「禮樂皆謂之德」(《禮記・樂記》)，當倫理精神成爲一種自覺的力量，介入人格、文化、文學各層面之後，很多時候文學和藝術都成爲倫理精神的載體。最初有詩論思想的人，基本都是思想家哲學家，其實是今天意義上的道德哲學家和政治家，借藝術批評以闡發道德理想，如孔子的「興觀群怨」說、「盡善盡美」、「樂而不淫、哀而不傷」等等，是後來道德倫理本位的詩學思想體系之源。在文藝鑒賞方面，「觀志」、「觀德」傳統就是倫理精神灌注到藝術領域中的表現，創作者的主觀情志和作品中所表達的情感，都要以「德」爲重，《左傳・襄公二十九年》中的季札

〔註 33〕范梈《木天禁語》，〔清〕何文煥《歷代詩話》，中華書局，1981 年版，第 751 頁。

〔註 34〕薛雪《一瓢詩話》，《原詩一瓢詩話說詩晬語》，人民文學出版社，1979 年版。

觀樂、孔子「觀風俗之盛衰」都是從教化、德行、施政的角度出發賦予了文藝作品道德倫理的內涵。更有「比德」，將自然物之美與道德相聯繫，賦予它們類似於人一樣的道德、精神內涵：「夫玉者，君子比德焉。溫潤而澤，仁也；栗而理，知也；堅剛而不屈，義也。廉而不劌，行也；折而不撓，勇也；瑕適並見，情也……《詩》曰：『言念君子，溫其如玉。此之謂也』。」〔註 35〕對詩文、藝術的道德教化功能的論述，更是源遠流長，第一部分已經梳理過的儒家詩教傳統就是最好的例證。

中國古代的文化與詩學中的德性、倫理精神之根源又在於中國哲學。在古代哲學中，「德性」有著不止一個層面的意義，例如，《中庸》中的「德性」，《易傳》、《大學》中的「明德」，孔孟的「仁德」，既是「理性」，又可以是「倫理」，具有認識論和倫理學的雙重意義。具有這雙重意義的「德性——倫理」精神在中國思想文化傳統中幾乎一直佔據著中心地位，滲透著社會思想文化的各方面。中國古代的哲學、政治、宗教、文學等思想常常和倫理學混合在一起，或者以倫理學爲基礎，人們對自身和世界的認識無不具有濃厚的道德倫理意味，這又與中國古代以農業生產爲主和以血緣關係爲核心的社會環境密切相關。當然，在人類社會的早期，維繫群體關係、使人們可以遵守群體規範原則並非是人自身自覺和理性的力量，有時是通過約定俗成和外界強制力量，有時是通過非理性的、神秘主義色彩的原始宗教和巫術，道德倫理意識並未明確產生，人們並沒有發現作爲道德主體的自己，而非理性、信仰或習俗等因素發揮著凝聚社會的紐帶連接作用。

關於「德」與「德性」，牟宗三先生認爲：

> 「中國文化智慧的根源是兩首，一首是『天生烝民，有物有則，民之秉彝，好是懿德』(《詩經・大雅・烝民》)，孟子引這首詩證明性善（道德創造之本心／如西方講上帝創造）。還有一首是《詩經周頌維天之命》：『維天之命，於

〔註 35〕《荀子・法行》，王先謙《荀子集解》，中華書局，1988 年版。

穆不已。於乎不顯，文王之德之純』(表示宇宙本體論)。……中華民族文化有本，這個本就是這兩首詩。最根本的文化生命的方向就在此。」(《康德第三批判講演錄》)

「中國文化生命之特色是『理性之運用』，而這種運用表現中的「理性」當然是指實踐理性，……這裡所謂理性就是人格中的德性，而其運用表現就是此德性之感召，或德性之智慧妙用……中國人講情理或事理，是活的，所講的都在人情中；理是與情或事渾融在一起的，其理性也是渾融的，不破裂的……理性之運用表現是生活，是智慧，亦是德性。」〔註36〕

對天、人、德關係的思考和關注，構成了中國古代哲學宇宙觀和道德倫理思想的核心和起源，也是古人思考自身和世界的重要框架。很多哲學範疇都是由此關係衍生出來。古人對天的關注和敬畏很早就產生了，中國早期的文學，從神話到楚辭都可以表明這一點。在古人對天的思考和感歎中，「天」也從純粹的自然存在演變爲一種精神意義上的存在，特別是思想家以「德」溝通天人之後，所謂「夫大人者，與天地合其德，與日月合其明，與四時合其序，與鬼神合其吉凶。」《莊子》中也講「夫至樂者，先應之以人事，順之以天理，行之以五德，應之以自然。然後調理四時，太和萬物。四時迭起，萬物循生。」(《莊子・天運》)生命的自然秩序與道德秩序都是與天道相契合的。中國哲學中不同的哲學或宗教，都契合著某一層面的宇宙精神，至於契合的具體層面和程度，因心而異，有儒家修養仁德到達的道德自由境界、道家的天地境界，有道教佛教等不同的宗教境界。在儒家思想文化系統中，「德」可以說是溝通天人的關鍵，「德」字被解釋爲：「德，得也。」「得其天象謂之德，德者，得其性也。」意思就是天賦予人成德的本性和潛能，人只需求諸內心、自得其性以合於天理，不讓這種本性消失，便是成德。古人又講「立德、立功、立言」三不朽，生

〔註36〕牟宗三著，鄭家棟編《道德理想主義的重建——牟宗三新儒學論著輯要》，中央廣播電視出版社，1992年版，第155～159頁。

命實現永恆的方式之一就是立德。錢穆先生說，「中國人俗話講『積德』，如果從文化演進的角度來看，就是多添一些人樣子，多創造一些理想人，德積厚了，人人有德，那時的人世界，便成了神世界。以上這樣的德性觀，是『中國人所獨有的人生觀，也可以說是中國人所獨創的一種宗教，我們該稱之爲人文教。亦可以說是一種德性教』，以此來衡量世界其他宗教，耶酥釋迦等皆是有德者，『各有品，各有德，集此各品各德，放大光輝，此之謂人文，此之謂文化。人生所得，便是得了此文化，得了此人文之大化。而其基礎，則在各人所得之一品一德上。』」〔註 37〕從終極關懷和精神歸宿的角度來說，儒家對道德境界的追求也有宗教色彩，只是修養方式與宗教各有不同。

在中國古代文化中，這種「德性」運用的表現包括了政治方面的「治道」「禮」、個體成賢成聖的人格理想以及「道德心靈之『智』收攝於仁而成爲道心之觀照或寂照」，這些構成了中國文化的價值理性，爲社會倫理秩序與人的日常生活及「內在超越」提供依據。例如儒家思想通過對天人關係與德性的論述，於社會方面而言致力於建立一套社會的公共價值系統，使上至君王下至平民都努力成爲最高道德價值的實踐者；於個體而言，人人盡此倫理踐行「仁」即是盡其性，則可以成聖成賢，歸於本眞。孔子設立了理想的人倫社會秩序，並以「仁」作爲實踐這一理想秩序的中心，孟子則將德性建立在先天的道德情感基礎上，宋以後的儒學家從根本上賦予了人一種先驗的道德理性和自覺。

「所以謂人皆有不忍人之心者，今人乍見孺子將入於井，皆有怵惕惻隱之心，非所以內交於孺子父母也，非所以要譽於鄉黨朋友也，非惡其聲而然也。由是觀之，無惻隱之心，非人也；無羞惡之心，非人也；無辭讓之心，非人也；無是非之心，非人也。惻隱之心，仁之端也；羞惡之心，義之端也；辭讓之心，禮之端也；是非之心，智之

〔註 37〕錢穆《中國思想通俗講話》，北京三聯書店，2010 年 12 月出版，第 57 頁。

端也。人之有是四端也，猶其有四體也。」〔註 38〕

「仁也者，人也。合而言之，道也。」〔註 39〕

孟子提出性善論，稱之爲「本心」。《易傳》《大學》中的「明德」、《中庸》的「德性」也是明確地給人的這種道德本能一個名稱。經過宋代理學家的發揮，成爲儒學中的重要範疇，所謂「天理」、「良知」，等等都是這種「德性」的化身，「人性」要以盡「德性」通天理通神性、尋求德性之心安頓的本眞生命爲追求。理學作爲傳統儒學精神的延續，關注的重要問題就是平治天下、安頓社會與內聖。前者涉及世間秩序，後者關乎人格之境，都屬於廣義的德性、倫理或人道的領域。在延續先秦儒學將人道與天道貫通的基礎上，從對氣、理、心的細緻精微的發明，到心體與性體、德性之知與見聞之知、格物與誠意、本體與工夫的種種辨析交錯等等，無疑都有強烈的德性——倫理精神，例如第一章中提到的周敦頤以無極、太極、陰陽、五行、二氣、萬物解釋宇宙的化生過程，並由此闡發「聖人與天地合其德」；又如張載思想體系中關於天理與德性之間的溝通：

「太虛者，氣之體。氣有陰陽、屈伸、相感之無窮，故神之應也無窮。其散無數，故神之應也無數。雖無窮，其實湛然；雖無數，其實一而已。陰陽之氣，散則萬殊，人莫知其一也；合則混然，人不見其殊也。形聚爲物，形潰反原。反原者，其遊魂爲變與！所謂變者，對聚散存亡爲文，非如螢雀之化，指前後身而爲説也」〔註 40〕

「德不勝氣，性命於氣；德勝其氣，性命於德。窮理盡性，則性天德，命天理」〔註 41〕

〔註 38〕《孟子·公孫丑章句》上，見朱熹《四書集注》，嶽麓書社，2004 年版，第 266 頁。

〔註 39〕《孟子·盡心》下，見朱熹《四書集注》，嶽麓書社，2004 年版，第 405 頁。

〔註 40〕張載《正蒙·乾稱》見《張載集》，章錫琛點校，中華書局，1978 年版，第 62 頁。

〔註 41〕張載《正蒙·誠明》，見《張載集》，章錫琛點校，中華書局，1978 年版，第 20 頁。

「世人之心，止於聞見之狹，聖人盡性，不以見聞梏其心……見聞之知乃物交而知，非德性所知；德性所知不萌於見聞。」〔註42〕

德性之知高於見聞之知，德性高於氣質之性，人只有使德性修養克服「氣」的牽制，才可以使保有「德性」之本性，在幾對範疇中，主體的德性、理性是中心。又說：「乾稱父，坤稱母；予茲藐焉，乃混然中處。故天地之塞，吾其體；天地之帥，吾其性。民，吾同胞，物，吾與也。大君者，吾父母宗子，其大臣，宗子之家相也。尊高年，所以長其長；慈孤弱，所以幼其幼。聖，其合德，賢，其秀也……知化則善述其事，窮神則善繼其志。」（《西銘》）家庭關係以自然的血緣爲紐帶，同時又意味著倫理秩序；從小家到大家，從家庭到國家，也是一樣的倫理秩序。很多理學家都認爲所謂仁者，是天地萬物渾然一體，這和張載所說的「民胞物與」相通。「乾稱父，坤稱母……尊高年，所以長其長；慈孤弱，所以幼其幼」，是天道與人道的合一，既包含宇宙的自然秩序，又有社會的倫理秩序。所謂「爲天地立心，爲生民立道，爲去聖繼絕學，爲萬世開太平」，從孔孟到周、張、程朱、陸王等理學家，無論是對於社會倫理秩序的思考還是對個人成德、自我實現的人文關懷，都是中國文化與哲學中德性——倫理精神的體現。

中國古代文化與哲學的德性倫理精神又始終是在人文與政治、道與勢、個體主體性與集體理性、價值理性與工具理性的對立與制衡中發展演變的。柏格森將道德分爲兩種：封閉道德與開放道德：封閉道德以義務爲核心，通過社會、集體理性施加於個體，個人需要服從、壓抑自我、用理性而非感性去思考，從消極方面來描述，這種靈魂會表現出漠不關心與無動於衷，就會處於伊壁鳩魯和斯多葛派的「不動心」與「不動情」的狀態中，若從積極的方面考慮，

〔註42〕張載《正蒙・大心》，見《張載集》，章錫琛點校，中華書局，1978年版，第24頁。

那麼它的生活便是沉思。開放道德的核心不是義務而是個人理想和自願選擇，不會激起源於自我利益的對抗，激起人的情感而非理智，「封閉」道德只是「起碼」的道德，後者才是高於理性的道德，是更高的境界。〔註 43〕如果按照柏格森的劃分方式，儒學的德性倫理追求是一種「開放道德」，它被官方化爲統治階層所用時則降格成爲一種「封閉道德」。

當這兩種德性——倫理精神與文學藝術發生聯繫時，從文學創作活動的外部條件來講，社會意識形態常常會以一種強制的力量賦予文學某種價值觀念。在一些特殊的歷史時期，因爲道德倫理精神的工具化，文學的道德評價尺度甚至會淪爲一種工具理性原則。從文學活動的主體——文人來講，在長期的儒家文化傳統和環境中，倫理精神也滲透到社會心理層面，內化爲中國文人士大夫人格的深層心理結構，在這樣一種內外雙重作用下，倫理精神和價值尺度有時候成爲了文學家和詩論者的自覺追求，或成爲一種心理定勢、沉澱爲一種集體無意識，與審美感受相融合，成爲文學藝術創作動機、評價機制、價值理性的重要組成部分。楊萬里的詩學思想就呈現出倫理與審美精神上的二重性。在詩歌本體論方面重感性直覺、強調「感興」、推舉「性靈」，這些也並不妨礙他自覺地接受和認同儒家傳統以來的詩教思想與作家修養論，因爲這些傳統中所蘊含的德性、倫理精神已經內化爲他人格與審美心理的一部分。

第二節　詩歌風格論

本節主要論述楊萬里的詩歌風格論。在語言風格上，楊萬里認同儒家詩教「溫柔敦厚」「含蓄蘊籍」的美學風格，這也是儒學的道德心性論與人格理想在詩學中的投射，其核心是理性精神。

〔註 43〕〔法〕柏格森著，王作虹等譯《道德與宗教的兩個來源》，貴州人民出版社，2000 年出版，31、55 頁。

傳統詩學表現手法向來以比、興見長，有著「一唱而三歎」的音樂性、「不道破一句」、委婉含蓄的美學風格。在這一點上，楊萬里也認同「溫柔敦厚」「含蓄蘊籍」「婉而多諷」「主文而譎諫」「發乎情，止乎禮義」的美學標準，因此批評陳光的《寧王進史圖》詩直露「污穢」，讚揚李義山的「侍燕歸來宮漏永，薛王沉醉壽王醒」「微婉顯晦，盡而不污」：

> 「太史公曰：『《國風》好色而不淫，《小雅》怨誹而不亂。』《左氏傳》曰：『《春秋》之稱，微而顯，志而晦，婉而成章，盡而不污。』此《詩》與《春秋》紀事之妙也。近世詞人，閒情之靡，如伯有所賦，趙武所不得聞者，有過之無不及焉，是得爲好色而不淫乎？惟晏叔原云：『落花人獨立，微雨燕雙飛』，可謂好色而不淫矣。唐人《長門怨》云：『珊瑚枕上千行淚，不是思君是恨君。』是得爲怨誹而不亂乎？惟劉長卿云：『月來深殿早，春到後宮遲。』可謂怨誹而不亂矣。近世陳克詠李伯時畫《寧王進史圖》云：『汗簡不知天上事，至尊新納壽王妃。』是得謂爲微、爲晦、爲婉、爲不污穢乎？惟李義山云：『侍燕歸來宮漏永，薛王沉醉壽王醒』，可謂微婉顯晦、盡而不污矣。」〔註 44〕

楊萬里也作過一些議論政治、關心時事的詩歌，充分發揮詩的現實關懷精神與價值評判功能，同時又遵循溫柔敦厚、怨而不怒的原則，語言文意委婉：

> 「莫讀輪臺詔，令人淚點垂。天乎容此虜，帝者渴非羆。
> 何罪良家子，知他大將誰。願懲危度口，倘復雁門踦。
> 亂起吾降日，吾將強仕年。中原仍夢裏，南紀且愁邊。
> 陛下非常主，群公莫自賢。金臺尚未築，乃至羨強燕。
> 只道六朝窄，渠猶數百春。國家祖宗澤，天地發生仁。
> 歷服端傳遠，君王但側身。楚人要能懼，周命正維新。」
> （《讀罪己詔》三首）

〔註 44〕楊萬里《詩話》，《誠齋集》卷一一四，見王琦珍整理《楊萬里詩文集》（下），江西人民出版社，2006 年出版，第 1796 頁。

「一鷺南飛道偶然，忽然百百復千千。江淮揔屬天家管，不肯營巢向北邊。」（《江天暮景有歎二首》其二）

「溫柔敦厚」的詩學理想在美學上表現爲一種委婉含蓄之美，要深鬱厚篤，不叫囂乖張；要含蓄朦朧、怨而不怒、所謂「清廟之瑟，朱弦而疏越，一唱而三歎，有遺音矣。」孟子說：「言近而指遠者，善言也。」〔註 45〕羅大經也曾多次用「蘊籍」「有味」來品評他欣賞的詩，對於李商隱《漢宮詩》他稱讚道：「二十八字之間，委蛇曲折，含不盡之意。」〔註 46〕對於陶淵明《贈長沙公族祖》詩：「同源分流，人易世疏。慨然寤歎，念茲厥初。」他點評說：「詩字少意多，尤可涵泳。」〔註 47〕朱熹認爲：「惟《周南》、《召南》，親被文王之化以成德，而人皆有以得其性情之正，故其發於言者，樂而不過於淫，哀而不及於傷，是以二篇獨爲風詩之正經。自《邶》而下，則其國之治亂不同，人之賢否亦異，其所感而發者，有邪正是非之不齊，而所謂先王之風者，於此爲變矣。若夫雅、頌之篇，則皆成周之世，朝廷郊廟樂歌之辭，其語和而莊，其義寬而密，其作者往往聖人之徒，固所以這萬世法程而不可易者也。」（《詩集傳》序）

由於在中國古典美學與詩學中，詩風、文品與人格向來是密不可分的關係，所以無論是「微婉顯晦」的詩歌風格，還是「溫柔敦厚」的審美理想，從根源上來說，都是儒學（無論是先秦儒家還是宋代理學）的道德心性論與人格理想在詩學中的投射。儒家思想的人格理想之一是中正平和，以中和、圓融爲美。孔子也是以這一標準來論《詩》。《毛詩序》中講「發乎情、止乎禮儀。」司馬遷也說：「《國風》好色而不淫，《小雅》怨誹而不亂。」〔註 48〕劉勰《文心雕龍・宗經》篇中說：「故文能宗經，體有六義：一則情深而不詭，二則風清而不雜，

〔註 45〕《孟子・盡心下》，朱熹《四書集注》，嶽麓書社，2004 年版，第 410 頁。

〔註 46〕羅大經《鶴林玉露》甲編卷二，中華書局，1983 年出版。

〔註 47〕羅大經《鶴林玉露》甲編卷三，同上。

〔註 48〕司馬遷《史記・屈原賈生列傳》，中華書局，2011 年版。

三則事信而不誕，四則義直而不回，五則體約而不蕪，六則文麗而不淫。」都體現著儒家精神中不偏不倚、無過無不及的理念。孔穎達在《禮記・經解》中解釋「溫柔敦厚」時說：「溫，謂顏色溫潤，柔，謂情性和柔。《詩》依違諷諫，不指切事情，故云溫柔敦厚。」「溫柔敦厚」最初是被作爲「詩教」的一種目的，是人倫意義上的，希望百姓們因此成爲具有溫厚、文雅、善良、樸實等儒家理想人格特徵的人。後來才過渡到「詩學」的意義上，指作詩者中正平和的心境、詩歌中和溫婉、清明高遠的美學風格。

中國哲學與文化也重視「中和」。《論語》中有「中庸之爲德也，其至矣乎！」，孔子的哲學思想也都體現著「中和」「不偏不倚」。《孟子・盡心》（上）中則說：「楊子取爲我，拔一毛而利天下，不爲也。墨子兼愛，摩頂放踵利天下，爲之。子莫執中，執中爲近之，執中無權，猶執一也。所惡執一者，爲其賊道也，舉一而廢百也。」先秦儒家思想賦予了「中和」以普遍原則的地位，將「中和」視爲最高原則與日用倫常之道，並滲透到哲學、政治、道德等諸多層面。

《中庸》明確提出：「喜怒哀樂之未發，謂之中，發而皆中節，謂之和，中也者，天下之大本也。和也者，天下之達道也，致中和，天地位焉，萬物育焉。」〔註 49〕在這裡，「中和」被視爲天地之本，是最高的德性。由於天人之德性是同構關係，情感未發之時，合於天地之性，已發之時，就要「節制」才可以「和」，這樣才能到達天人合一的至誠之境。《中庸》在論「中和」時談到了「未發」、「已發」這對範疇，與之直接相關的還有「動靜」、「體用」等等。理學家將「已發、未發」用作道德心性論的範疇，「未發」爲「寂然不動」之體，「已發」爲「感而遂通」之用，從而具有形而上意味。於是，喜怒哀樂之「未發」是本然狀態的「天地之性」，「已發」則爲喜怒哀樂之情。情生於性，天命之性才是不偏不倚、沒有「過」或「不及」，是心之「至德」，也就是「中」。朱熹就說：「中庸者，不偏不倚，無過不及，而

〔註 49〕《中庸》，見朱熹《四書集注》，嶽麓書社，2004 年版，第 21 頁。

平常之理，乃天命所當然，精微之極致也。」〔註 50〕「蓋通天下只是一個天機活物，流行發用，無間容息。據其已發者而指其未發者，則已發者人心，而凡未發者皆其性也。」〔註 51〕陸九淵則不講體用和已發未發，「本心」既是未發亦是已發，可以自然而然地發而中節。「心正則靜亦正，動亦正，心不正則雖靜亦不正矣。若動靜異心，是有二心也」〔註 52〕此外，理學家們所講的「主靜」等修養論範疇有時也與「中和」有關：周敦頤就講過：「聖人定之以中正仁義而主靜，立人極焉。」〔註 53〕

楊萬里也講「中和」：

> 「天非和不立，物非和不生，……莫之察而察其和者曰性。孰爲此者，乾之元而已。」〔註 54〕
>
> 「喜怒哀樂未發謂之中，即天命之謂性也。發而皆中節謂之和，即率性之謂道，修道之謂教也。或曰：未發無不中，既發有不和，性其兩乎？曰：否！粹於天理者，性也；駁以人欲者，非性也，情也。喜怒哀樂自天理出，發無不和也；自人欲出，發始有不和矣。」〔註 55〕
>
> 「易之爲言，變也，故易者，聖人通變之書也。其窮理盡性，其正心修身，其齊家治國，其處顯，其傺窮，其居常，其遭變，其參天地合鬼神，萬事之變方來而變通之道先立。變在彼，變在此。得其道者，蚩可哲，慝可淑，眚可福，危可安，亂可治，致身聖賢而躋世泰和猶反手也。斯道何道也？中正而已矣。唯中爲能中天下之不中，唯正爲能正天下之不正。中正立而萬變通……學者將欲通變，於何求通？曰：道。於何求道？曰：中。於何求中？曰：正。

〔註 50〕朱熹《四書集注》(《中庸章句》)，嶽麓書社，2004 年版，第 23 頁。
〔註 51〕《朱文公文集》卷三十二《答張敬夫》。
〔註 52〕陸九淵《與潘文叔》《象山全集》卷四。
〔註 53〕周敦頤《太極圖説》,《周敦頤集》，中華書局，2009 年版，第 3 頁。
〔註 54〕楊萬里《誠齋易傳》卷一，上海古籍出版社，1990 年版。
〔註 55〕楊萬里《誠齋集》卷九十一《庸言》第四，見王琦珍整理《楊萬里詩文集》(中)，江西人民出版社，2006 年出版，第 1452 頁。

於何求正？曰：《易》。於何求《易》？曰：心。」〔註 56〕

在楊萬里看來，中正之道可以以不變應萬變，可以說是「修齊治平」之至道：「王者之比天下，去妙巧，捐策謀，昭示之以至正大中之道而已……『上使中』者，上以中正比其下，下亦以中正比其上，非使之使也，太王去邻而從之者如歸市，則驅禽而禽不去。成湯征葛而聞之者怨後予，則不令而捷於令。」〔註 57〕從宇宙、社會到人心皆以「中和」爲標準，天地、政教、人之情性都是「中和」的，文學作爲天地之和的同構、社會人生之和的寫照、情性之和的顯現，自然不可能出乎其外。因此，以「中和」的道德心性思想、人格理想爲基礎，宋代理學家及儒家文士亦將「中和」、「溫柔敦厚」奉爲作詩與論詩的標準，這也是符合了儒家詩學的審美理想、符合傳統美學意義上的含蓄、委婉等審美心理。

從另一方面來看，所謂「主文而譎諫，使言之者無罪，聞之者足戒」，「溫柔敦厚」不僅是詩歌批評的標準，也是政治活動、言語交際的尺度：

> 「作詩不知《風》《雅》之意，不可以作詩。詩尚諷諫，唯言之者無罪，聞之者足以戒，乃爲有補；若諫而涉於毀謗，聞者怒之，何補之有？觀東坡詩，只是譏誚朝廷，殊無溫柔敦厚之氣，以此，人故得而罪之。若伯淳詩，則聞之者自然感動矣。因舉伯淳《和溫公諸人禊飲》詩云：『未須愁日暮，天際乍輕陰』又《泛舟》詩云：『只恐風花一片飛』，何其溫厚也。」〔註 58〕

> 「爲文要有溫柔敦厚之氣，對人主語言及章疏文字，溫柔敦厚尤不可無。如子瞻詩多於譏玩，殊無惻怛愛君之意……君子之所養，要令暴慢邪僻之氣不設於身體。」〔註 59〕

〔註 56〕楊萬里《誠齋易傳·原序》，上海古籍出版社，1990 年版。
〔註 57〕楊萬里《誠齋易傳》卷三，上海古籍出版社，1990 年版。
〔註 58〕《龜山先生語錄》，《龜山集》卷 10，四庫全書本。
〔註 59〕《龜山先生語錄》，《龜山集》卷 10，四庫全書本。

「詩者，人之情性也，非強諫爭於廷，怨忿詬於道，怒鄰罵坐之爲也。其人忠信篤敬，抱道而居，與時乖逢，遇物悲喜，同床而不察，並世而不聞，情之所不能堪，因發於呻吟調笑之聲，胸次釋然，而聞者亦有所勸勉，比律呂而可歌，列干羽而可舞，是詩之美也。其發爲訕謗侵陵，引頸以承戈，披襟而受矢，以快一朝之忿者，人皆以爲詩之禍，是失詩之旨，非詩之過也。」〔註60〕

雖然古代詩論中也有很多「詩可以怨」的言論，如「發憤著書」、「不平則鳴」之類，但這些只是從創作發生的心理機制而言，並不是說這些情感一定會完全進入文本。白居易對「怨刺之作」的總結是：「予歷覽古今歌詩，自風騷之後，蘇李以還，次及鮑謝徒，迄於李杜輩，其間詞人，聞知者累百，詩章流傳者鉅萬。觀其所自，多因讒冤遣逐，征戍行旅，凍餒病老，存歿別離，情發於中，文形於外，故憤憂怨傷之作，通計古今，十八九焉。」〔註61〕然而「詩可以怨」與「溫柔敦厚」之間的矛盾並非無法可解，黃庭堅就提出過「不怨之怨」的說法，他認爲：「士有抱青雲之器，而陸沉林皋之下，與麋鹿同群，與草木共盡。獨托於無用之空言，以爲千歲不朽之計。謂其怨邪？則其言仁義之澤也；謂其不怨邪，則又傷己不見其人。然則，其言不怨之怨也。」〔註62〕

在孔子那裡，「無怨」也是美好德性之一，關乎「仁」：「仲弓問仁。子曰：『出門如見大賓，使民如承大祭。己所不欲，勿施於人。在邦無怨，在家無怨。』」（《論語・顏淵》）「不怨」也是藝術評價的標準之一：「吳公子季札來聘，請觀於周樂。使公爲之歌《周南》、《召南》。曰：『美哉！始基之矣，猶未也。然勤而不怨矣。』……爲之歌《小雅》。曰：『美哉！思而不貳，怨而不言，其周德之衰乎？猶有先

〔註60〕黃庭堅《書王知載朐山雜詠後》，《豫章黃先生文集》，四部叢刊本，第296頁。

〔註61〕《白居易集》卷七十《序洛詩》，中華書局，1979年版。

〔註62〕《胡宗元詩集序》，《豫章黃先生文集》卷十六，四部叢刊本。

王之遺民焉。』」〔註 63〕

《禮記》中也認爲「不怨」是仁德：「禮，釋回，增美質，措則正，施則行。其在人也，如竹箭之有筠也，如松柏之有心也，二者居天下之大端矣，故貫四時而不改柯易葉。故君子有禮，則外諧而內無怨。故物無不懷仁，鬼神饗德。」(《禮記・禮器》)「溫柔敦厚」的詩學理想的形成，無論其產生最初是受傳統哲學「中和」的人格理想所影響，還是受制於文人士大夫們無法自由言說的處境，在千百年的文化、歷史的進程中，這一審美標準已經擴散到人文領域的各個方面，漸漸地內化、積澱爲一種自覺的審美理想和人格理想。「含蓄蘊藉」不是「半含不吐之態」，「溫柔敦厚」也未必是刻意壓制某種情緒，正如黃宗羲所說：

> 「今之論詩者，誰不言本於性情？……彼以爲溫柔敦厚之詩教，必委蛇頹墮，有懷而不吐，將相趨於厭厭無氣而後已。若是，則四時之發斂寒暑，必發斂乃爲溫柔敦厚，寒暑則非矣。人之喜怒哀樂，必喜樂乃爲溫柔敦厚，怒哀則非矣。其人之爲詩者，亦必閒散放蕩，岩居川觀，無所事事而後可。亦必茗碗薰爐，法書名畫，位置雅潔，入其室者，蕭然如睹雲林海嶽之風而後可。然吾觀夫子所刪，非無《考槃》、《丘中》之什厝於其間，而諷之令人低徊而不能去者，必於變風變雅歸焉。蓋其疾惡思古，指事陳情，不異薰風之南來，履冰之中骨，怒則掣電流虹，哀則悽楚蘊結，激揚以抵和平，方可謂之溫柔敦厚也。」(黃宗羲《萬貞一詩序》)

總的來說，「溫柔敦厚」是以「中和」哲學精神爲基礎而提煉出的一種美學理想，是中國古典詩學在處理「情」與「理」的問題上，關於「度」的一種界定，與此相關的是一系列的詩學概念，如「比興」的手法、「怨而不怒」、「哀而不傷」的藝術風格等等。楊萬里對「溫柔敦厚」、「含蓄蘊藉」等美學風格的認同是由其儒家文人的身份、內在人格及其所處的歷史語境共同決定的。「溫柔敦厚」「中正平和」「含

〔註 63〕《左傳・襄公二十九年》，《左傳》，中華書局，2012 年版。

蓄蘊藉」的核心是「理性」：無論是源於社會政治對詩歌表達方式的要求，還是詩人對現實的清醒認識，又或是理學人格的自然流露，都是宋人理性精神在詩學中的投射。

第三節　詩歌創作論

本節主要論述楊萬里詩學創作論：詩性、詩材、詩法等等，及其與理學、中國哲學精神的關係。

關於詩何以爲詩（詩性）的問題，楊萬里說：

> 「詩非文比也，必詩人爲之。如攻玉者必得玉工焉，使攻金之工代之琢，則窳矣。而或者挾其深博之學，雄雋之文，於是檃栝其偉辭以爲詩，五七其句讀，而平上其音節，夫豈非詩哉？」〔註 64〕
>
> 「詩又其專門者也，……自『春草碧色』之題，一變而爲『四夷來王』，再變而爲『爲政以德』，於是始無詩矣。非無詩也，無題也。吾倩陳履常示予以其友周子益訓蒙之編，屬聯切而不束，詞氣肆而不蕩，婉而莊，麗而不浮。」〔註 65〕

雖然在《詩論》中論及《詩經》時，楊萬里提出「詩也者，矯天下之具」，但他一方面只是在談論《詩經》而非普遍意義上的詩歌；另一方面，並未將「矯天下之具」作爲《詩經》或詩歌的本質，只是作爲一種社會功能。楊萬里的這兩段話，劃定了詩與文的文體界限，認爲詩與文有本質的區別，一個人無論多麼博學，將他的文章配上平仄音節，也只能變成押韻之文，不是詩。詩之爲詩不是只有學問淵博就夠了，詩有其自性，也就是使詩成爲詩的因素，有其獨立的審美性和審美地位：像「春草碧色」之類作詩題，就符合詩之

〔註 64〕楊萬里《黃侍御集序》《誠齋集》卷七十九，見王琦珍《楊萬里詩文集》（中），江西人民出版社，2006 年出版，第 1246 頁。

〔註 65〕楊萬里《周子益訓蒙省題詩序》《誠齋集》卷八十三，見王琦珍《楊萬里詩文集》（中），江西人民出版社，2006 年出版，第 1297 頁。

寫景抒情的本性，而「四夷來王」、「爲政以德」只能用來說理議論，無法寫出好詩；

「人也，我也，精神之感召，道藝之貫通，蓋有不求而合，不介而親者。」〔註66〕

「斧藻江山，追琢風月，佳句絕唱，麗雅奇崛，芻豢眾口。」〔註67〕

「文者，文也。在《易》爲賁，在《禮》爲繢……」〔註68〕

「其文大抵平淡夷易，不爲追琢，不立崖險，要歸於適用，而非窾非浮也。至其詩，皆感物而發，觸興而作，使古今百家、景物萬象，皆不能役我，而役於我。」〔註69〕

「天下無雙雙井黃，遺編猶作舊時香。百年人物今安在，千載功名紙半張。

使我詩篇如許好，關人身事亦何嘗。地爐火暖燈花喜，且只移家住醉鄉。」(《燈下讀山谷詩》)

「淵明之詩，春之蘭，秋之菊，松上之風，澗下之水也。」〔註70〕

「詩家者流嘗曰：詩能窮人；或曰：詩亦能達人；或曰：窮達不足計，顧吾樂於此則爲之耳。且夫疚於窮者，其詩折；慆於達者，其詩炫，折則不充，炫則不幽，是故非詩矣。至俟夫樂而後有詩，則不樂之後，未樂之初，遂

〔註66〕楊萬里《見章彥溥提刑書》,《誠齋集》卷六十四，見王琦珍整理《楊萬里詩文集》(中)，江西人民出版社，2006年出版，第1032頁。

〔註67〕楊萬里《刑部侍郎章公墓銘》,《誠齋集》卷一二五，見王琦珍《楊萬里詩文集》(下)，江西人民出版社，2006年出版，第2058頁。

〔註68〕楊萬里《答徐賡書》,《誠齋集》卷六十六，見王琦珍《楊萬里詩文集》(中)，江西人民出版社，2006年出版，第1051頁。

〔註69〕楊萬里《應齋雜著序》,《誠齋集》卷八十三，見王琦珍《楊萬里詩文集》(中)，江西人民出版社，2006年出版，第1298頁。

〔註70〕楊萬里《西溪先生和陶詩序》,《誠齋集》卷八十，見王琦珍《楊萬里詩文集》(中)，江西人民出版社，2006年出版，第1258頁。

無詩耶？」〔註71〕

「何須師鮑謝，詩在玉虛中。」(《雪晴》)

文學，文采也。上面這些話分別是對文學之「審美性」「文學性」、主體在創作中地位、詩的審美超功利性的肯定，「使我詩篇如許好，關人身事亦何嘗」就是充分肯定了詩之審美、超功利本性。「詩在玉虛中」是說詩在潔淨超凡的境界中，而這樣的境界肯定是需要作爲審美主體具有超功利的心境和「透脫」的胸襟才能達到，有了這樣的心境爲詩心，再以此表現天地萬物之心，那麼作詩又何必一定向鮑、謝學習呢。理學家講「萬物靜觀皆自得」、「閒來觀萬物」、「活處觀理」，心學講「以心觀物」，作爲詩人與之不完全相同的是，理學家有時候是由「道心」、道德境界而生發的審美境界，審美不是作爲一種目的和自覺，難免「大抵登山臨水，足以觸發道機」；但人除了有理性和道德的自我，更有審美和詩性的自我，詩人在以詩心觀萬物時，審美情感居於主導地位，此時此刻，詩人把屬於理學心胸的道德情感與現實關懷放在潛意識層面，或將其轉換爲藝術的審美情感，在自然風光面前，無須「格物」只需「感物」，上面那句「詩皆感物而發，觸興而作，使古今百家景物萬象皆不能役我而役於我，以及第二章第一節中談到過的「感興」，都是對詩歌創作過程中感性、直覺等因素的強調，對「感物道情」作爲詩的審美本質和發生根源的體認。用眼睛去看，用耳去聽，用心去感受其生生之美，就能從天地萬物中感受到「樂」，這種樂是一種悠然自得、自適的詩意和回歸生命本眞的境界，正如楊萬里自己在詩中所寫的一樣：「下筆生波便百川，字間句裏總超然。」(《張尉惠詩和韻謝之》)「功名妄念雪銷了，只愛吟詩惱魚鳥。」(《送蕭仲和往長沙見張欽夫》)

「風煙之表非人間，別有天地寬且閒。」〔註72〕

〔註71〕楊萬里《陳晞顏詩集序》，《誠齋集》卷七十八，見王琦珍《楊萬里詩文集》(中)，江西人民出版社，2006年出版，第1241頁。

〔註72〕楊萬里《跋袁起岩所藏後湖帖並遺像一軸詩中語皆檃括帖中語也》，《誠齋集》卷二十四。見王琦珍《楊萬里詩文集》(上)，江西人民出版社，2006年出版，第422頁。

「蓋騷與賦，固刳劂要眇，動吾目，貫吾心不淺也」。〔註 73〕

「人自窮通詩自詩，管渠人事與天時。」(《和張功父病中遣懷》)

這些散見於誠齋詩歌中的詩學觀念從不同方面闡明了詩何以爲詩，作詩的審美心境，即詩性與「詩心」的問題。關於詩的題材與創作方法，楊萬里說：

「大抵夷則遜，險則競，此文人之奇也，亦文人之病也，而詩人此病爲尤焉。……詩人至於犯風雪，忘饑渴，竭一生之心思以與古人爭險以出奇，則亦可憐矣。然則險愈競，詩愈奇；詩愈奇，病癒病矣。」〔註 74〕

「城裏哦詩枉斷髭，山中物物是詩題。欲將數句了天竺，天竺前頭更有詩」)《寒食雨中，同舍約遊天竺，得十六絕句呈陸務觀》)

「其夏之官荊溪，既抵官下，閱訟碟，理邦賦，惟朱墨之爲親，詩意時往日來於予懷，欲作未暇也。戊戌三朝，時節賜告，少公事，是日即作詩，忽若有寤，於是辭謝唐人及王、陳、江西諸君子，皆不敢學，而後欣如也……自此每過午，吏散庭空，即攜一便面，步後園，登古城，採擷杞菊，攀翻花竹，萬象畢來，獻予詩材。蓋麾之不去，前者未讎而後者已迫，渙然未覺作詩之難也。」〔註 75〕

「山水之窟宅，詩人之淵林也。」〔註 76〕

「物物秋來總是詩。」(《戲筆》)

〔註 73〕楊萬里《答萬安趙宰》,《誠齋集》卷六十七，見王琦珍《楊萬里詩文集》(中)，江西人民出版社，2006 年出版，第 1065 頁。

〔註 74〕楊萬里《陳晞顏和簡齋詩集序》,《誠齋集》卷七十九，見王琦珍《楊萬里詩文集》(中)，江西人民出版社，2006 年出版，第 1247 頁。

〔註 75〕楊萬里《誠齋〈荊溪集〉序》,《誠齋集》卷八十，見王琦珍《楊萬里詩文集》(中)，江西人民出版社，2006 年出版，第 1263 頁。

〔註 76〕楊萬里《誠齋江西道院集序》,《誠齋集》卷八十一，見王琦珍《楊萬里詩文集》(中)，江西人民出版社，2006 年出版，第 1266 頁。

「東風作意驚詩眼，攪亂垂楊兩岸黃。」（《過秦淮》）

「乃翁只解日爭暉，不解塵中脱叔兮。楊簿故應過習簿，建溪好處説松溪。此行詩句何須覓，滿路春光總是題。飛上金鸞穩安腳，竹林分付一鶯啼。」（《送文鬴叔主簿之官松溪》）

「煙銷日出皆詩句」（《寄題萬安縣劉元襲橫秀閣》）

「山思江情不負伊，雨姿晴態總成奇。閉門覓句非詩法，只是征行自有詩。」（《下橫山灘頭望金華山四首》其二）

「閉門覓句今無已，刻意傷春古牧之。」（《和袁起岩郎中投贈七字》二首其一）

「須把乖張眼，偷窺造化工。只愁失天巧，不悔得詩窮。」（《觀化》）

「春跡無痕可得尋，不將詩眼看春心。鶯邊楊柳鷗邊草，一日青來一日深。」（《過楊二渡》三首其一）

「清風明月行樂耳，布襪青鞋隨所之。顛倒壺觴留落日，翻騰山水入新詩。」（《送顏幾聖龍學尚書出守泉州》二首其一）

「傳派傳宗我替羞，作家各自一風流。黃陳籬下休安腳，陶謝行前更出頭。」（《跋徐恭仲省幹近詩三首》其三）

楊萬里認爲，很多詩人的弊病和偏執之處在於「犯風雪，忘饑渴，竭一生之心思以與古人爭險以出奇」，然而，「作家各自一風流」、「黃陳籬下休安腳，陶謝行前更出頭」，好的詩人要有獨立的審美情趣、審美意識、審美體驗和創作風格，不刻意「爭險出奇」，不盲目崇拜古人、亦步亦趨。讀前人詩固然有必要，但要從中有所領悟，自成一體，更應當從學問和書齋中走向生活和自然，以詩心體驗眞實生活、以詩眼觀自然造化之奇妙，隨物宛轉，與心徘徊，內師心源，外師造化，在這過程中既有了詩材、詩思、詩情，同時自己也可以得到精神的慰藉和超脫。劉克莊評價說：「今人不能道語，被誠齋道盡」。〔註 77〕黃庭堅說：「詞意高勝，要從學問中來耳」〔註 78〕，楊萬里卻認爲走出書齋，親近山水，後園、古城、滿目春光、活潑潑的世間萬象以及普通的世俗生活都是無窮無盡的詩思和詩材，萬象畢來，獻予詩材：

「不是風煙好，何緣句子新。」《過池陽舟中望九華》

「聽風聽雨都有味」（《書莫讀》）

「鳶飛魚躍，幸居鼓舞造化之中。」（《賀皇后箋》）

「詩人眼底高四海，萬象不足供詩愁。」（《正月十二日遊東坡白鶴峰故居其北思無邪齋眞跡猶存》）

「萬嶽松風和澗水，鳴琴漱玉自相娛。」（《和鞏采若遊蒲澗》）

「遊居寢食，非詩無所與歸。」〔註 79〕

正如嚴羽所說「詩有別材，非關書也，詩有別趣，非關理也」；心靈對外物的感受、覽物之情由景觸發，通過文辭自然而然地傳達，寫出來的詩才有可能是天然流轉之好詩，正所謂「紅塵不解送詩來，身在煙波句自佳」（《再登垂虹亭》），這樣才不至於「除卻詩本便無詩」，「以講述方式報導存在者是一回事，而在存在中把握存在者是另一回事。」〔註 80〕楊萬里認爲德性之知始終無法取代情感體驗，他把活潑生動的自然作爲審美對象而不是「道」之載體來表達生命體驗與情懷。皓首窮經、冥想苦讀、「閉門覓句」的詩法殊不足取，這是針對江西詩派後來對南宋詩壇的不良影響而言，並不是完全否定苦吟鍛鍊而後工的創作方法。又云：

〔註 77〕劉克莊《後村詩話》，中華書局，1983 年版。

〔註 78〕黃庭堅《論詩作文》，《山谷集・別集》卷六。

〔註 79〕楊萬里《誠齋朝天集序》，《誠齋集》卷八十，《誠齋集》卷七十九，見王琦珍《楊萬里詩文集》（中），江西人民出版社，2006 年出版，第 1265 頁。

〔註 80〕海德格爾《存在與時間》陳嘉映、王慶節譯，北京三聯書店，1999 年出版，第 45 頁。

「天下有至樂，不笙磬而雅，不芻豢而腴，不麴糵而酣。」〔註81〕

「學詩須透脫，信手自孤高。衣缽無千古，丘山只一毛。句中池有草，字外目俱蒿。可口端何似？霜螯略帶糟。」（《和李天麟二首》其一）

心中若有「至樂」則無需雕琢亦可雅致、溫潤、暢快；關於楊萬里詩法之「透脫」，羅大經的《鶴林玉露》中記載：「楊誠齋丞零陵時，有《春日》絕句云：『梅子流酸軟齒牙，芭蕉分綠與窗紗。日長睡起無情思，閒看兒童捉柳花。』張紫岩見之曰：『廷秀胸襟透脫矣。』〔註82〕江西詩派講究「有規矩，故可學」、「立意高遠」，而時人及後人談及誠齋詩法，常用「活法」概括楊萬里於天地造化中得詩情、於世間萬象中得詩思的創作方法及靈動的語言、生動活潑的藝術體驗：「後來誠齋出，眞得所謂活法，所謂流轉圓美如彈丸者，恨紫微公不及見耳。」〔註83〕楊萬里從未談及活法，最早提出「活法」的原是呂本中：「學詩當識活法。所謂活法者，規矩備具，而能出於規矩之外；變化不測，而亦不背於規矩也。是道也，蓋有定法而無定法，無定法而有定法，知是者，則可以與語活法矣。」〔註84〕這段話的主旨是「詩無定法」，意即「從心所欲而不逾矩」，作詩要突破定向、僵化思維模式和方法。此外，包恢也推崇詩之渾然天成：

「某素不能詩，何能知詩？但嘗得於所聞，大概以爲詩家者流，以汪洋澹泊爲高，其體有似造化之未發者，有似造化之已發者，而皆歸於自然，不知所以然而然也。所謂造化之未發者，則沖漠有際，冥會無跡，空中之音，相中之色，欲有執著，曾不可得，而自有尸居而龍見，淵默而雷聲者焉。所謂造化之已發者，眞景見前，生意呈露，

〔註81〕楊萬里《庸言》十六，《誠齋集》卷九十四，見王琦珍《楊萬里詩文集》（中），江西人民出版社，2006 年出版，第 1479 頁。

〔註82〕羅大經《鶴林玉露》甲編卷四，中華書局，1983 年版。

〔註83〕劉克莊《江西詩派總序》，《後村先生大全集》卷二十四。

〔註84〕《夏均父集序》（劉克莊《江西詩派小序》，《後村集》卷二十四）。

渾然天成，無補天之縫隙；物各付物，無刻楮之痕跡。蓋自有純眞而非影，全是而非似者焉。故觀之雖若天下之至質，而實天下之至華：雖若天下之至枯，而實天下之至腴。如彭澤一派，來自天稷者，尚庶幾焉，而亦豈能全合哉？」〔註 85〕

「自詠情性，自運意旨，以發越天機之妙，鼓舞天籟之鳴。」〔註 86〕

楊萬里在創作實踐中隨物感興，靈活多變的創作方法與風格，以詩情溝通自然宇宙與人生，被認爲是「活法」觀念的眞正實踐者。他自己也說過：「問儂佳句如何法，無法無盂也沒衣。」〔註 87〕「春花秋月冬冰雪，不聽陳言只聽天。」(《讀張文潛詩》)「古代作家言情寫景的好句或者古人處在人生各種境地的有名軼事，都可以變成後世詩人看事物的有色眼鏡，或者竟離間了他們和現實的親密關係，支配了他們觀察的角度，限制了他們的感受範圍，使他們的作品『刻板』、『落套』、『公式化』……楊萬里也悟到了這個道理，不讓活潑的事物做死書的犧牲品，把多看了古書而在眼睛上長得那層膜刮掉，用敏捷靈巧的手法，描寫了形形色色從沒描寫過以及很難描寫的景象。」〔註 88〕

與楊萬里同時期的詩人陸游也認爲詩並非預設而成，而是依境而生，江山物色皆能助詩情，「登山則情滿於山，觀海則意溢於海」，觸目所見皆是詩材，詩思詩題都在詩外，在活潑潑的生活世界之中：

「物華似有平生舊，不待招呼盡入詩。」(《早春池上作》)

「文字塵埃我自知，向來諸老誤相期。揮毫當得江山

〔註 85〕包恢《敝帚稿略》(卷二)(《答傅當可論詩》)。

〔註 86〕包恢《敝帚稿略》(卷二)(《論五言所始》)。

〔註 87〕楊萬里《酬合皂山碧崖道士甘叔懷贈「美名人不及，佳句法如何」十古風》，《誠齋集》卷三十八。見王琦珍《楊萬里詩文集》(上)，江西人民出版社，2006 年出版，第 699 頁。

〔註 88〕錢鍾書《宋詩選注》，北京三聯書店，2002 年 5 月版，第 161～162 頁。

助，不到瀟湘豈有詩。」（《予使江西時以詩投政府丐湖湘一麾會召還不果偶讀舊稿有感》）

「沙路時晴雨，漁舟日往來。村村皆畫本，處處有詩材。」（《舟中作》）

「君詩妙處吾能識，正在山程水驛中。」（《題廬陵蕭彥毓秀才詩卷後》）

「詩材滿路無人取。」（《自江源過雙流不宿，徑行之成都》）

「借花發吾詩，詩句帶花香。」（《遊東郭趙氏園》）

「詩思出門何處無？」（《病中絕句》）

「造物有意娛詩人，供與詩材次第新。」（《冬夜吟》）

因此，陸游認爲眞正的好詩應是天然去雕飾，自然不造作：

「好詩如靈丹，不雜羶葷腸；子誠欲得之，潔齋祓不祥。食飲屑白玉，沐浴春蘭芳。蛟龍起久蟄，鴻鵠參高翔。縱橫開武庫，浩蕩發太倉。大巧謝雕琢，至剛反摧藏。一技均道妙，佻心詎能當。結纓與易簀，至死猶自強。《東山》《七月》篇，萬古眞文章。天下有精識，吾言豈荒唐。」〔註89〕

「文章本天成，妙手偶得之。粹然無疵瑕，豈復須人爲？……」（《文章》）

「琢雕自是文章病，奇險尤傷氣骨多。」〔註90〕

「大抵詩欲工，而工亦非詩之極也。鍛鍊之久，乃失本旨，斫削之甚，反傷正氣。……纖麗足以移人，誇大足以蓋眾。」（陸游《渭南文集》卷三九《何君墓表》）

從上面這些材料中不難發現，陸游與楊萬里都認爲詩情詩思來自於山程水驛、煙波風月。在江西詩風盛行的詩壇和詩學語境下，重「法」尙「理」成爲風氣，楊萬里與陸游的這些觀念既是對「詩性」的肯定，又對扭轉詩風有著重要的意義。

〔註89〕陸游《陸遊集・劍南詩稿》卷十九，中華書局，1976年版。
〔註90〕陸游《讀近人詩》，《劍南詩稿》卷七八，中華書局，1976年版。

除了詩論，楊萬里作爲「中興四大詩人」之一，有很多貼近生活、自然的優秀詩作，這些詩作是他詩學觀念的最好證明：

「梅雨芹泥路不佳，悶來小歇野人家。綠萍池沼垂楊裏，初見芙蕖第一花。」（《將至建昌》）

「人間那得個山川，舡上漁郎便是仙。遠嶺外頭江盡處，問渠何許洞中天。」（《題鄧國材水墨寒林》）

「四詩贈我盡新奇，萬象從君聽指麾。流水落花春寂寞，小風淡日燕差池。」（《和段季承左藏惠四絕句》其四）

「玉殿朝初退，金門馬不嘶。院深歸有處，柳暗跡都迷。紫陌春無際，青絲舞正齊。風煙忘近遠，樓閣問高低。殘雪鶯聲外，斜陽鳳掖西。少陵花底路，物物獻詩題。」（《擬歸院柳邊迷詩》）

「花密非無蕊，繽紛亂眼中。千枝相亞鬧，一色總成紅。赴曉桃如積，爭晴杏欲烘。金須迷不見，玉頰醉來同。頓覺江山麗，都將錦繡籠。春光誰畫得，分付少陵翁。」（《擬花蕊亞披紅詩》）

「遠目隨天去，斜陽著樹明。犬知何處吠，人在半山行。

春醉非關酒，郊行不問途。青天何處了，白鳥入空無。

霧氣因山見，波痕到岸消。詩人元自懶，物色故相撩。

江水夜韶樂，海棠春貴妃。殷懃向春道，莫遣一花飛。

日落碧簪外，人行紅雨中。幽人詩酒裏，又是一春風。

春色有情意，挑花生暮寒。只應催客子，不遣立江干。」（《春日六絕句》）

「彭澤收積雨，廬山放嫩晴。多情是瀑布，只作雨中聲。」（《廬山霽色》）

情隨物興、漫然成篇的詩歌可以說是誠齋體詩的代表作，緣於對自然、山水的審美性觀照，也是詩人超脫現實的方式。王邁的《山中讀誠齋詩》中說：「肝腸定不餐煙火，翰墨何曾著點埃。」〔註 91〕正是對楊萬里誠齋體詩歌超功利審美風格與境界的最好評價。在楊萬里的詩中，自然山水、花葉草木，常常被賦予人的生命情趣，可以感覺到詩人與它們之間的情感交流，從而使詩歌充滿了生動活潑的氣息，作者也善於隨時捕捉瞬間出現的景致並將它們攝入詩中：

> 「天公要飽詩人眼，生愁秋山太枯淡。旋裁蜀錦展吳霞，低低抹在秋山半。須臾紅錦作翠紗，機頭織出暮歸鴉。暮鴉翠紗忽不見，只見澄江淨如練。」（《夜宿東渚放歌三首》其三）
>
> 「泉眼無聲惜細流，樹陰照水愛晴柔。小荷才露尖尖角，早有蜻蜓立上頭。」（《小池》）
>
> 「河岸前頭松樹林，樹林盡處見行人。行人又被山遮斷，風颭酒家青布巾。晚浪翻風玉作鱗，夕陽卷玉藥成金。忽然濯出西川錦，製就霞衣不用針。」（《舟中晚望二首》）
>
> 「午夢扁舟花底，香滿西湖煙水。急雨打篷聲，夢初驚。卻是池荷跳雨，散了眞珠還聚。聚作水銀窩，泛清波。」（《昭君怨．詠荷上雨》）

錢鍾書先生在《談藝錄》中說：「誠齋則如攝影之快鏡，兔起鶻落，鳶飛魚躍，稍縱即逝而及其未逝，轉瞬即改而當其未改，眼明手捷，蹤矢躡風，此誠齋之所獨也。」〔註 92〕

此外，楊萬里也有一些頗具「理趣」的詩作，這一類的詩歌對客觀外物具體形貌的再現並不注重，而是以表現世界所蘊含的深刻哲理與整體精神氣韻和主體微妙變化的情思爲主，或於象中見理，含蓄不盡，「不言理而理自至」，超越了一般的議論，美學意味深邃：

> 「要尋閑世界，不在世界外。明月與清風，何朝不相對。」（《閑世界》）

〔註 91〕湛之《古典文學研究資料彙編．楊萬里范成大資料彙編》，中華書局，1964 年版，第 24 頁。

〔註 92〕錢鍾書《談藝錄》，中華書局，1984 年版，第 118 頁。

「春亦只如是，冬亦只如是。別有一清風，請君參此味。」(《竹亭》)

「試問隱綿上，何如隱東山。出處兩無閡，世間出世間。」(《綿隱堂》)

「道白非眞白，言紅不若紅。請君紅白外，別眼看天工。」(《文杏塢》)

「風亦何須過，林仍不厭深。莫將春色眼，來看歲寒心。」(《題劉直卿崇蘭軒》)

楊萬里風趣活潑的誠齋體詩歌、其詩學思想中的「情性」本位觀念、「感興」「性靈」「詩味」等概念所體現的生動空靈之「詩心」既是中國詩學中「吟詠情性」一脈的延伸，也深刻地契合中國古代文化的審美、詩性與超越精神。

中國傳統文化有著濃厚的生命精神與詩性智慧。在這裡，作爲人所能夠實實在在感受和體驗到的生命存在和現實生存是感性的和個體性的，是當下的、時間性的。卡西爾在《人論》中說：「人被宣稱爲應當是不斷探究他自身的存在物——一個在他生存的每時每刻都必須查問和審視他的生存狀況的存在物。人類生活的眞正價值，恰恰就存在於這種審視中……」〔註93〕的確如此，生命與生存，應是人類一切行爲和理論的起點與歸宿。中國文化濃厚的德性倫理精神也是建立在重視和肯定人的現世與現實生存、生命價值、現世的生活與幸福的基本起點之上的：「中國所講的學問，即『明明德』的學問，生命是眞實的，心靈、物質、生命這三個概念都是眞實的，是最基本的存在。」〔註94〕

中國詩學即使在詩教傳統的語境中，始終有對「情性」與「性靈」的重視：陸機講「詩緣情而綺靡」；劉勰說：「仰觀吐曜，俯察含章，

〔註93〕〔德〕恩斯特·卡西爾《人論》甘陽譯，上海譯文出版社，2004年版，第8頁。

〔註94〕牟宗三《中西哲學的會通》，廣西師範大學出版社，2008年版，第26頁。

高卑定位，故兩儀既生矣。惟人參之，性靈所鍾，是謂三才。」〔註95〕「若乃綜述性靈，敷寫器象，鏤心鳥跡之中，織辭魚網之上，其爲彪炳，縟采名矣。故立文之道，其理有三：一曰形文，五色是也；二曰聲文，五音是也；三曰情文，五性是也。」〔註96〕

中國文化也是一樣，即使在長期的倫理本位系統內部，也始終保有它重生命體驗與詩意的一面。無論是「志於道，據於德，依於仁，游於藝」〔註97〕的人生格局與境界、「浴乎沂，風乎舞雩，詠而歸」〔註98〕的「曾點氣象」、「樂以忘憂」〔註99〕的情懷、「乘桴浮於海」〔註100〕之心和「從心所欲不逾矩」〔註101〕的聖人之境；還是「養吾浩然之氣」〔註102〕而達到的「上下與天地同流」〔註103〕的「天人合德」的至境，都有著濃鬱的審美韻味。老子的「滌除玄鑒」〔註104〕、「致虛極，守靜篤。萬物復作，吾以觀復」〔註105〕、「無爲而無不爲」〔註106〕，莊子的「心齋」和「坐忘」；在《逍遙遊》中描繪的「遊」的境界，努力尋求的「天地之大美」、「原天地之美而達萬物之理」、「獨與天地精神往來……」〔註107〕、「乘物以遊心」〔註108〕，都是如此。無論是「風乎舞雩，詠而歸」、「孔顏樂處」，「逍遙遊」和「物我兩忘」，

〔註95〕劉勰《文心雕龍・原道》。
〔註96〕劉勰《文心雕龍・情采》。
〔註97〕《論語・述而》朱熹《四書集注》，嶽麓書社，2004年版，第107頁。
〔註98〕《論語・先進》同上，第147頁。
〔註99〕《論語・述而》同上，第110頁。
〔註100〕《論語・公冶長》同上，第87頁。
〔註101〕《論語・爲政》同上，第62頁。
〔註102〕《孟子・公孫丑章句上》同上，第260頁。
〔註103〕《孟子・盡心上》同上，第388頁
〔註104〕陳鼓應《老子注譯及評介》，中華書局，1984年5月第1版《道德經》第十章，第96頁。
〔註105〕同上《道德經》第十六章，第124頁。
〔註106〕同上《道德經》第三十七章，第209頁。
〔註107〕郭慶藩《莊子集釋》，中華書局，2004年第2版《莊子・天下》，第1098頁。
〔註108〕同上《莊子・人間世》，第160頁。

還是「目送歸鴻，手揮五弦，俯仰自得，遊心太玄」等等，都是對生命的安頓、現實的超越，都有著強烈的詩性精神。孔孟的「仁」，也不止是社會道德倫理的範疇，更是一種心靈寧靜與平和的精神境界，儒家與道家所追求的人生境界在修養方法和途徑上有所區別，在審美——超越的歸宿中可以說是殊途同歸。余英時認爲，作爲理想世界與精神超越境界的追求之路，中國傳統哲學走的都是一條「內在超越之路」。這自然與中國人執著於此岸人生的精神氣質和文化傳統密切相關，在他們的個體生命境界與價值追求中，彼岸、超驗世界和神性維度始終沒有佔據過主要份量，在他們的生存模式中，現世的、當下的人生是最爲重要的，現實世界存在著實現生命最高價值的可能與必要。中國文化思維的這一特質與總體傾向決定了其實用理性〔註 109〕的一面，當然這種實用理性中同時包含了價值理性與工具理性；價值理性固然也重「實用」，但它更是人文的，在價值關懷層面有著詩性精神與超越境界，又無不關乎現世；追尋價值根源的努力也是指向內心和個體，「盡心知性」是每個個體生命要回歸本眞的自我需要獨立完成的事。個體存在的意義並不是被動、機械地籠罩在外在的價值根源——「天」「理」之下，「天」「理」是一種可以被人心體認和自覺的對象，人可以通過工夫、道德實踐把這種外在的價值根源內化爲人的道德本性，一旦獲得了此心此性，人就可以超越現實的束縛達到一種道德自由、精神自足的、至善至美的境界。因此中國哲學在提出「天

〔註 109〕李澤厚先生曾經這樣概括中國式的「實用理性」：「是一種理性精神或理性態度……不是用某種神迷的狂熱而是用冷靜的、現實的、合理的態度來解說和對待事物和傳統：不是禁欲或縱慾式地扼殺或放任情感欲望，而是用理智來引導、滿足、節制情慾；不是對人對己的虛無主義或利己主義，而是在人道和人格的追求中取得某種平衡……不需要外在的上帝的命令，不盲目服從非理性的權威，卻仍然可以拯救世界（人道主義）和自我完善（個體人格和使命感）；不厭棄人世，也不自我屈辱、『以德報怨』，一切都放在實用的理性天平上加以衡量和處理。」（李澤厚《中國古代思想史論》，安徽文藝出版社，1994 年版，第 33～34 頁）

道」、「天理」等外在價值依據時依然注重人的主體性和道德自覺性，落腳點也是人自身的生命存在、精神歸宿，「中國的超越世界和日用世界是一種不即不離的關係」〔註 110〕這一特質也是深契於哲學的根本精神的，哲學本來就應該是關涉生命、生存、人類的歷史、命運、精神超越的學問：

「哲學應賜人的有限生命以最需要的東西：靜思、凝神、明覺；溫柔、安慰、寄懷；天意、仁德、化境。邏輯和分析、知識和科學，固然也是人所需要的，但哪一種是人靈從根本上最渴望的呢？哪一種才使靈魂有安放之處呢？」〔註 111〕

「一切哲學理論也都起源於日常生活關聯和個體的生命。所有的思想，每一種內在和外在的行動，都體現著生命生活的結構……死板的形而上學構架絕不可能代替生命的生活關聯……生命才是哲學的唯一主體。」〔註 112〕

站在時空交點上的人類，其存在是有限的，而他們又嚮往著無限和永恆，他們也是唯一懂得去追尋無限的生命。追尋人生根底的最初衝動，是人性本然，這既是一種形而上的追求和衝動，也是哲學最初的發生之源。德國十八世紀的浪漫主義詩哲諾瓦利斯（Novalis）就認爲，哲學是人類懷著鄉愁的衝動去尋找精神家園。哲學活動的本質，就是精神還鄉。無論是精神還鄉還是追尋無限、人文關懷，都決定了哲學在理性、道德之外的「詩性——超越」品格和審美意蘊。下面引用的方東美先生的話很好地論述了哲學應該具有的眞善美一體的、至情至理合一的精神品格以及中國哲學的特徵：

「世間常有才德兼美之人，盡心知性，明理察物，動作威儀之則，一一符合於自然：不教而怡情適意，不言而節概充實；美感起則審美，慧心生則求知，愛情發則慕悅，

〔註 110〕余英時《士與中國文化》，上海人民出版社，2003 年版，第 5 頁。
〔註 111〕劉小楓《詩化哲學》，華東師範大學出版社，2007 年版，第 347 頁。
〔註 112〕劉小楓《詩化哲學》，華東師範大學出版社，2007 年版，第 203 頁。

仁欲作則兼愛；率眞淳樸，不以機巧喪其本心，光明瑩潔，不以塵濁蕩其性靈。此等人達生之情，樂生之趣，原自盎然充滿，妙如春日秀樹，扶疏茂盛。其於形上之道、形下之器、天運之流行、物理之滋化、人事之演變，雖不創立文字之說，逞勝鬥妍，然心性上自有一種妙悟冥解。在這種情形之下，哲學思想仍有存在之必要否？哲學家對此等人妄說什麼宇宙之義蘊，人生之目的，知識之緣起，豈不是添花錦上，有損他們的天生的美質？哲學家對此等人巧說世界之若有若無，人生之忽苦忽樂，美惡之或虛或實，知識之疑似疑眞，豈不是斫喪他們的天眞，深蹈言者不智之過？不錯，這樣得天獨全的人簡直是哲人的活模樣。他們的慧心，一旦樹之風聲，著之話言，宛然成了一個系統，便是最好的哲學思想。」〔註 113〕

「我以超越形而上學一詞來形容典型的中國本體論，其立論特色有二：一方面深植根於現實世界，另一方面又騰沖超撥，趨入崇高理想的勝境而點化現實……中國各派的哲學家均能本此精神，而百盡竿頭，更進一步，建立一套『體用一如』、『變常不二』、『即現象即本體』、『即剎那即永恆』之形上學體系。」〔註 114〕

理學作爲一種心性哲學、「內聖」之學，也有詩性品格和超越之維，理學思維是一種感性的理性思維。牟宗三先生在談到儒學的「內在超越性」時說：

「天道高高在上，有超越的意義。天道貫注於人身之時，又內在於人而爲人的性，這時天道又是內在的。因此，我們可以用康德喜用的字眼，說天道一方面是超越的，另一方面又是內在的。天道既超越又內在，此時可謂兼具宗教與道德的意味，宗教重超越義，而道德重內在義。」〔註 115〕

〔註 113〕方東美《生生之美》，北京大學出版社，2009 年 1 月第 1 版，第 12 頁。
〔註 114〕方東美《生生之美》，北京大學出版社，2009 年 1 月第 1 版，第 137 頁。
〔註 115〕牟宗三《中國哲學的特質》上海世紀出版集團，第 26 頁。

「此中無限智，不被對象化個體化而爲人格神，但只是一超越的、普遍的道德實體（賅括天地萬物而言者），而可由人或一切理性存有而體現者。……它有絕對的普遍性，越在每一人每一物之上，而又非感性經驗所能及，故爲超越的；但它又爲一切人物之體，故又爲內在的。」〔註116〕

「理」這一範疇中既有孔子孟之「仁」、「道」，又有道家「無」、「道」和佛學「空」的色彩。「理」是宇宙自然之本體，是自然法則；又是德性之本體、人倫之本原，因此具有至眞至善的屬性，同時它又投射在天地間的萬事萬物之中：

「道之流行發見於天地之間，無所不在：在上者則鳶之飛而戾於天者，此也；在下者則魚之躍而出於淵者，此也；其在人則日用之間，人倫之際，夫婦之所知所能，而聖人之所不知不能者，亦此也。此其流行發見於上下之間者，可謂著矣。」〔註117〕

「先生嘗問於伊川：『如何是道也？』伊川曰：『行處是。』」

「先生嘗問伊川：『鳶飛戾天，魚躍于淵，莫是上下一理否？』伊川曰：『到這裡只得點頭。』」（《河南程氏外書》卷第十二）

「古人觀理，每於活處看。故《詩》曰：『鳶飛戾天，魚躍于淵。』夫子曰：『逝者如斯夫，不舍晝夜。』又曰：『山梁雌雉，時哉時哉。』孟子曰：『觀水有術，必觀其瀾。』又曰：『源泉混混，不舍晝夜。』明道不除窗前草，欲觀其意思與自家一般。又養小魚，欲觀其自得意，皆是於活處看。故曰：『觀我生，觀其生』。又曰：『復其見天地之心，學者能如是觀理，胸襟不患不開闊，氣象不患不和平。』」〔註118〕

〔註116〕牟宗三《圓善論》，吉林出版集團，第340頁。
〔註117〕朱熹《四書或問．中庸或問》，《朱子全書》第六冊，上海古籍出版社，2002年版。
〔註118〕羅大經《鶴林玉露》丙編卷九，中華書局，1983年版，第163頁。

「舂陵周茂叔，人品甚高，胸懷灑落，如光風霽月。好讀書，雅意山林。」〔註 119〕

「理」充塞於天地之間：鳶飛戾天、魚躍于淵，皆是道體天理的流行發見。此「理」使世間眾生萬物各得其所，此「理」使置身於天地萬物中的人，自覺地發明本心，窮理盡性，合內外之聖道，贊天地之化育，盡己之性亦盡人之性，樂生、達生、正己成物，同情體物，成德成聖，止於至善；盡生靈之本性，「充其量，盡其類」，使他人和物類都可以安身立命；充分享受主體精神價值的充實盎然，使現實世界成爲其本應當是的理想形態，融合了至善也是至美的最高價值，惟有如此，人才可以在這過程中領略造化之氣象，得其至仁至善之心，體驗到自身與天地萬物上下同流、天人合一境界的自由和愉悅，胸次悠然，涵泳天理，優游自得。這是中國式的人文精神與境界，美感和詩性也由此至仁至善之中而生。如果只是作爲抽象的理性和道德本體，「理」不可能有其詩性之維，雖然朱熹說：「樂，循理之樂。如顏子之樂又較深」，但此理畢竟是要通過充滿生命力和詩意的世界而彰顯其美，「理」和理學本身也是有著眞善美品格的統一體，在「道」「天理」等德性、倫理的精神背後充滿了活潑潑的生命體驗，在否定文藝的同時，理學自身卻通向了一種詩性、審美的境界，理學家孜孜以求、津津樂道的「誠、仁、樂」一體的道德——審美境界，正是理學通向詩學的關鍵。「哲學思想起源於對境的認識……哲學家有了對境的認識，還須有情的蘊發……境的認識貴在舉物得實，撫事求眞，常把不關切的要素都置之度外，存而不論。簡言之，境的認識只求於時間上空間上種種事理得著一個冷靜的、系統的瞭解而已。假使哲學思想僅以此處爲止境，所謂哲學純是科學的化身。進而言之，境之中有情，境之外有情，我們識得情蘊，便自來到一種哲學化的意境，於是宇宙人生之進程中不僅有事理的脈絡可尋，反可嚼出無窮的價值意味。……從事哲學而得著境的認識，往往側重分析，局於一隅，偏於

〔註 119〕黃庭堅《豫章黃先生文集》卷一《濂溪詩序》，四部叢刊初編本。

一理，不能寄精神於色相，所認識的宇宙只是一個冷酷的機構，結果人生的熱望都煥然冰釋，頓起意志消沉的悲感了。我們如欲窮求宇宙的義蘊，充實人生的內容，須知人性是活躍的、創造的，不為現實所拘，處處要找著一種美的善的價值世界，為精神之寄托所。」〔註120〕

邵雍說：「學不至於樂，不可謂之學」。〔註121〕牟宗三先生講，「中國文化傳統中，不喜歡講那抽象的死硬的理性，而是講那具體的情理或事理……是生活，亦是藝術，是道德，亦是智慧。性命、理氣，才情，一起都在內。」〔註122〕理學背後的詩性——審美之維以及真善美合一的境界，給宋人「格物窮理」的人生增加了一份詩意。像宋儒津津樂道的「孔顏樂處」從來都不只是哲學和倫理學的問題，同時也是一種審美化的存在方式，是一種道德的、同時又超道德的人生美學境界。宋人詩化了理學，亦將詩歌理學化，而德性與詩性、生命與理性、道與藝、詩與思之間本不是水火不容，因為人類的文化之源、價值之源、生命之源本是貫通的：

> 半畝方塘一鑒開，天光雲影共徘徊。問渠那得清如許，為有源頭活水來。
>
> 昨夜江邊春水生，艨艟巨艦一毛輕。向來枉費推移力，此日中流自在行。

朱子的詩是學道自得時的一種活潑潑的心靈境界，這種境界正是通過詩得以表達：「只有活躍的具體的生命舞姿、音樂的韻律、藝術的形象，才能使靜照中的『道』具象化、肉身化。德國詩人荷爾德林有兩句詩含義極深：『誰沉溟到那無邊際的深，將熱愛著這最生動的生』他這話使我們突然省悟中國哲學境界和藝術境界的特點。中國哲學是就『生命本身』體悟『道』的節奏，道具象於生活、禮樂制度。道尤表象於『藝』。燦爛的『藝』賦予『道』以形象生命，『道』給予

〔註120〕方東美《生生之美》，北京大學出版社，2009年1月第1版，第18～19頁。

〔註121〕邵雍《觀物外篇》（下），《皇極經世書》卷十四。

〔註122〕牟宗三《生命的學問》，廣西師範大學出版社，2005年版，第41頁。

『藝』以深度和靈魂。」〔註 123〕

再看朱子對「曾點氣象」的詮釋：「曾點之學，蓋有以見夫人欲盡處，天理流行，隨處充滿，無少欠缺。故其動靜之際，從容如此。而其言志，則又不過即其所居之位，樂其日用之常，初無捨己爲人之意。而其胸次悠然，直與天地萬物上下同流，各得其所之妙，隱然自見於言外。視三子之規規於事爲之末者，其氣象不侔矣。故夫子歎息而深許之。」〔註 124〕在此基礎上，徐復觀先生認爲：「朱元晦對此作了一番最深切的體會工夫；而由其體會到的，乃是曾點由鼓瑟所呈現出的『大樂與天地同和』的藝術境界；孔子之所以深致喟然之歎，也正是感動於這種藝術境界。此種藝術境界，與道德境界，可以融和；所以朱元晦順著此段文義去體認，便作最高道德境界的陳述。一個人的精神，沉浸消解於最高藝術境界之中時，也是『物我合一』『物我兩忘』，可以用『人欲盡處，天理流行，隨處充滿，無稍欠缺』這類的話去加以描述。」〔註 125〕

牟宗三先生說「理學家就是看到自然生命的缺點而往上翻，念茲在茲，以理性來調護也即潤澤我們的生命……」〔註 126〕同樣，詩也在以感性潤澤著我們的生命。從藝術的角度來說，德性與詩性可以溝通契合，靈動的「詩心」對天地萬物的領悟與「蓋通天下只是一個天機活物，流行發用、無間容息」之「道心」殊途同歸異曲同工，「藝術心靈的誕生，在人生忘我的一剎那，既美學上所謂『靜照』。靜照的起點在於空諸一切，心無掛礙，和世務暫時絕緣。這時一點覺心、靜觀萬象，萬象如在鏡中，光明瑩潔，而各得其所，呈現著它們各自的充實的、內在的、自由的生命，所謂萬物靜觀皆自得。這自得的、自由的各個生命在靜觀裏吐露光輝。……萬境浸入人的生命，染上了

〔註 123〕宗白華《美學散步》，上海人民出版社，1981 年版，第 67～68 頁。
〔註 124〕朱熹《四書集注》，嶽麓書社，2004 年版，第 148 頁。
〔註 125〕徐復觀《中國藝術精神》，春風文藝出版社，1987 年版，第 16～17 頁。
〔註 126〕牟宗三《生命的學問》，廣西師範大學出版社，2005 年版，第 42 頁。

人的性靈。」〔註 127〕從人生的角度來說，儘管人類審美的、詩性的活動及其無功利無目的性都要以理性的、有目的的、合乎德性的實踐活動爲前提，但是德性活動與詩性活動、「道心」與「詩心」在本源上都是對生命自由的呵護與追求，指向人生的一種可能性。

〔註 127〕宗白華《美學散步》，上海人民出版社，1981 年版，第 25 頁。

結語：「道」之爲「藝」

「人也，我也，精神之感召，道藝之貫通，蓋有不求而合，不介而親者。」〔註 1〕「道」與「藝」二者之間，有天然的「不求而合」、「不介而親」之處，因爲人的「道德主體」之心、「感性存有」之心、知性慧識之心，天然相通。

理學作爲一種道德哲學，在爲其哲學與倫理思想尋找根源時已經發現了生命的本眞及其美感，但通常只有在表達其哲學與道德、倫理思想等情況下，才承認詩文的存在價值；或者說，詩文、藝術的價值只有在進行哲學、道德理想等問題的思考和表達時才會呈現，理學詩論和傳統儒學詩論都認爲「文」是「道」之文，詩要「言道」。事實上，藝術、審美活動可以普遍地承擔道德價值並不是因爲其內容可以用來表達道德觀念和理想、可以「載道」，而是因爲作爲生命活動，它們與道德倫理在根源上是息息相通的，藝術、審美可以使人超脫現實功利回歸本眞狀態，而哲學思考、道德倫理也只有建立在人類最本然的、符合審美的生活基礎上才是最眞實和人性的。因此，哲學、倫理、美學與詩學之間的問題不應該只是考慮藝術如何表現哲學思考與道德價值。一直以來，「善」都被拿來作爲衡量「美」的重要尺度，

〔註 1〕楊萬里《見章彥溥提刑書》，《誠齋集》卷六十四，見王琦珍整理《楊萬里詩文集》（中），江西人民出版社，2006 年出版，第 1031 頁。

而反過來將審美作爲哲學特別是道德哲學的一個重要尺度也是值得考慮的：「美」不但是藝術的尺度和評價維度，在對「善」和「善的生活」的界定與評價中，「美」也應當是至關重要的，道德哲學在一定程度上也應當是審美化的。宗白華先生認爲，能將表達人類普通觀念、思想、見解和情緒的唯有藝術：「哲學家和科學家，兢兢然求人類思想見解的一致，宗教家與倫理學家，兢兢然求人類意志行爲的一致，而眞能結合人類情緒感覺的一致者，厥唯藝術而已。一曲悲歌，千人泣下；一幅畫境，行者駐足，世界上能融化人感覺情緒於一爐者，能有過於美術的麼？藝術的目的是融社會的感覺情緒於一致，譬如一段人生，一幅自然，各人遇之，因地位關係之差別，感覺情緒，毫不相同。但是，這一段人生，若是描寫於小說之中，彈奏於音樂之裏，這一幅自然，若是繪畫於圖冊之上，歌詠於詩詞之中，則必引起全社會的注意與同感，……所以中國古代聖哲極注重『樂教』……」〔註2〕

王國維在《紅樓夢評論》中論文學（小說）美學價值與倫理學價值的關係時說：「《紅樓夢》之爲悲劇也如此，昔雅里大德勒於《詩論》中謂悲劇所以感發人之情緒而高上之，殊如恐懼與悲憫之二者爲悲劇中固有之物，由此感發而人之精神於焉洗滌。故其目的，倫理學上之目的也。叔本華置詩歌於美術之頂點，又置悲劇於詩歌之頂點；而於悲劇之中又特重第三種，以其示人生之眞相，又示解脫之不可以故。故美學上最終之目的，與倫理學上最終之目的合。由是，《紅樓夢》之美學上之價值，亦與其倫理學之價值相聯絡也。」〔註3〕

因此，審美與道德在文學世界中從來都不必刻意二分，二者並非是對立的，並非是其中一個必定要爲另一個所主宰、置換或服務。審美固然是感性的自由的，道德也並非一定是壓抑的，道德並不是只有

〔註2〕宗白華《宗白華全集》第1卷，安徽教育出版社，1994年第1版，第332～333頁。

〔註3〕王國維《紅樓夢評論》第三章，《王國維文集》第一卷，中國文史出版社，1997年版，第13～14頁。

道德理想或道德救贖，更有生命自然意義上的德性與道德情感。審美與道德的天然相通關係在藝術中有時會因爲過度的刻意性而被扭曲。好的文學作品中，審美與道德自然有「不求而合」之處，「美並不能告訴我們善是什麼，因爲，作爲絕對的善只能被實現，不能被設想。但是，美可以向我們暗示。而且美特別指出：我們能夠實現善，因爲審美愉快所固有的無利害性就是我們道德使命的標誌，審美情感表示和準備了道德情感。」〔註 4〕道德觀念亦不會阻礙審美自由與文學性，應當「正確而自由」地理解二者的關係：「審美與道德的本源目的，實際上就在於『生命的自由擴張』……作爲審美與道德的本源性統一的藝術，不僅形象地表達著人的神聖的生命理想和強大的生命意志，而且通過生命的悲劇啓示，對人性的弱點起著警戒的作用。一個不容忽視的文化歷史事實是：爲了確證審美道德和諧的理想，各民族的「原初經典」，往往是宗教的詩篇或哲理的詩篇，它們共同表達著生命的神聖和神秘，顯示著生命的眞理，獨立形成了各具智慧特色的『本源性的審美道德觀』……」〔註 5〕

藝術本身包含著本體論意義上的因素，即表徵生命存在的方式與價值。藝術作品中的感興、境界、意象正是生命存在之眞、善、美的具象化，「眞」的自然敞開就是詩，「善」也是一樣。對於藝術與詩的欣賞者而言亦然。

〔註 4〕杜夫海納《美學與哲學》，16 頁，孫非譯，中國社會科學出版社，1995 年版。

〔註 5〕李詠吟《審美與道德的本源》，上海人民出版社，2006 年出版，第 1 頁。

參考文獻

1. 〔宋〕楊萬里《誠齋集》四部叢刊本。
2. 〔宋〕楊萬里《楊萬里詩文集》王琦珍整理，江西人民出版社，2006年版。
3. 〔宋〕楊萬里《誠齋易傳》叢書集成初編本。
4. 〔宋〕楊萬里《誠齋策問》（胡思敬《豫章叢書》集部六），江西教育出版社，2004年版。
5. 〔宋〕周敦頤《周敦頤集》，中華書局，2009年版。
6. 〔宋〕張載《張載集》，中華書局，1978年版。
7. 〔宋〕程顥《二程遺書》，上海古籍出版社，2000年版。
8. 〔宋〕朱熹《朱子全書》，上海古籍出版社，2002年版。
9. 〔宋〕朱熹《四書集注》，嶽麓書社，2004年8月出版。
10. 〔宋〕陸九淵《陸九淵集》，中華書局，1980年版。
11. 〔元〕脱脱《宋史》，中華書局，1985年版。
12. 〔清〕黃宗羲、全祖望《宋元學案》，中華書局，1986年版。
13. 〔清〕何文煥《歷代詩話》，中華書局，1981年版。
14. 曾棗莊《全宋文》，上海辭書出版社，2006年出版。
15. 湛之《楊萬里、范成大資料彙編》，中華書局，1964年版。
16. 丁福保《歷代詩話續編》，中華書局，1983年版。
17. 郭紹虞《宋詩話考》，中華書局，1979年版。
18. 吳文治《宋詩話全編》，江蘇古籍出版社，1998年版。
19. 錢鍾書《宋詩選注》，人民文學出版社，1989年版。

20. 錢鍾書《談藝錄》，中華書局，1984 年版。
21. 周啓成《楊萬里與誠齋體》，上海古籍出版社，1990 年版。
22. 王守國《誠齋詩研究》，中州古籍出版社，1992 年版。
23. 張瑞君《楊萬里評傳》，南京大學出版社，2002 年版。
24. 于北山《楊萬里年譜》，上海古籍出版社，2006 年 9 月版。
25. 蕭東海《楊萬里年譜》，上海三聯書店，2007 年 5 月版。
26. 周汝昌《楊萬里詩選注》，中華書局，1962 年版。
27. 劉慶雲、杜方智主編《首屆全國楊萬里學術討論會論文集》，嶽麓書社，1993 年版。
28. 康泰、蕭東海主編《第二屆全國楊萬里學術討論會論文集》，江西高教出版，1999 年版。
29. 郭豔華《楊萬里文學思想研究》，中國社會科學出版社，2012 年版。
30. 蒙培元《理學的演變》，福建人民出版社，1998 年版。
31. 蒙培元《理學範疇系統》，人民文學出版社，1989 年版。
32. 蒙培元《心靈超越與境界》，人民文學出版社，1998 年版。
33. 蒙培元《情感與理性》，中國社會科學出版社，2002 年版。
34. 錢穆《中國思想通俗講話》，三聯書店，2005 年版。
35. 牟宗三《心體與性體》，上海古籍出版社，1999 年版。
36. 牟宗三《生命的學問》，廣西師範大學出版社，2005 年版。
37. 牟宗三《中西哲學會通十四講》，上海世紀出版集團，2008 年版。
38. 牟宗三《道德的理想主義》，吉林出版集團，2010 年版。
39. 牟宗三《中國哲學的特質》，上海世紀出版集團，2008 年版。
40. 牟宗三《中西哲學的會通》，廣西師範大學出版社，2008 年版。
41. 牟宗三《宋明儒學的問題與發展》，華東師範大學，2004 年出版。
42. 方東美《生生之美》，北京大學出版社，2009 年版。
43. 余英時《中國文化史通釋》，三聯書店，2011 年版。
44. 余英時《士與中國文化》，上海人民出版社，2003 年版。
45. 梁漱溟《東西文化及其哲學》，商務印書館，2011 年版。
46. 呂思勉《理學綱要》，中國人民大學出版社，2011 年版。
47. 葛兆光《中國思想史》，復旦大學出版社，2009 年版。
48. 何俊《南宋儒學建構》，上海人民出版社，2004 年版。
49. 侯外廬、邱漢生、張豈之主編《宋明理學史》，人民出版社，1997

年版。
50. 張立文《宋明理學研究》，人民出版社，2002 年版。
51. 勞思光《新編中國哲學史》，廣西師範大學出版社，2005 年版。
52. 唐君毅《中國人文精神之發展》，廣西師範大學出版社，2005 年版。
53. 徐復觀《中國學術精神》，華東師範大學出版社，2003 年版。
54. 周裕楷《宋代詩學通論》，巴蜀書社，1994 年版。
55. 許總《宋詩史》，重慶出版社，1992 年版。
56. 張毅《宋代文學思想史》，中華書局，1995 年版。
57. 張毅《宋代文學研究》，北京出版社，2001 年版。
58. 王水照《首屆宋代文學國際研討會論文集》，復旦大學出版社，2001 年版。
59. 徐洪興《思想的轉型——理學發生過程研究》，上海人民出版社，1996 年版。
60. 漆俠《宋學的發展與演變》，河北人民出版社，2002 年版。
61. 王水照、熊海英《南宋文學史》，人民出版社，2009 年版。
62. 沈松勤《南宋文人與黨爭》，人民文學出版社，2005 年版。
63. 沈松勤《宋代政治與文學研究》，商務印書館，2010 年出版。
64. 何濬、范立舟《南宋思想史》，上海古籍出版社，2008 年版。
65. 呂肖奐《宋詩體派論》，四川民族出版社，2002 年版。
66. 何忠禮《南宋史稿》，杭州大學出版社，1999 年版。
67. 楊渭生《兩宋文化史研究》，杭州大學出版社，1998 年版。
68. 陳來《宋明理學》，華東師範大學出版社，2004 年版。
69. 陳中凡《兩宋思想述評》，北京：東方出版社，1996 年版。
70. 李春青《宋學與宋代文學觀念》，北京師範大學出版社，2001 年版。
71. 李春青《烏托邦與詩：中國古代士人文化與文學價值觀》，北京師範大學出版社，1995 年。
72. 李春青《在文本與歷史之間：中國古代詩學意義生成模式探微》，北京大學出版社，2005 年出版。
73. 韓經太《理學文化與文學思潮》，中華書局，1999 年版。
74. 韓經太《宋代詩學史論》，吉林教育出版社，1995 年版。
75. 許總《宋明理學與中國文學》，百花洲文藝出版社，1999 年版。
76. 石明慶《理學文化與南宋詩學》，中國社會科學出版社，2006 年版。

77. 馬積高《宋明理學與文學》，湖南師範大學出版社，1989年版。
78. 王培友《兩宋理學家文道觀念及其詩學實踐研究》，南京大學出版社，2016年版。
79. 趙士林《心學與美學》，中國社會科學出版社，1992年版。
80. 程傑《宋詩學導論》，天津人民出版社，1999年版。
81. 張宏生《宋詩的融通與開拓》，上海古籍出版社，2001年版。
82. 張文利《理禪融會與宋詩研究》，中國社會科學出版社，2004年版。
83. 張晶《禪與唐宋詩學》，新星出版社，2010年版。
84. 劉方《文化視域中的宋代文論》，學林出版社，2006年版。
85. 范希春《理性之維——宋代中期儒家文藝美學思想研究》，中央民族大學出版社，2006年版。
86. 郭鵬《詩心與文道：北宋詩學的以文爲詩問題研究》，北京語言大學出版社，2003年版。
87. 陳谷嘉《宋代倫理思想研究》，湖南大學出版社，2006年版。
88. 郭學信《宋代士大夫文化品格與心態》，天津人民出版社，1997年出版。
89. 馬茂軍、張海沙《困境與超越：宋代文人心態史》，河北教育出版社，2001年出版。
90. 蕭華榮《中國詩學思想史》，華東師範大學出版社，1996年版。
91. 陳良運《中國詩學批評史》，江西人民出版社，1990年版。
92. 胡曉明《中國詩學之精神》，江西人民出版社，1990年版。
93. 郭紹虞《中國文學批評史》，百花文藝出版社，1999年版。
94. 羅根澤《中國文學批評史》，上海古籍出版社，1984年版。
95. 朱東潤《中國文學批評史大綱》，上海古籍出版社，1983年版。
96. 龔鵬程《中國文學批評史論》，北京大學出版社，2008年版。
97. 成復旺《中國文學理論批評史》，北京出版社，1987年版。
98. 張少康《中國文學理論批評發展史》，北京大學，2003年9月版。
99. 勞承萬《中國詩學道器論》，安徽教育出版社，2010年出版。
100. 張毅《儒家文藝美學——從原始儒家到現代新儒家》，南開大學出版社，2004年版。
101. 張毅《羅宗強古代文學思想論集》，汕頭大學出版社，1999年版。
102. 韓經太《詩學美論與詞學美境》，北京語言文化大學出版社，2000年版。

103. 王南《中國詩性文化與詩觀念》，四川民族出版社，2002 年版。
104. 劉小楓《個體信仰與文化理論》，四川人民出版社，1997 年版。
105. 潘立勇《朱子理學美學》，東方出版社，1999 年版。
106. 劉成紀《青山道場——莊禪與中國詩學精神》，東方出版社，2005 年版。
107. 張恩普《儒道融合與中國古代文論》，吉林人民出版社，2007 年版。
108. 翁禮明《禮樂文化與詩學話語》，四川出版集團，2007 年版。
109. 蘇桂寧《宗法倫理精神與中國詩學》，上海三聯書店，2002 年版。
110. 袁濟喜《古代文論的人文追尋》，中華書局，2002 年版。
111. 莫礪鋒《江西詩派研究》，齊魯書社，1986 年版。
112. 龔鵬程《江西詩社宗派研究》，文史哲出版社，1983 年版。
113. 張宏生《江湖詩派研究》，中華書局，1995 年版。
114. 陳忻《南宋心學學派的文學研究》，中國社會科學出版社，2006 年版。
115. 張海明《經與緯的交結——中國古代文藝學範疇論要》，雲南人民出版社，1995 年版。
116. 崔際銀《文化構建與宋代文士及文學》，天津古籍出版社，2011 年版。
117. 葛曉音《山水田園詩派研究》，遼寧大學出版社，1999 年版。
118. 陶文鵬、韋鳳娟主編《中國山水詩史》，風凰出版社，2004 年版。
119. 張高評《宋詩之傳承與開拓》，臺北文史哲出版社，1990 年版。
120. 張伯偉《禪與詩學》，浙江人民出版社，1992 年版。
121. 吳兆路《中國性靈文學思想研究》，臺灣文津出版社，1995 年版。
122. 鄧瑩輝《兩宋理學美學與文學研究》，華中師範大學出版社，2007 年版。
123. 周裕楷《中國禪宗與詩歌》，上海人民出版社，1992 年版。
124. 范玉吉《審美趣味的變遷》，北京大學出版社，2006 年版。
125. 陸揚《德里達的幽靈》，武漢大學出版社，2008 年出版。
126. 余虹《詩與思的對話——海德格爾詩學引論》，中國社會科學出版社，1991 年 7 月出版。
127. 李詠吟《審美與道德的本源》，上海人民出版社，2006 年出版。
128. 劉小楓《詩化哲學》，華東師範大學出版社，2007 年版。
129. 周國平《詩人哲學家》，上海人民出版社，1987 年版。

130. 宗白華《美學散步》，上海人民出版社，1981 年版。
131. 徐復觀《中國藝術精神》，春風文藝出版社，1987 年版。
132. 彭鋒《詩可以興——古代宗教、倫理、哲學與藝術的美學闡釋》，安徽教育出版社，2003 年版。
133. 皮朝綱《中國美學沉思錄》，四川民族出版社，1997 年版。
134. 曹順慶《中西比較詩學》，中國人民大學出版社，2010 年版。
135. 王一川《意義的瞬間生成：西方體驗美學的超越性結構》，山東文藝出版社，1988 年出版。
136. 〔美〕雷・韋勒克、奧・沃倫：《文學理論》，劉象愚等譯，三聯書店，1984 年出版。
137. 〔德〕席勒《審美教育書簡》馮至譯，上海人民出版社，2003 年版。
138. 〔美〕馬克・愛德蒙森《文學對抗哲學：從柏拉圖到德里達》，王柏華、馬曉東譯，中央編譯出版社，2000 年版。
139. 〔法〕杜夫海納《美學與哲學》孫非譯，中國社會科學出版社，1995 年版。
140. 〔美〕阿諾德・豪塞爾《藝術史的哲學》，陳超南，劉天華譯中國社會科學出版社，1992 年版。
141. 〔法〕瓦萊里《文藝雜談》，段映紅譯，天津百花文藝出版社，2002 年版。
142. 〔德〕黑格爾《美學》（第三卷），朱光潛譯，商務印書館，1991 年版。
143. 〔德〕恩斯特・卡西爾著，甘陽譯《人論》，上海譯文出版社，2004 年版。
144. 〔比利時〕喬治・布萊著，郭宏安譯《批評意識》，廣西師範大學出版社，2002 年版。
145. 〔美〕蘇珊・桑塔格《反對闡釋》，程巍譯，上海譯文出版社，2003 年版。
146. 〔日〕鈴木虎雄《中國詩論史》，許總譯，廣西人民出版社，1981 年版。
147. 〔法〕柏格森著，王作虹等譯《道德與宗教的兩個來源》，貴州人民出版社，2000 年版。
148. 〔德〕馬丁・海德格爾《詩・語言・思》，張月譯，黃河文藝出版社，1989 年出版。

論文：

1. 儲皖峰《楊萬里的生卒年月》，《國學季刊》5卷3期，1936年。
2. 郭紹虞《從〈誠齋詩話〉的時代談楊萬里的詩論》，光明日報，1961年2月26日。
3. 郭紹虞《南宋傑出詩人楊萬里》，江西日報，1961年8月6日。
4. 于北山《試論楊萬里詩作的源流和影響》，南京師範學院學報，1979年第3期。
5. 于北山《楊萬里交遊考略》，中華文史論叢，1981年第1輯。
6. 熊大權《楊誠齋詩特色試探》，江西大學學報，1982年第4期。
7. 步近智《略論楊萬里的社會政治思想》，中國史研究，1983年第3期。
8. 王守國《誠齋詩趣簡論》，中州學刊，1985年第6期。
9. 胡明《楊萬里散論》，文學評論，1986年第6期。
10. 胡明《誠齋放翁詩品談》，江西社會科學，1987年第3期
11. 王守國《論「誠齋體」詩的表述特徵》，河南師大學報，1988年第4期。
12. 王琦珍《論楊萬里的審美觀》，江西師大學報，1989年第3期。
13. 王守國《誠齋詩源流論略》，中州學刊，1988年第4期。
14. 張鳴《誠齋體與理學》，文學遺產，1987年第3期。
15. 程傑《新靈性 新情調 新語體——「誠齋體」新論》，爭鳴1989年第6期。
16. 王琦珍《論楊萬里詩歌的轉變契機》，江西社會科學，1989年第4期。
17. 王琦珍《楊萬里家世敍錄》，文學遺產，1989年第6期。
18. 王琦珍《論楊萬里詩風的轉變契機》，江西社會科學，1989年第4期。
19. 戴武軍《楊萬里的詩論特色》，山東師大學報，1990年第3期。
20. 王琦珍《中興四大詩人比較論》，江西師範大學學報，1990年第9期。
21. 傅義《楊萬里對江西詩派的繼承與變革》，中國文學研究，1990年第3期。
22. 戴武軍《楊誠齋詩初論》，求索，1990年第2期。
23. 張晶《「誠齋體」與禪學的「因緣」》，文藝理論家，1990年第4期。

24. 許總《論楊萬里與南宋詩風》，社會科學戰線，1991 年第 4 期。
25. 王琦珍《論禪學對楊萬里詩歌藝術的影響》，遼寧大學學報，1992 年第 5 期。
26. 戴武軍《「誠齋體」的形成原因初探》，湘潭大學學報，1992 年第 4 期。
27. 朱炯遠、張立《楊萬里「誠齋體」的藝術淵源》，瀋陽師範學院學報，1992 年第 1 期。
28. 張瑞君《誠齋詩的繼承與創新》，晉陽學刊，1992 年第 4 期。
29. 王兆鵬《建構靈性的自然——楊萬里「誠齋體」別解》，文學遺產，1992 年第 6 期。
30. 秦寰明《兩宋詩歌特質的變異與誠齋體》，中國韻文學刊，1992 年 6 月。
31. 陳義成《楊萬里立朝事蹟考》，河北師院學報，1992 年第 1 期。
32. 王連生《楊萬里對詩學理論的貢獻》，陰山學刊，1992 年第 4 期。
33. 張晶《誠齋體與宋詩的超越》，文史知識，1993 年第 4 期。
34. 戴武軍《誠齋體的藝術表現特徵淺析》，中國韻文學刊，1993 年第 3 期。
35. 韓經太《論宋詩諧趣》，中國社會科學，1993 年第 5 期。
36. 王守國《楊萬里自然山水詩綜論》，中州學刊，1995 年第 6 期。
37. 張福勳《誠齋詩的「活法」藝術》，陰山學刊，1995 年第 1 期。
38. 王守國《誠齋自然山水詩綜論》，中州學刊，1995 年第 6 期。
39. 張福勳《誠齋詩的詼諧藝術》，陰山學刊，1996 年 1～2 期。
40. 韓經太《楊萬里出入理學的文學思想》，社會科學戰線，1996 年第 2 期。
41. 韋向學《〈誠齋詩話〉論略》，廣西師範大學學報 1998 年第 3 期。
42. 黃建華《楊萬里的詩歌藝術探析》，江西社會科學，1999 年第 9 期。
43. 張玉璞《楊萬里與南宋「晚唐詩風」的復興》，文史哲，1999 年第 2 期。
44. 龔國光《誠齋體與俗文學：對楊萬里詩歌的再認識》，江西社會科學，1999 年第 3 期。
45. 張瑞君《楊萬里詩歌的藝術構思》，河北大學學報，1999 年第 2 期。
46. 張瑞君《論楊萬里的人格》，天津師範大學學報，1999 年第 6 期。
47. 胡迎建《論楊萬里的文學思想及其詩論》，江西社會科學，1999 年第 3 期。
48. 張瑞君《楊萬里詩歌的語言藝術》，名作欣賞，1999 年第 5 期。
49. 王雪盼《楊萬里「誠齋體」中的雅與俗》，文教資料，2000 年第 2 期。
50. 李勝《誠齋詩論要題披談》，四川大學學報，2000 年第 2 期。
51. 黎烈南《童心與誠齋體》，文學遺產，2000 年第 5 期。
52. 李春青《從楊萬里到嚴滄浪——論詩學對宋學精神之拒斥與背離》，求索，2001 年 2 月。
53. 李鳳亮《詩・語言・思：對抗與對話》，寧夏社會科學，2002 年 11 月。
54. 陳伯海《釋「感興」——中國詩學的生命發動論》，文藝理論研究，2005 年第 5 期。
55. 肖瑞峰、彭庭松《百年來楊萬里研究述評》，文學評論，2006 年第 4 期。
56. 李春青《文學理論與言說者的身份認同》，文學評論，2006 年第 3 期。
57. 李建軍《試析宋代詩論對〈春秋〉義法的吸納——以楊萬里、張戒爲考察中心》，北京師範大學學報社會科學版，2007 年第 5 期。
58. 張晶《「感興」：情感喚起與審美表現》，文藝理論研究，2008 年第 2 期。
59. 楊國榮《理學的倫理向度：從張載到王陽明》，倫理學研究，2009 年第 1 期。
60. 張晶《審美情感自然情感道德情感》，文藝理論研究，2010 年第 1 期。
61. 張晶《審美主體——感興論的價值生成前提》，復旦學報（社會科學版），2011 年第 3 期。
62. 章細玲《近十年楊萬里「誠齋體」研究綜述》，蘭州教育學院學報，2011 年 4 月。
63. 徐文茂《中國詩學思想史上的新開拓——楊萬里以「興」爲中心的詩學理論》，學術月刊，2011 年 10 月。
64. 熊海英《師法自然的自由創作——對「誠齋體」之「自然」特質的深層闡析》，中南大學學報（社會科學版），2012 年第 6 期。

博士學位論文：

1. 彭庭松《楊萬里與南宋詩壇》（浙江大學博士學位論文 2005 年）。

2. 張玖青《楊萬里思想研究》（浙江大學博士學位論文 2005 年）。
3. 郭豔華《楊萬里文學思想研究》（首都師範大學博士學位論文 2006 年）。
4. 朱連華《楊萬里詩風演變研究》（西北師範大學博士學位論文 2008 年）。

後 記

理學與美學，都是關乎性命圓滿的學問。德性成就、窮理盡性與審美救贖、詩性超越之間，頗有殊途同歸之處，這是我的博士論文選題的初衷。至此本書暫告一段落，我的心是滿滿的惶恐、不安。由於本人的學識水平、能力、所付出的努力十分有限，本書的最終定稿仍然存在很多不足和遺憾。

時光匆匆，轉眼已畢業數年，忙於工作、生活的各種瑣事，書稿一再拖延。離開學校後最懷念的，是當年在恩師門下求學的時光，最感謝的是恩師李春青先生。至今都認爲如我這般生性怠惰、資質淺陋的人，竟能有幸、有緣成爲他的學生，是莫大的幸運和榮幸，也是數年前考博時的我無論如何都不敢想像的。求學三年間，老師的學問與爲人都讓我深深景仰:無論是在課堂上還是讀書會上,每每同學們「爭論」的不可開交之時，李老師一番啓人心智、發人深省的點撥就可以讓我的心思在一瞬間被照亮而通透許多。老師是極爲溫潤儒雅的謙謙君子，頗有宋儒的修養、風度與胸襟，我一直覺得宋儒的那種理想人格精神與境界已經深深內化在他的立身行事之中；在三年的學習與生活中，老師的關心與幫助常常讓我心中感動，我是不善言辭、性格內向的人，通常最多只會平淡地道一聲謝謝，那遠遠無法表達我心中的感恩，這種感恩是一生的。工作以後，偶而的聯絡，老師也每每關心我的工作、生活，在今後的人生路上，恩師淵博的學術造詣、嚴謹的治學態度以及溫厚平和的爲人，會一直是我努力學習的方向。

李林芳於河北邯鄲

2019 年 4 月 10 日

附錄一

《宋史・楊萬里傳》

楊萬里，字廷秀，吉州吉水人。中紹興二十四年進士第，爲贛州司戶，調永州零陵丞。時張浚謫永，杜門謝客，萬里三往不得見，以書力請，始見之。浚勉以正心誠意之學，萬里服其教終身，乃名讀書之室曰誠齋。

浚入相，薦之朝。除臨安府教授，未赴，丁父憂。改知隆興府奉新縣，戢追胥不入鄉，民逋賦者揭其名市中，民讙趨之，賦不擾而足，縣以大治，會陳俊卿、虞允文爲相，交薦之，召爲國子博士。侍講張栻以論張說出守袁，萬里抗疏留栻，又遺允文書，以和同之說規之，栻雖不果留，而公論偉之。遷太常博士，尋升丞兼吏部侍右郎官，轉將作少監，出知漳州，改常州，尋提舉廣東常平茶鹽。盜沈師犯南粵，帥師往平之。孝宗稱之曰「仁者之勇」，遂有大用意，就除提點刑獄。請於潮、惠二州築外砦，潮以鎮賊之巢，惠以扼賊之路。俄以憂去。免喪，召爲尙左郎官。

淳熙十二年五月，以地震應詔上書曰：

臣聞言有事於無事之時，不害其爲忠；言無事於有事之時，其爲奸也大矣。南北和好逾二十年，一旦絕使，敵情不測。而或者曰彼有五單于爭立之禍。又曰彼有匈奴困於東胡之禍，既而皆不驗。道途相傳，繕汴京城池，開海州漕渠，又於河南、北簽民兵，增驛騎，製馬櫪，籍井泉，而吾之間諜不得以入，此何爲者耶？臣所謂言有事於無事之時者一也。

或謂金主北歸，可爲中國之賀。臣以中國之憂，正在乎此。此人北歸，蓋懲創於逆亮之空國而南侵也。將欲南之，必固北之。或者以身塡撫其北，而以其子與婿經營其南也。臣所謂言有事於無事之時者二也。

臣竊聞論者或謂緩急，淮不可守，則棄淮而守江，是大不然。昔者吳與魏力爭而得合肥，然後吳始安；李煜失滁、揚二州，自此南唐始蹙。今曰棄淮而保江，既無淮矣，江可得而保乎？臣所謂言有事於無事之時者三也。

今淮東、西凡十五郡，所謂守帥，不知陛下使宰相擇之乎，使樞廷擇之乎？使宰相擇之，宰相未必爲樞廷慮也；使樞廷擇之，則除授不自己出也。一則不爲之慮，一則不自己出，緩急敗事，則皆曰：非我也。陛下將責之誰乎？臣所謂言有事於無事之時者四也。

且南北各有長技，若騎若射，北之長技也；若舟若步，南之長技也。今爲北之計者，日繕治其海舟，而南之海舟則不聞繕治焉。或曰：吾舟素具也，或曰：舟雖未具而憚於擾也。紹興辛巳之戰，山東、采石之功，不以騎也，不以射也，不以步也，舟焉而已。當時之舟，今可復用乎？且夫斯民一日之擾，與社稷百世之安危，孰輕孰重？事固有大於擾者也。臣所謂言有事於無事之時者五也。

陛下以今日爲何等時耶？金人日逼，疆場日擾，而未聞防金人者何策，保疆場者何道；但聞某日修某禮文也，某日進某書史也，是以鄉飲理軍，以干羽解圍也。臣所謂言有事於無事之時者六也。

臣聞古者人君，人不能悟之，則天地能悟之。今也國家之事，敵情不測如此，而君臣上下處之如太平無事之時，是人不能悟之矣。故上天見災異，異時熒惑犯南斗，邇日鎭星犯端門，熒惑守羽林。臣書生，不曉天文，未敢以爲必然也。至於春正月日青無光，若有兩日相摩者，茲不曰大異乎？然天猶恐陛下不信也，至於春日載陽，復有雨雪殺物，茲不曰大異乎？然天猶恐陛下又不信也，乃五月庚寅，又有地震，茲又不曰大異乎？且夫天變在遠，臣子不敢奏也，不信可也；地震在外，州郡不敢聞也，不信可也。今也天變頻仍，地震輦轂，而君臣不聞警懼，朝廷不聞諮訪，人不能悟之，則天地能悟之。臣不知陛下於此悟乎，否乎？臣所謂言有事於無事之時者七也。

自頻年以來，兩浙最近則先旱，江淮則又旱，湖廣則又旱，流徙者相續，道殣相枕。而常平之積，名存而實亡；入粟之令，上行而下慢。靜而無事，未知所以振救之；動而有事，將何以仰以爲資耶？臣所謂言有事於無事之時者八也。

古者足國裕民，惟食與貨。今之所謂錢者，富商、巨賈、閹宦、權貴皆盈室以藏之，至於百姓三軍之用，惟破楮券爾。萬一如唐涇原之師，因怒糲食，蹴而覆之，出不遜語，遂起朱泚之亂，可不爲寒心哉！臣所謂言有事於無事之時者九也。

古者立國必有可畏，非畏其國也，畏其人也。故苻堅欲圖晉，而王猛以爲不可，謂謝安、桓沖江左之望，是存晉者，二人而已。異時名相如趙鼎、張浚，名將如岳飛、韓世忠，此金人所憚也。近時劉珙可用則早死，張栻可用則沮死，萬一有緩急，不知可以督諸軍者何人，可以當一面者何人，而金人之所素憚者又何人？而或者謂人之有才，用而後見。臣聞之《記》曰：「苟有車必見其式，苟有言必聞其聲。」今曰有其人而未聞其可將可相，是有車而無式，有言而無聲也。且夫用而後見，非臨之以大安危，試之以大勝負，則莫見其用也。平居無以知其人，必待大安危、大勝負而後見焉。成事幸矣，萬一敗事，悔何及耶？昔者謝玄之北禦苻堅，而郗超知其必勝；桓溫之西伐李勢，而劉惔知其必取。蓋玄於履屐之間無不當其任，溫於蒲博不必得則不爲，二子於平居無事之日，蓋必有以察其小而後信其大也，豈必大用而後見哉？臣所謂言有事於無事之時者十也。

願陛下超然遠覽，昭然遠寤。勿矜聖德之崇高，而增其所未能；勿恃中國之生聚，而嚴其所未備。勿以天地之變異爲適然，而法宣王之懼災；勿以臣下之苦言爲逆耳，而體太宗之導諫。勿以女謁近習之害政爲細故，而監漢、唐季世致亂之由；勿以仇讎之包藏爲無他，而懲宣、政晚年受禍之酷。責大臣以通知邊事軍務如富弼之請，勿以東西二府異其心；委大臣以薦進謀臣良將如蕭何所奇，勿以文武兩途而殊其轍，勿使賂宦者而得旄節如唐大曆之弊，勿使貨近幸而得招討如梁段凝之敗。以重蜀之心而重荊、襄，使東西形勢之相接；以保江之心而保兩淮，使表裏唇齒之相依。勿以海道爲無虞，勿以大江爲可恃。增屯聚糧，治艦扼險。君臣之所諮訪，朝夕之所講求，姑置不急之務，精專備敵之策。庶几上可消於天變，下不墮於敵奸。

然天下之事，有本根，有枝葉。臣前所陳，枝葉而已。所謂本根，則人主不可以自用。人主自用，則人臣不任責，然猶未害也。至於軍事，而猶曰「誰當憂此，吾當自憂」。今日之事，將無類此？《傳》曰：「木水有本原。」聖學高明，願益思其所以本原者。

東宮講官闕，帝親擢萬里爲侍讀。宮僚以得端人相賀。他日讀《陸宣公奏議》等書，皆隨事規警，太子深敬之。王淮爲相，一日問曰：「宰相先務者何事？」曰：「人才。」又問：「孰爲才？」即疏朱熹、袁樞以下六十人以獻，淮次第擢用之。曆樞密院檢詳，守右司郎中，遷左司郎中。

十四年夏旱，萬里復應詔，言：「旱及兩月，然後求言，不曰遲乎？上自侍從，下止館職，不曰隘乎？今之所以旱者，以上澤不下流，下情不上達，故天地之氣隔絕而不通。」因疏四事以獻，言皆懇切。遷秘書少監。會高宗崩，孝宗欲行三年喪，創議事堂，命皇太子參決庶務。萬里上疏力諫，且上太子書，言：「天無二日，民無二王。一履危機，悔之何及？與其悔之而無及，孰若辭之而不居。願殿下三辭五辭，而必不居也。」太子悚然。高宗未葬，翰林學士洪邁不俟集議，配饗獨以呂頤浩等姓名上。萬里上疏詆之，力言張浚當預，且謂邁無異指鹿爲馬。孝宗覽疏不悅，曰：「萬里以朕爲何如主！」由是以直秘閣出知筠州。

光宗即位，召爲秘書監。入對，言：「天下有無形之禍，僭非權臣而僭於權臣，擾非盜賊而擾於盜賊，其惟朋黨之論乎！蓋欲激人主之怒莫如朋黨，空天下人才莫如朋黨。黨論一興，其端發於士大夫，其禍及於天下。前事已然，願陛下建皇極於聖心，公聽並觀，壞植散群，曰君子從而用之，曰小人從而廢之，皆勿問其某黨某黨也。」又論：「古之帝王，固有以知一己攬其權，不知臣下竊其權。大臣竊之則權在大臣，大將竊之則權在大將，外戚竊之則權在外戚，近習竊之則權在近習。竊權之最難防者，其惟近習乎！非敢公竊也，私竊之也。始於私竊，其終必至於公竊而後已。可不懼哉！」

紹熙元年，借煥章閣學士爲接伴金國賀正旦使兼實錄院檢討官。會《孝宗日曆》成，參知政事王藺以故事俾萬里序之，而宰臣屬之禮部郎官傅伯壽。萬里以失職力丐去，帝宣諭勉留。會進《孝宗聖政》，萬里當奉進，孝宗猶不悅，遂出爲江東轉運副使，權總領淮西、江東軍馬錢糧。朝議欲行鐵錢於江南諸郡，萬里疏其不便，不奉詔，忤宰相意，改知贛州，不赴，乞祠，除秘閣修撰，提舉萬壽宮，自是不復出矣。

寧宗嗣位，召赴行在，辭。升煥章閣待制、提舉興國宮。引年乞休致，進寶文閣待制致仕。嘉泰三年，詔進寶謨閣直學士，給賜衣帶。開禧元年召，復辭。明年，升寶謨閣學士，卒，年八十三，贈光祿大夫。

萬里爲人剛而褊。孝宗始愛其才，以問周必大，必大無善語，由此不見用。韓侂冑用事，欲網羅四方知名士相羽翼，嘗築南園，屬萬里爲之記，許以掖垣。萬里曰：「官可棄，記不可作也。」侂冑恚，改命他人。臥家十五年，皆其柄國之日也。侂冑專僭日益甚，萬里憂憤，怏怏成疾。家人知其憂國也，凡邸吏之報時政者皆不以告。忽族子自外至，遽言侂冑用兵事。萬里慟哭失聲，亟呼紙書曰：「韓侂冑姦臣，專權無上，動兵殘民，謀危社稷，吾頭顱如許，報國無路，惟有孤憤！」又書十四言別妻子，筆落而逝。

萬里精於詩，嘗著《易傳》行於世。光宗嘗爲書「誠齋」二字，學者稱誠齋先生，賜諡文節。子長孺。

《宋史・列傳第一百九十二儒林三》

附錄二

《宋元學案・卷四十四》

楊萬里，字廷秀，吉水人。中紹興進士第，調永州零陵丞。時張魏公謫永，杜門謝客，先生三往不得見，以書力請始見之。魏公勉以正心誠意之學，先生服其教終身，乃名讀書之室曰誠齋。魏公入相，薦之朝，除臨安府教授。未赴，丁父憂。改知隆興府奉新縣，縣以大治。以薦召爲國子博士。南軒以論張說出守袁，先生抗言，公論偉之。遷太常博士，轉將作少監，出知漳州，改常州，尋提舉廣東常平茶鹽。盜沈師犯南粵，帥師平之，孝宗稱之曰「仁者之勇」，遂有大用意，除提點刑獄。請於潮、惠二州築外砦。俄以憂去。召爲尙左郎。淳熙十二年五月，以地震應詔上書，累累數千言，請以選將備敵爲事，又言：「天下事有本根，聖學高明，願益思其所以爲本根者。」東宮講官闕，帝親擢先生爲侍讀，宮僚以得端人賀。他日，讀《陸宣公奏議》等書，皆隨事規警，太子深敬之。王淮爲相，一日問曰：「宰相先務者何事？」曰：「人才。」又問孰爲才，即疏朱子以下六十人以獻，淮次第擢用之。曆樞密院檢詳官、右司郎中，遷左司郎中。十四年，夏旱，先生疏四事以獻，言皆懇切。遷秘書少監。會高宗崩，孝宗欲行三年喪，創議事堂，命皇太子參決庶務，先生上疏力諫。高宗未葬，學士洪邁不俟集議，配饗獨以呂頤浩等姓名上，先生上疏劾之，孝宗不悅，出知筠州。光宗立，召爲秘書監。入對，言天下無形之禍，起於朋黨，積於近習。會《孝宗日曆》成，參政王藺以故事俾先生序之，而宰臣屬之禮部郎傅伯壽，先生以失職丐去，帝宣諭勉留。會進《孝宗聖政》，先生當奉進，孝宗猶不悅，出爲江東轉運副使。朝議欲行鐵錢於江南，先生疏其不便，忤宰相意，改知贛州，不赴。除秘閣修撰，提舉萬壽宮，自是不復出矣。寧宗立，召赴行在，辭。升煥章閣待制。引年乞休致，進寶文閣待制，致仕。開禧初召，復辭。升寶謨閣學士。卒，年八十三，贈光祿大夫，謚曰文節。

先生爲人剛而褊，孝宗始愛其才，以問周文忠必大，文忠無善語，由此不見用。韓侂冑用事，欲網羅四方知名士相羽翼。嘗築南園，屬先生爲記，許以掖垣。先生曰：「官可棄，記不可作也。」侂冑恚，改命他人。臥家十五年，皆其柄國之日也。侂冑專僭日益甚，先生憂憤成疾。家人知其憂國也，凡邸報皆不以告。忽族子自外至，遽言侂冑用兵事，先生慟哭失聲，亟呼紙，書曰：「韓侂冑專權無上，動兵殘民，謀危社稷。吾頭顱如許，報國無路，惟有孤憤！」又書十四言別妻子，筆落而逝。先生精於詩，嘗著《易傳》行於世。（雲濠案：四庫書目，《誠齋易傳》二十卷。《誠齋集》一百三十三卷。）光宗嘗爲書「誠齋」二字，學者稱誠齋先生。子長孺。

（《宋元學案・趙張諸儒學案》）